316宿舍力行

秋蘆/著

Ours

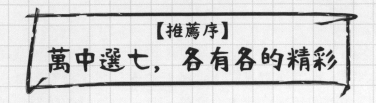

【推薦序】
萬中選七，各有各的精彩

其實，我也在那裡，在那個時空⋯⋯

在觀眾席第一排，看著邱鈞傑的愛情。

跟他的某個室友，一起修過「藝術賞析」通識課。

與另一個室友，同時看上《巴黎野玫瑰》電影海報。

更別提那個，每天下課後都在操場練跑的體育過動兒。

只是，我沒想到邱鈞傑的文筆居然這麼好耶～

當初應該多寫幾封情書給他心儀的小姑娘啊（笑）！

這些，都不是劇透，而是一個讀者化身故事中的配角文晴，在旁看著聽著，關注著。

我和他們在校園擦身而過，我是女主角同寢室的紅娘好友，聽同系的男同學說，原來，男生宿舍還可以偷吃火鍋、偷渡女生，真的假的？我們都是邊看言小、邊吃學長學伴送來的宵夜零食，還得擔心一不小心會讓自己胖到讓室友認錯人！

總感覺⋯⋯這是本魔法書，是沒有讓我一秒變格格啦！但，確實讓我一秒回到了那個青春無敵的「少女時代」，而專屬於少男少女們的雙十年華則是天真爛漫、又熱情浮誇。

和讀者們分享個插曲，之前故事在PChome新聞台連載時，因為太有趣了，我突發奇想，創作出另一個結局的番外篇；結果，網路搜尋男主角名字，第一個出現的居然是我的站台，頓時心想，這樣會不會喧賓奪主啊？後來就決定把文

章刪除。

　　怎知，秋蘆台長不但不介意，還有點竊喜，感謝我給了個好兆頭，他說通常是紅透半邊天的作品，才會有這種「被同人創作」的超規格待遇與殊榮。嗯～這可愛的陰錯陽差，應該是對本書最好的「神預言」吧！

　　那一年，你想追的女孩是誰？
　　可曾記得斷續的吉他聲，總在寢室熄燈後涼涼響起……
那可是《睡在我上舖的兄弟》呵！
　　掀開《力行宿舍316》的致青春，懷舊老梗與新創金句流彈四射，交織而成的驚喜火花，讓你重溫懷念的大學住宿生活，誠摯推薦，真心不騙～

　　　　　　　　　　　　　　　PChome新聞台台長　秋天

目錄
CONTENTS

【Ours前言】
差一點點，就差很多

　　寫完了將近二十萬字的《青春半熟‧記憶微溫》後，我有很長一段時間不再書寫（以一位文青的標準來說，三個禮拜算很長了），反正當初是抱著「出道作即是告別作」的心態全力以赴，看著自己親生的書寶寶終於在書店架上占有一席之地，心裡真是百感交集，有股如釋重負的虛脫感，同一時間也覺得自己不太可能出第二本書了，殊不知……

　　農曆七月，炎炎夏夜，為慶賀我新書首發暨「付清節」快樂，太座獻上了一袋鹽水雞和一手剛上市的冰啤酒後，押著女兒先行就寢，讓我得以舒舒服服地窩在客廳沙發，和電視遙控器做進一步獨處；待看完生平第N遍的「靈幻先生」後，接下來便很快地切換成手腦分離的亂轉亂逛模式，而在還來不及分清楚究竟是睏意還是倦意之際，就被夢魔攫個正著。怎麼醒來的並不清楚，肯定的是尿意戰勝了前面三者；洩洪完畢，雖已過凌晨，但覺精神尚佳且適逢週末無負擔，便從冰箱再拿出一罐「金色年華」坐了下來——這才有了《力行宿舍316》。

　　螢幕上播的是一部叫做《午夜巴黎》的劇情片（哪一台早忘了），當時已播了五分之一，由於片名與現實中的時間暗合，便順勢看下去；內容還不錯，裡面提到一種很有意思的情懷——「黃金年代症候群」，是的，每個人都對自己所處的時代感到憂心與不滿，進而認為自己已錯過了黃金年

代。或許一流的作家以此發想，能有振聾發聵的省思與奇論，然三流小說家如我，卻不能免俗地遙想起自己的黃金年代。

曾經有過那麼一句廣告詞——「生命，就該浪費在美好的事物上。」因此，如果要寫，除90年代以外不作他想，那無疑是我的黃金年代！如果可以，我想成為專寫90年代的作家。

要復刻一個時代談何容易？而在《青半》過後，我的時光機還有足夠的燃料可以再飛一趟嗎？正因太過美好、近鄉情怯，怕把它寫壞、寫醜了，何況我又遲遲找不到可以點燃靈感資料庫的引信，這便是難再下筆的原因（要就一筆入魂，不然別碰）；唯獨今晚不同，我何其有幸能夠碰上那輛來自午夜的古董車，雖是半途按讚亂入，但不足的五分之一此刻不就正好在我手上？我飲下最後一口「金色年華」將車資補足，讓獨特的花果香充斥胸臆，用此刻的味覺、嗅覺和記憶中的五感無限疊加，我知道我可以寫什麼了，但，還差一點點。

而差一點點，就差很多。我寫作有個制約，那就是「必須要有一個畫面是與現實發生過的場景完全一致而且是我想停留的」；聽起來似乎是幹話，可是我很難形容那種感覺，總之，若等不到那個畫面，我寧願不寫。

差不多是在「關鬼門」的前幾天，剛升小三的女兒因開學在即有些焦慮，嘟著嘴對我說：「阿爹都不知道人家的心

情。」無意間喚起我印象最深刻的一次「等開學」──那時大專集訓剛結訓返鄉啃老，由於受不了家中長輩碎碎念和表弟妹鎮日哭叫打鬧的BGM，於是揹起黃埔大背包、頂著半長不短的「成功嶺頭」提前搬進大學宿舍，等著把「由你玩四年」的大學開箱……

　　不久後的某個假日清晨，我被疑似初老的內分泌喚醒，便試著在這將醒未醒的片刻，想像自己坐在寢室的上鋪，背靠著牆，和從前一樣，趁室友們尚在熟睡的一日之初寫下點什麼給未來的自己；而今，該是回信的時候了。我細細回想，捕捉記憶中的每一道光影，日光燈的照度微微起伏，似夢裡那位女孩輕顫的睫毛，老舊電扇的嗡嗡聲，既惱人又愜意，而紗網上的露水是如此晶瑩，還為我殘留一夜狂歡的餘韻；天啊～那沒完沒了、充滿汗臭味的舊日時光，曾多麼令我避之唯恐不及，如今卻甘願用一整年的績效獎金來換──青春，可愛的青春呀！喧鬧的歲月就這麼隨汗水蒸騰流逝，多希望……多希望能夠再恣意揮霍一次。

　　大概是這個念想飽滿了時光機枯竭的能源槽吧～一睜開眼，就看到那位十九歲的freshman坐在寢室窗邊的書桌前，熟悉的氣味和走廊外的聒噪聲與我撞個滿懷，連陽光照射的角度都分毫不差！這下子完全吻合了──

　　於是，我毫無懸念地掀開筆電背板，啟動了電源。

於2022.9.12

楔子

「你追過彩虹嗎？」

「你說的是紅橙黃綠藍靛紫的大氣現象還是意有所指？」

「我說的是一種渴望擁有卻又無法企及的美好……你笑什麼？」

「『追虹』聽起來很浪漫，卻不切實際。」我看著她扁了扁嘴，便故意多停頓一下，心裡默數：「一、二、三。」然後才說：「追是追不到的啦～你得繞到它前面才行，等時候到了，再出奇不意地把它逮個正著。」

她聽了怔怔地不說話，似乎心有所感。

過半晌，她朝天邊的彩虹一指，似笑非笑地看著我說：「那你怎麼知道你逮到它了？」

「你的鼻子會告訴你。」

「喔～～彩虹的氣味是？」

我注視著此刻握住的方向盤，告訴她：「啤酒。就像啤酒。」

序章

「大助，我老闆找你，請你有空去找他。」說話的是一名叫薏珊的女生，自從上次在實驗準備室當著我的面前把裙子脫下來，換穿課程規定的長褲嚇了我老大一跳後，算是幾個跟我比較有話聊的學生之一，如今剛考上母系的碩士班，才會在六月底這個時節還在學校晃來晃去，三不五時跑來準備室找我串門子、抬槓個幾句（順便明目張膽地拿我冰箱裡的蘆筍汁解渴）。

「你……你幹嘛……」我承認當時受到了驚嚇。

「幹嘛那樣看我？我裡面有穿安全褲啦！」薏珊當時是這麼說的。

「我以為……」我忍住了下半句「都已經給你A了，莫非你還想要A+，所以才……」畢竟這年頭「性騷擾」的大帽子一扣下來可沒完沒了，才硬生生地踩剎車。

「你以為有好康的喔？大助～你會不會想太多？都什麼年代了……」這個大妹子笑嘻嘻地奚落著，我也承認當時老臉一紅，受到了衝擊。

是啊～都什麼年代了？現在可是2018年，距離我念大學都起碼20年了。

退伍後，陸續在業界做了幾份工作、也開除了幾位老闆，一晃眼便是10年過去了，如果我跟我那位不肖室友一樣，大三沒念完就奉子成婚的話，小孩差不多就跟這位薏珊

一樣大了……馬的！那傢伙前年同學會帶女兒過來炫，中途還把我拉過去，跟就讀北一女的孩子說：「這一位啊……恩同再造，還不快叫『仲父』！」我當下連連搖手，畢竟像董卓、范增、呂不韋這一堆被叫乾爹的人，下場都很不妙。

記得是比大學同學會再更早一點，應該是大前年吧，在研究所指導教授的退休酒會上，仁松大學長陪著恩師及師母逐桌敬酒，恩師在T大任教近30年，可謂桃李滿天下，博士生姑且不論，碩士班每年收2～3位一般生和在職生，那次酒會席開10桌，扣掉3桌的「大頭們」，算一算，咱們這些徒子徒孫居然到了將近七成，算得上是別開生面的大團圓了。

杯觥交錯、酒酣耳熱後，那位在我就學時的博班學長春斌喚住了我，當時我正走出洗手間，以為他跟以前一樣又沒帶衛生紙，誰知他跟那個蔣經國上廁所指定接班人的笑話一樣，怪腔怪調地說：「你等會～」等他洗完手、烘乾之後，便跟我說：「剛剛你不是說最近工作不順，想轉換跑道嗎？眼前有個機會……」

「本人邱鈞傑，現年38歲，T大研究所碩士班畢業，役畢，已婚，身心健全，無不良嗜好，近日得知貴公司有適合職缺，希望能有機會參與面試。」——那陣子，這段文字猶如上膛的子彈，在我右手滑鼠的準星下連連擊發。

就這麼因緣際會地，我從產業界回歸校園，也算是另類的葉落歸根（咦）。原本只是負責庶務的行政人員，但系上有一門實驗課的講師因為生涯規劃而出國深造，這個吃力不討好的屎缺一時又找不到適合人選（冤大頭），眼看新學期就要開學了，總不能要一個比一個忙的教授親自下海吧？於是，系主任就把腦子動到系辦的職員們身上，由於本人忝

為職員中唯一本科系出身、同時又是剛退休的名譽教授推薦者，可謂「根正苗紅」，再說年齡上也「比較」貼近學生（相較於其他哥姐們），因此便被系主任約談，討論有關職務異動事宜。

　　念過研究所的都知道，大妹子口中的「老闆」其實就是她的指導教授王銘太，這位王教授不是別人，除了是現任系主任外，說起來和我也頗有些淵源，他是我念大學時的導師，而在四年後和我們這屆一起畢業，轉赴T大任教迄今。還記得大二那次的導生宴，大家一起恭賀他喜獲千金，樂陶陶地讓他那學期的流體力學期末考破天荒來個開根號乘以十，大刀底下保住不少人頭，而再見面時，他那位千金已經出國念書，令人感嘆時光之飛逝。

　　「鈞傑啊～當初方教授在電話中跟我提起你，一聽到你的名字我馬上就想起來了，你絕對～絕對是可造之材！只做行政太大材小用啦～」這位前導師在相隔二十年後，依舊不改其幽默風趣。

　　不過，讓我擔下屎缺的並不是人情，而是扎扎實實的職務加給津貼，畢竟此刻家裡頭也有嗷嗷待哺的千金一枚啊！

　　然而，不管是大材小用還是小材大用，這一用就用了三年，我的地位特殊且超然，尾牙或聚餐時，每每為了要坐在行政人員桌、還是教學人員桌而感到迷惘。

　　這一點也反映在學生對我的稱謂上，一般而言，系上有眾多碩博士班的研究生協助教授們各項課程而被統稱為助教，但我帶的這門實驗課，雖是掛教授之名，但實質課務上的統籌規劃與執行均由區區在下我一手包辦，包含課程制度

的研擬與軟硬體設施的維護，因此底下又有四位助教受我轄管以資輔助，而這也造成學生們的confuse～～

顯然我不夠資格被叫老師，然而「助教的助教」、「助教的平方」都不適合，叫「邱先生」也怪怪的……最後，還是時任系學會副會長的薏珊透過班板和個人推特，替大家解決了這個麻煩——大助教，簡稱「大助」。一屆傳一屆，後來連教授們也這樣子來稱呼我，算是T大校園裡滿特別的稱謂，卻不知今天主任約談我這位大助所為何事？

我「叩叩」敲了兩下門、喊了聲「報告」後，便在系主任辦公室外等著。這是我在軍中當參三時被迫養成的習慣——有一次敲門後直接推門進輔導長室，剛好撞見連上一位女士官跨坐在輔仔的大腿上，好在兩位當事人男未婚、女未嫁且衣衫整齊，不然可就尷尬了。

儘管事發突然，但因意外撞見兩人祕密「輔導」的事實（把柄），爾後多了不少睜隻眼、閉隻眼的小特權而慶幸不已，但退伍後沒多久就收到他倆的紅色炸彈，新郎新娘雙方一致坦承當時都另有交往對象，被我撞見後，為了商討如何掩飾、以及該怎麼滅口的執行細節，兩人假戲真做、反而越走越近，最後乾脆不演了，直接走上紅毯，而我在成就一樁美事之餘，也嚇出一身冷汗！

系主任沒讓我久等，一聲「請進」後，我推門而入。前導師的大腿上當然沒有跨坐任何人或物品，倒是沙發上坐著系上另一位教授吳勝齊，他是下一任的系主任——啊！我明白了，系主任三年改選一次，一定是新舊主任交接，王老師

特別囑咐繼任的吳教授多多關照本人，而我的自作聰明確實
猜對了一半。

　　「鈞傑啊～我當初就說你絕對是可造之材沒錯吧？這
三年來，你把這門課帶得那麼有特色，連網路電視台都來採
訪，讓本系大大露臉，我特別跟吳主任提起你在這個職位上
的堅忍不拔與犧牲奉獻，因此，津貼方面還是照舊，不必擔
心。不過，吳主任下個月上任後，對於這門課有一些建議，
想先跟你討論看看……勝齊學長，您剛剛的提案再麻煩您說
明一下。我實驗室還有meeting就先離開了～鈞傑，有什麼
想法儘量提出來沒有關係。」
　　在學界待了三年，大概也摸清了這些專家學者的習性，
相較於業界，他們客氣多了，但也正因如此，揣摩話中有話
的弦外之音就顯得格外重要，王老師先離席就代表這事兒基
本上已經敲定了，因此現在討論的層面絕對不是「做不做」
而是「該怎麼做」，而要我暢所欲言則是提醒我要「先」仔
細聽聽人家新官上任的想法，不要太快表達意見的意思。
　　——是不是有夠累人？一個念頭要轉好幾個彎，坦白
說，一開始還真不習慣，反而有點懷念工廠裡直接用三字經
當作發語詞的開會盛況，簡單明瞭又直接。

　　「邱大助，新學期我想將目前兩個流體化床的實驗
整併，然後增加一個研究薄膜過濾的相關實驗，你覺得如
何？」
　　我沉吟了一下：「嗯～主任您的意思是……」果然，新
主任在接下來的半小時裡將擘劃已久的藍圖滔滔不絕地攤了
開來，這就是「討論」啦！

　　實驗整併當然沒有問題，因為這是我早在去年系務會議時的提案，但重點是在新實驗，所以我又沉吟了一下：「嗯～關於這個新實驗嘛，主任您的意思是……」新主任二話不說，又開始鉅細靡遺地與我「討論」這個創意亮點將近半小時，期間我替自己和口沫橫飛的人添了兩次王老師煮好的咖啡，還留意到前系學會副會長在門口探頭探腦的身影。

　　總之，結論就是那套新實驗的設備已經在前往基隆港碼頭的航道上，下個月底前會由國外技師在我負責的實驗室裡完成組裝，我要做的就是在交機驗收之後，設計適合探討的實驗模組，同時將正確操作方法和常見故障排除製成講義，以確保新學期的寶貝學生們不會把它當作洗衣機或是自動販賣機胡搞瞎搞。

　　老實說，這當然是件挑戰，如果——能取得同機型在國內的操作經驗與參數就好了！

　　我把心中的想法說了出來，新科主任這下終於圖窮匕見：「說得好！你果然有sence。這套儀器目前在台灣只有三套，工研院那套模組不適合學校，比較適合的在成大和中原，尤其是中原那台幾乎是姊妹機，中壢離我們也比台南近多了，聽王主任說，你是中原的校友，我已經知會過那邊了，麻煩你趁著暑假辛苦一點，抽個幾天去觀摩見習，也順便讓你重溫舊夢，呵呵～～」

　　當我還在消化吸收這整件任務之際，門外傳來一聲：「主任、大助～我也要去！」不知張望多久的大妹子居然提出任性的要求，把兩位大人都嚇了一跳。這時王老師也領著她走進即將搬離的辦公室，笑笑地說：「勝齊學長，我是薏

珊的指導教授，她的論文題目會跟這個有關，說不定未來和
那邊還有合作的可能，反正暑假閒著也是閒著，讓她去多學
多看也不是壞事。」

　　王老師對這位準碩士生說：「你們這位邱大助當年可是
中原的風雲人物喔，而且還可以當你的美食嚮導，多用點心
學啊～」接著他又轉過頭笑著對我說：「鈞傑啊～讓全系票
選第三名的系花當你的隨行祕書，這樣子應該就不算是苦差
事了吧？」即將卸任的主任如此殷切表示自己的期許。
　　「邱大助，你覺得呢？」即將上任的主任如此誠摯探詢
我的意見。

　　我就說嘛～專家學者們都很客氣的啦！

316之1
～室長

室長格言──

概論的第一堂課老師不是說了嗎？收起你們的五顏六色，保持一顆透明澄澈的心才是最重要的，別讓大學變成大染缸啊！

我關掉了GPS導航（沒那個必要），習慣性地沿著省道台1線向我的母校中原大學前進。

求學時除了搭火車外，這條路線是我當年考到機車駕照後，每個禮拜往返時的必經之路；儘管台北和中壢相距不遠，但都二十幾年了，畢業之後卻再也不曾回去，這一次公務在身，不得不走這麼一趟，看著沿途街景不斷和記憶裡的畫面重疊，打從心底逐漸升起一股奇怪的感覺……想到主任說的「重溫舊夢」，我搖搖頭～「得了吧，就公事公辦、速戰速決。」

「大助，你幹嘛不說話，你一定在緬懷逝去的青春對不對？」來自駕駛座右側的女聲將我拉回現實。本想一個人騎著摩托車單刀赴會來趟知性之旅，沒想到被硬塞一個「拖油瓶」，也只能苦笑了。

「大助，看你笑得那麼無奈，你一定覺得我是累贅對不對？」我驚訝地看著薏珊，有時候我真的覺得女生都會讀心術，差別只在於程度的不同而已，可惜我不會《哈利波特》裡石內卜教授的「鎖心術」，心裡想啥都瞞不住。

今天薏珊把她修專題期末上台簡報時的「戰袍」穿了出來，上白下黑的套裝配上黑絲襪、再上點淡妝、及肩的波浪捲髮，手上還抱了一台Apple，還真是有模有樣的祕書裝扮。當下打個哈哈：「我是在苦惱該用什麼形容詞來讚美你今天的打扮，如此的……嗯～妖嬌美麗（台語）。」

只見她面容一正，冷冷地說：「邱先生，請注意你的言詞，我認為這是對我的性騷擾。」我心頭一凜，想到前陣子農學院某助教只因為一句「學妹，妳好漂亮，讓我忍不住心

神蕩漾」就上了系評會被檢討，於是立刻說句對不起，目不斜視、專心開車。

不料她又繼續加碼，在手機滑了幾下，拿到我耳邊，我聽到自己還算誠懇的聲音：「哈哈～我是在苦惱該用什麼形容詞來讚美你今天的打扮，如此的……嗯～妖嬌美麗。」完了，居然忘了她的「好」習慣；以前實驗課時，這位大妹子每次都會把和我、其他助教的Q&A及組員間的討論錄下來，也常看她自己對著手機說話，說是什麼「右半腦刺激記憶學習法」，不知是真是假？看她在那邊假鬼假怪，我們助教群也不禁暗自納悶，但當事人左領書卷獎、右拿斐陶斐倒是不爭的事實。

然而現在卻刺激到我的左半腦了，這下鐵證如山，就算跳進系館旁的「坐花潭」恐怕也洗不清，想要解釋，但不幸本人是拙於言辭的中年大叔，多說多錯，不如嘴巴閉緊，準備靜待系評會查處。

「大助，你還好吧？」

「……」

「誰叫你剛剛都不說話？想說刺激你一下，不然有夠悶的。」

「……」

「不會吧？大助～是不是上了年紀就禁不起別人開玩笑啦！」

「……」

「啊！我知道了，你等我一下……」

只聽她對著手機說：「關閉錄音。」手機還真聽話，立馬回答：「錄音程式已關閉。」接著對我說：「這樣可以了

吧？」

「……」

「你很愛計較耶！稍等喔～」

　　我又聽到自己誠懇的聲音再次被撥放一遍，然後這位大妹子對著手機說：「刪除。」手機回答：「檔案已刪除。」薏珊把空空如也的資料夾畫面「督」到我面前說：「這樣總可以了吧！」

　　「……」（OK～威脅消失。想整我？《整人專家》上映時你還沒投胎呢）

　　「欸！好啦好啦～～」這位大妹子故意像是有點不甘願、又有點小生氣似地，把我的公事包從後座拖過來拉開拉鍊，再把自己的手機放進去，自言自語起來：「本人不遵守實驗室規則，手機暫時被沒收。」然後把自己包包裡的東西一樣樣拿出來，象徵性地在我面前一晃而過，確保沒有任何錄音錄影的穿戴式裝置，最後才開口：「好了吧！現在就算真的發生性騷擾也沒憑沒據了，要是這樣還不行，就是逼我這個前副會長出大絕招囉～」

　　「……」（本來已經要放過她了，現在反而勾起我的好奇心）

　　只聽她嘆了一口氣，故意裝出楚楚可憐的神情、用很嗲很假的聲音說：「我就知道，你其實是想要我跟去年一樣，給你那種『好康A』對不對？」說完便把自己的A字裙慢慢……慢慢地往上撩了0.1公分。我立刻喊「卡」：「學妹～別鬧了，現在輪到我被性騷擾啦！中年人的心臟受不了這種刺激，你手再往上1公分的話，我馬上休克給你看。」

　　「沒關係！我也有駕照，這邊往林口方向開15分鐘可以

到長庚沒錯吧？」

　　薏珊和我同時笑了出來，車內氣氛終於恢復正常。

　　　♪　　　♪　　　♪　　　♪　　　♪　　　♪　　　♪

　　上一次像這樣子在台1線單獨載著未婚女性應該是在大四那年吧！

　　——「寢聯」，沒錯！我這輩子唯一一次成功的寢室聯誼。雖然室友們早在升大二時就搬出了男生宿舍，但還是以「寢聯」的名義招搖撞騙，四處約女生聯誼。然而，聯誼這款代誌真的、真的很吃緣分，尤其對我這一寢來說，有夠遙不可及，常常出發前告吹而被迫流局殘念，什麼小狗死了主人悲痛欲絕全寢禁歡樂、再不然就是室友拉鍊拉到割包皮不能走路、還有一次不知道是不是故意的，女生居然約在NBA季後賽公牛和爵士決生死的第六戰，鬼才去聯誼啦！

　　總之，那唯一成功的一次發生在大四下，當時研究所幾乎一個禮拜考一間，從三月考到五月，我們這群死黨幾乎是氣力放盡，等畢業的那最後半個月裡，大夥兒拖著殘花敗柳之軀，想說在大學畢業前做最後一搏，留個回憶。

　　——聯誼對象是當時的長庚護專，而且還是巧合到不行的巧合！

　　基於男生電腦D槽的深遠影響，原本護校就是本寢聯誼目標的首選，記得當天是禮拜天，風光明媚，雙方約在林口台北體院的人工湖前集合，本寢八條單身狗（喂）……八條好漢，外加一名亂入者，九位大男生懷著滿腦子憧憬等待小

護士們現身。

　　未料一等再等卻不見芳蹤，當時手機尚未普及，聯誼主要還是靠雙方事先用BBS聯絡，當下也只能乾著急，而最後不得不接受被放鳥的事實。

　　在室友們排山倒海的積怨爆發之前，我這位主辦人只能先假借尿遁暫避其鋒——而同是天涯淪落人的爐主不只我一位。

　　「春芳，怎麼辦？那群該死的『140點135』說什麼要期中補考，不來了，我剛剛上線才看到，Vicky學姊那寢人都已經到了，我完了我……下禮拜實習等著被修理了～」

　　我一聽，有如天降綸音，要知道那個BBS盛行的年代，各校間發展出一套相互辨識的密碼，如：「140點116」是成大，那裡的夢之大地上有著盈月與繁星；「140點115」則是中央，那兒住著一群搶了本寢無數次聯誼的龍貓；至於本校最具代表性的「中原電機心站」，它的IP位址便是140.135.12.1——這下有救啦！

　　我立即表明自己就是九位「140點135」的代表人，不過我們並不該死，而是值得護士們疼惜的好人。

　　「小波，我覺得可以耶！應該可以過關。」春芳小護士看著她的室友。

　　「嗯～也是，反正誰都沒見過誰，那乾脆將錯就錯，別浪費今天這個好天氣。」

　　我連連點頭稱是：「我們原本打算去虎頭山烤肉，你們呢？我們有九台摩托車。」

　　小波說：「真巧，我們原本也要去烤肉……哎呀～不要

去虎頭山啦！去好幾次了，你們學校那群電機的本來要帶我們去滿月圓，你們知道路嗎？」

儘管是在沒有GPS的年代，但當下說不知道路的鐵定是蠢才！我又把頭用力地給它點下去。

春芳在旁邊有點小聲地對同伴說：「可是小波，我們兩間寢室加起來只有八個人……」

只求不被室友挾怨報復的我立即豪氣干雲的說：「沒關係！爲了室友們的幸福，我可以犧牲。」

兩位小護士對看一眼，意味深長地露出笑意，小波又問了一次：「你確定？不後悔？」

我再次做出擔保：「我邱某人做事只求問心無愧，絕不後悔！」

於是乎，本校電機系所犯下的滔天大罪，就由本寢來彌補。隨後當我將這個天大的好消息宣布之時，室友們歡聲雷動，差點把我像職棒總冠軍的教練一樣拋起來。而隨後發生的事，他們的歡聲雷動被寂靜無聲取代，而剛剛想把我拋起來的人，大概會任由我摔入人工湖而不管我的死活，只爲了飛奔而去——投向南丁格爾們的懷抱。

聯誼對象來了。九位視覺動物的眼睛也亮了。

電機系的同學們，對不起啦～是你們背棄了命運，本寢則是順天應時，一切都是神的旨意。

中原有門必修的通識課叫做「宗教哲學」，那位大學四

年幾乎每次都不請自來、起碼亂入五十場次以上的專業聯誼人每每大放厥詞，說什麼要是哪天讓他碰到一次正妹率超過四成的聯誼，他就相信世上有神。

　　這傢伙事後回想起來說：「這是一場正妹率100％的聯誼，我見證了神蹟，我決定受洗。」

　　不蓋你！

　　八位女生，八位正妹，清秀、火辣、冷豔、可愛、溫婉、嬌俏、端莊、亮麗，剛好把我所認知的正妹形容詞一口氣用完，從室友們的表情我完全相信剛剛要是被他們拋起來掉到湖裡的話，絕對沒人會聽見我聲嘶力竭的呼救聲。

　　八位女生，真的都很……漂亮（sorry～我終於認知到自己形容詞的匱乏），總之就是以我當時的審美觀來說，任何一位，只要任何一位是我的女朋友都會讓我高興到連作夢都會偷笑。別的不提，就說小波和春芳吧，春芳是我欣賞的那種清秀佳麗、而小波……嗯～應該叫「大波」才對，這樣你應該就懂意思了吧，而我很清楚某位室友就喜歡這類型的女生，因為他的D槽其實應該要叫做「G」槽(我親眼確認過)，希望他的鑰匙等下不要被小波抽到，不然來自後方的波濤洶湧肯定會讓他失控打滑，樂極生悲。

　　剛剛之所以立刻決定移花接木，就是因為這群素未謀面的女生中，光是這兩位就夠啦！就好像四個打席擊出一支安打，對教練團已經可以交卷了，殊不知……邱鈞傑選手完成了一次不可思議的「完全打擊」，外加單場四響炮！

　　接下來，則是殘酷的時候——九位男生VS八位女生，九

台摩托車、九個空出來的後座，而女生只有八位、偏偏八個都是要人性命的大正妹！

善良的南丁格爾怎容男性同胞們自相殘殺、浪費醫療資源，小波從陣陣海浪中越眾而出，替大家排難解紛：「你們的室長很夠義氣喔，他說啊～爲了室友們的幸福，他願意犧牲，而且無怨無悔。」

喵的咧～我後悔死了，好你個莊不全，誰准你今天亂入的？世上最遙遠的距離，不是載不到正妹，而是正妹一口氣來了八個，你卻一個都載不到！塵世間最痛苦的事莫過於此……法克！雪特！天公伯啊，這是冤屈不平事件，我要上訴！

室友們都以爲我看過這「長庚八美」後仍做出如此無私的奉獻，因此看著我的眼神逐漸迷濛，彷彿難以仰視我身上散發的聖潔光輝。出發前十七位「蟀」哥美女還合影留念，後來這張照片登上系刊的「風雲人物」專欄，系學會下了這樣的標題──「專訪：聯誼之神邱鈞傑──教你如何第一次聯誼就上手」。

薏珊看我自顧自地笑，便問了我。我把回想到的往事跟她說了，她聽到這邊毫不吝嗇地給予我有失第三名系花身分的哈哈大笑：「大助，原來你風雲人物的稱號是這麼來的……我還以爲是去國外參加研討會發表期刊或是奧林匹亞數學競賽……等類的，好膚淺喔～」

「當年哪那麼多花樣？何況你說的那種人叫做『菁

英』，不叫做『風雲人物』，那個專欄應該是比較偏向奇人軼事。」

大妹子對我的註解不置可否，卻突然對我說：「你一定沒有投給我對不對？」我「蛤」了一聲，隨即醒悟——她指的是這學期期中考後「之夜」的系花票選活動，便實話實說：「是啊。」（不好意思～本人說話就這麼直白）

薏珊半真半假、有點生氣地嬌嗔著：「大助你很不夠意思耶～虧我好幾次實驗課完還留下來幫你收器材……」而本人向來公私分明：「所以我在學習態度的項目已經加了你不少分啦！選好人好事代表的話我一定毫無懸念投你一票……怎麼？第三名還不滿足喔？這其實是順應天意啊！」

大妹子睜著水汪汪的大眼睛奇道：「天意？怎麼說？」我笑著告訴她：「依琪、亞萱和你，名字注定名次，不是剛好一、二、三？不要逆天啊！」薏珊又發出爽朗的笑聲：「對吼～你不說我還真沒想到。可是……我名字也有『一』耶？」

幸虧我這位二十年前的風雲人物反應仍不算慢：「這代表你第一次參選就拿第三，以後必定漸入佳境。咦～你怎麼還不問我投給誰？」身邊這位小學妹卻把頭朝車窗外微微上仰、裝模作樣地哼了一下：「我才不在乎呢～我比較想問的是，在那八個形容詞裡面，哪一個屬於我？」

我看了她一下，想了想便說：「冷豔吧！尤其是你對著錄音筆喃喃自語的樣子，不過……」（她果然將耳朵豎起來）「……這一、兩個月頻頻來準備室跟我啦咧、凹我的飲料，今天坐我的車還那麼皮，已經轉型為嬌俏和亮麗一半一半，再更熟一點的話就難以分類了。」

她聽完後，卻露出溫婉和端莊一半一半的笑容：「裝

可愛我學不來，火辣倒是有機會可以嘗試改變一下造型。好啦～回應一下你剛剛的疑問，你當然是投給晴語啦，還用猜嗎？」（這小妮子真的會讀心術）

　　長庚八美之一的春芳固然清秀、也無可挑剔，但我大學時喜歡的是另一位清秀佳人，清秀和可愛一半一半的國貿系女孩。

　　看到元智大學後，我將車子駛進內線車道，從台1線左轉進入環中東路。時值盛夏，當初也是這般，老爸開車載著在楊梅當軍官的老哥，以及大學聯考考得差強人意的我與兩箱行李，從中山高一路南下，自對向車道右轉進環中東路，鐵路平交道依舊在前方叮叮噹噹地要我等上一等，但當年那間讓我對中原留下良好第一印象的肉粽和碗粿專賣店卻只能在記憶裡回味了。

　　一路直行，看到新中北路時右轉，前一晚google的路線與我的潛意識合而為一——那是以往從台北老家回宿舍的老路。我把車轉進薄膜中心的停車場後，和蕙珊兩人一起下車步行。

　　我環顧了一下四周，記得以前這邊可沒那麼熱鬧，還有稻田及養鴨的水上人家哩！往馬路對面看，可以看得到當年升上大三才蓋好的「新」系館，我知道如果在男生廁所旁的小平台往下看，眼力好的人便可以看到這邊有個中年大叔傻乎乎地與他對望。

　　而往新中北路的方向看過去，體育館和運動場離這邊不

遠，再往前一點，便是我大一時的住處──「力行宿舍」。

「大助，曾經滄海難爲水……你該不會迷路了吧？」在回憶的畫面還沒成形前，身旁的拖油瓶用一句促狹把我拉了回來。

「愛說笑。正經點，要辦正事了。」由於系主任已經事先打過招呼，加上第三名系花露出亮眼的笑容，立即獲得現場學弟們的鼎力相助，所以「取經任務」進行得相當順利，我將公事包裡意外抄獲的手機還給薏珊，請她幫忙掌鏡並配合刺激右半腦的學習方式，將操作流程記錄下來，我則開始檢視操作參數及相關注意事項。

這一忙就到了中午，我已經把類似條件下的模組修改得差不多，薏珊那邊剛好也告一段落，於是我將調整好的數據輸入後，便開始跑模擬程式，由於我將網格（Grid）設定爲「精細」，因此需要一段時間，便提議大家先用餐。

基於懷舊的私心，原本屬意去附近的不倒翁牛排，結果那位與薏珊配合的研究生自告奮勇說要帶遠道而來的朋友吃點不一樣的，看我沒意見，又立刻冒出兩位、三位、四位學弟說要一起去。（唉～理工的男生嘛……我完～全理解）

也罷──別說學長不照顧你們，咱們CYCU的全人教育最講究的就是人情味了。

「我還有點私事要辦，順便看看幾位老朋友，就不掃你們年輕人的興致了，這樣吧～你們代替我招待一下這位同學，她剛推甄上T大，碩論跟膜過濾有關，以後說不定還有合作機會，各位不妨先培養一下默契也不錯。」知情識趣的傢伙總能換得衆人讚揚的目光，學長幫你們也只能幫到這裡，

剩下的得靠你們自己了。

　　話雖如此，也有點擔心大妹子會不會因為人生地不熟而嚎啕大哭，於是對薏珊說：「放心啦！我們中原的男生都是善良好人……」而一轉頭看到她又恢復成冷豔型的酷樣就知道自己想太多，畢竟人家在系學會裡各式各樣的活動也沒在怕，但還是追加一句：「模擬預估會跑90分鐘左右，我們約兩點這邊集合，你先到的話就收一下data，不然我就只好去行政大樓廣播找人啦！」

📌　　📌　　📌　　📌　　📌　　📌　　📌

　　我目送五男三女興高采烈地一同外出覓食，留我這位中年大叔得償所望地緩緩獨自散策……

　　不倒翁牛排館果然依舊健在（還是倒不了），不過我不急著用餐，往前走到力行宿舍的門口停下腳步，以前的旋轉門也已經換成磁卡了，剛好一群男生刷卡進入，我朝紅底白字的「女賓止步」看了一眼，確認自己的性別應該不受限制後，便跨了進去，回過神來，已是自然而然向右轉的狀態。

　　到這邊其實有點擔心，萬一我這位校外人士被舍監查獲該如何解釋，但轉念又想，自己身為校友（即便並不傑出）總不至於大卸八塊或是押送「m門」問斬吧？

　　既來之，則安之。畢竟從前違規的事幹太多，要是今天被逮，算是還給母校一個公道，沒有怨言。信步前行，通過以前那間「X寢室」後左轉上行至三樓，來到20幾年前自己的寢室門口，看著重新粉刷過的門板，彷彿還看得見自己在搬離當天，用奇異筆在藍色木門左上角寫下的「奧爾斯」。

　　——是的。奧爾斯，OURS。

　　緊閉的門扉突然打開，一個男大生與我面面相覷，可能
是我眼神比較深邃的緣故，霎時間，只見他像是做了什麼虧
心事被發現的表情而有點驚慌，刻意地提高聲音：「請問找
哪位？有什麼事嗎？」我連忙出聲安撫：「沒事沒事～我不
是舍監，也不是老師，我是畢業的校友，回母校洽公、順便
來以前住過的寢室看一看。」

　　我瞄了一眼他穿在身上的T恤，從顏色上應該可以斷定
是本系的學弟，因此就順口提了一下當初求學時系上幾位老
師的名字。學弟身上的警戒立刻鬆懈了下來，頗有禮貌地
說：「學長好！要進來參觀嗎？」我喜出望外，便說：「那
就打擾了。」

　　物換星移，寢室格局自是大不相同。但在我腦海裡浮現
的仍是當年的模樣……

　　老爸把我載到男生宿舍的門口後閃起了雙黃、準備丟
包，老哥幫我將行李提下車，撂下一句：「老弟啊～你知道
『由你玩四年』要修幾個學分嗎？」本人喬為家族中第一位
念大學的子弟，正打算反問是必修還是選修之際，他就用比
著「三」的右手讓我閉嘴，一臉正經地對我說：「其實只有
三個，課業、社團、戀愛。任何一科被當掉的話，別跟人家
說你念過大學。」

　　在一旁抽菸的老爸耳尖，也晃過來湊熱鬧，他很絕：
「小子～給我聽好了，小賭怡情、適可而止就好啦！我也不

介意早點抱孫子，但你要是敢給我吸毒，老子一定打斷你的腿。」他倆一左一右跳上銀色COROLLA，臨走前還對我送出一波警告意味濃厚地賊笑。

有沒有搞錯？這是父子兄弟離別時正常的對話嗎？話說回來，課業和社團應該不成問題，但戀愛嘛～單從這兩個字的筆劃來看，就知道是一件很棘手的事情噢！不過對於剛念完三年男校的我而言，內心深處卻起了一股莫名的悸動……

我拎著行李走過旋轉門，看著手中的住宿通知書，嗯～「力行樓宿舍316寢室」，究竟室友會是些什麼人呢？

答案是——沒有人。

我依照舍監的指引，走到寢室門前敲了兩下，門打開是一位本系的大三學長，他說：「學弟，歡迎入住316頂級雅房，我叫阿甘，是316的前寢室長。」我立刻標註了這句話的關鍵字：「前？」阿甘學長不慌不忙地說：「我升大四了，要準備研究所，因此想搬出去一個人好好閉關苦讀，今天是湯教官特地要我回來跟你交接……沒錯！因爲你是第一位入住者，所以即日起，你邱鈞傑就是力行316的室長啦！」

交接工作其實不值一提，就是一個長方形小紙盒和一本住宿公約，公約的印製日期是三年前，由於書頁都還非常的新，所以我猜大概不怎麼重要吧！阿甘學長象徵性地唸了幾條住宿生常鑽的漏洞條文後，就帶我認識環境。

本寢最大的優勢在於離廁所和浴室非常近、而離舍監的管理室有好長一段距離，隔老遠就可以聽到他老人家帶有濃濃鄉音的大嗓門，絕對來得及把撲克牌或其他違禁品收好，最棒的一點爲房門旁就是飲水機，吃泡麵時非常方便。

格局方面，寢室的深度和寬度目測分別約爲8公尺、4公

尺（最多），而挑高約3.6公尺，約莫10坪的空間裡最多可以住8個人（天哪！拜託千萬不要住滿）。

推門進去，右邊是一整排書桌，劃成8等分、8盞台燈，每人有兩個抽屜，書桌上方牆壁是上下兩排書架，同樣劃分成8格；左邊部分，靠門的一半是8個衣櫃，剩餘的一半則是可供擺放鞋子及盥洗用品的置物架。床則利用挑高空間做成高架床，左、右各4張；有小學算術根底的人，不難發現床的長度十分有限（如同養蠶寶寶的盒子般），基本上，身高超過180公分的都可以理直氣壯地去跟舍監申請殘障寢室。

此外，阿甘學長亦透漏了身為室長不為人知的（小小的）特權及義務。本校為培養合作樂群的團隊精神，故外縣市的大一新鮮人除特殊理由外，均以統一住校為原則：男生為力行宿舍、女生為信望宿舍，等到升大二時，女生多半可以移至恩慈宿舍繼續住宿生涯，而男生若要繼續住在力行宿舍，則必須是僑生、身障……等特殊身分者，或經過申請、抽籤後的幸運兒才行，而擔任寢室長且無違規紀錄者，「據說」中籤率通常極高！

當然，權利伴隨著義務，對室長而言，有一項不成文、卻極具挑戰性的規定，那就是必須謀求室友們的幸福（不然會被公幹），沒錯——就是寢聯、**寢室聯誼**。不幸的是，咱316寢約莫在八、九年前中了一位國貿系學姊的「口琴魔咒」，迄今為止，無數條月老們辛苦牽來的紅線均告付之一炬而功虧一簣。

由於事關重大，我忙追問傳說中的魔咒所謂何來？阿甘學長相當嚴肅地娓娓道來……

　　某年某月的晚上，男主角是本系學長、也是當時316室的室長，女主角則是一位國貿系的學姊，事發地點就在力行宿舍二樓和活動中心相連的「喜鵲橋」上，存在過這麼一段眾說紛紜、卻又歷歷在目的對話，經本寢歷任室長深入挖掘並拼湊後，大致如下——

　　…………
　　…………
　　女：「你說啊～你說啊～～你不說話是不是？」
　　男：「你不要鬧了好不好？這裡那麼多人，大家都在看……」
　　女：「別人，別人，你就只在乎別人，有沒有在乎過我？」
　　男：「我當然在乎你……」
　　女：「你閉嘴！你花多少時間陪我？考試考試，除了開學前兩週，你哪一天不用考試？」
　　男：「阿就真的考試很多嘛～我沒騙你，真的。」
　　女：「沒騙我？那我問你，昨天在懷恩樓穿堂跟你恩恩愛愛的女生是誰？」
　　男：「什麼恩恩愛愛？什麼女生？」
　　女：「你不要裝傻～我告訴你，你他X的不要給我裝傻！」
　　男：「你不用那麼大聲，我真的沒有……啊～我知道了，那個是我家族裡的直屬學妹，我們在討論功課……」
　　女：「我們？你和她叫做『我們』，那我是誰？路人嗎？討論功課用得著那麼親密嗎？是不是改天就討論到床上去了？」

力行宿舍 316

男：「我和她哪有親密？我唸理工的不跟你玩文字遊戲，你不要無理取鬧！」

女：「對對……我不像你念理工的腦袋聰明到只會扯謊。」

男：「拜託～你不要亂講，他是我室友的……」

女：「又來了，你又來了……什麼都往室友身上推是不是？既然你問心無愧，那我打電話去316找你，你那群狐群狗黨幹嘛還騙我說你正在洗澡？」

男：「……」

女：「無話可說了吧？」

男：「我跟學妹真的不是你想的那樣，我一位室友跟他女朋友鬧彆扭，就是那位學妹，但是又放心不下，所以才託我用直屬學長的名義拿筆記過去，她有不懂的我順便教她，我室友那樣講，是因為不想讓你誤會。」

女：「你是不是覺得我很好騙？」

男：「我很難跟你解釋，總之，君子坦蕩蕩……」

女：「對～對～你是君子，我是愛猜忌的小人。你對學妹好、對室友好，為什麼對我不像對你室友那麼好！」

男：「你冷靜一點，那不一樣～你聽我說……」

女：「我不要聽！我不要聽！我已經聽你說太多太多謊了……我不要聽～」

（據說女生就是在這邊哭出來的）

女：「你曾幾何時為了我而付出過，嗚嗚～～」

男：「你說你喜歡聽口琴的聲音，還送了一支給我當生日禮物，我不是去社團學了嗎？」

（男生說完就將書包裡的口琴掏了出來）

女：「通識課的時候，我同學剛好在廁所聽到你跟你室友講說自己根本不喜歡，還說那是『靡靡噪音』，這個我可沒冤枉你了吧？你只是在敷衍我而已，你心裡根本沒有我，嗚嗚嗚嗚～」

男：「隨便你怎麼說，敷衍又如何？正因為我願意去做我原本不喜歡的事，不就正好可以證明我在乎你嗎？你我之間如果沒有體諒和信任，只有懷疑和剝削，那麼這段感情不要也罷！」

（據說男生在這邊也火大了）

女：「要分手是不是？好讓你趁心如意去跟學妹光明正大地卿卿我我，好啊！我成全你！誰稀罕！你只在乎你室友，我詛咒你，詛咒你和你那群316的豬朋狗友，你們別想在這個校園裡得到幸福快樂。」

從這邊開始分成兩個版本——

【版本一】
女生說完一把搶過曾是定情信物的口琴，朝男生的臉猛力一砸，然後——自己就從「喜鵲橋」上往馬路的正中央跳了下去……

【版本二】
女生說完重重甩了男生一個耳光，然後一把搶過曾是定情信物的口琴往回飛奔，然後突然爬上「喜鵲橋」邊欄，猝不及防地一躍而下……

…………

…………

　　阿甘學長的「幹古」其實我一開始不怎麼相信，畢竟剛從成功嶺大專集訓回來，軍中鬼話聽了不少，嚇不倒我，只當成是鄉野奇談；但畢竟男女吵架的情節引人入勝，兼且其中一位主角曾是本系學生而令我有種代入感，聽得津津有味的同時，不由自主地把玩著手上的小紙盒，

　　聽到女生哭出來時，由於臨場的畫面感十足，一個閃神手上物件竟「溜手」了一下，幸虧我反應快，在半空中成功抄截，只覺入手一陣冰涼，當下不及細看，等到這齣現場LIVE的玫瑰之夜堪堪扯完，才低頭看了一眼。

　　──居然是一支口琴（靠夭～一端還有明顯的污漬）。

　　我頓時一陣天旋地轉，雙肩即時被阿甘學長用力穩住。

　　「那個女生後來……後來她怎麼了？這口琴哪來的？」

　　「學弟，你終於認真聽我說話啦！別擔心，聽說那位女生被送到敏盛急救後生命無礙，家裡替她辦了休學，後來也順利畢業了。這口琴便從那時成為本寢代代相傳的信物，現在就交給你了……」

　　「那……那所謂的魔咒還是詛咒究竟是怎麼一回事？」

　　「學弟你別太當真，我們學理工的不應該迷信。」

　　有種被抓交替的感覺！想起老哥說的大學三學分，不由得一陣心慌：「學長，這攸關我往後四年的幸福，請您行行好，指點可愛的學弟一條明路。」誠懇又謙卑的態度果然獲得正面的回饋，阿甘學長有點無奈地說：「說也奇怪，從那時開始，只要住進我們316寢的人，已經有女朋友的都必定分手，沒女朋友的就注定單身四年。我剛開始也是將信將疑，

不過……這三年～我盡了一切努力，寢聯一定約不成，就算約成也會破局，即便成行，最後也會被放鴿子，沒辦法就是沒辦法……」說著說著還邊搖頭邊苦笑。

「現在退宿還來得及嗎？」我看著手中已與自己肌膚相親的口琴還抱著一絲希望。

「來不及了，學弟。從你收到住宿通知書的那一刻開始，你就是本寢的一員了。」阿甘學長的話語聲宛如一柄利剪，將最後一條地獄的渡魂索給「喀擦」掉。

「呃……我聽我阿嬤說，被人下符咒可以去『祭改』什麼的，有用嗎？」

「關於這點，我直到這學期終於體認到自己塵緣已盡，所以前陣子開始修佛，禪學社的師父倒是點醒了我一些事情。」

可能是我雙眼的神采飛揚了起來，學長不賣關子接續著講：「師父說冥冥中自有因緣，我覺得喔，你可以朝兩方面著手，一方面找到一個你喜歡的女孩真心為她付出，另一方面又能設身處地為室友們著想，把當年男女主角未能如願的那段因緣完成，或許有機會化解這個魔咒的制約。」

我點點頭，同時心中也為了男女主角無言的結局而感到惋惜：「謝謝學長，我會努力！」

「那就祝你們好運了。對了～開學前你還會有室友陸續搬進來，到時生活注意事項和環境介紹就由你負責告知，至於剛剛這事就莫再提，不然他們疑心生暗鬼，也是徒增煩惱。」（煩惱的人越少越好是吧）

阿甘學長臨走前，拿起胸前的奇異筆在門板的左上角不知道在寫什麼，我好奇心大起：「學長你幹嘛？該不會是在

畫符還是魔法陣吧？」我開玩笑隨便說說，未料居然被我猜中。

「『奧爾斯』？什麼意思？」我問。

他說：「前一任室長搬走時我也這麼問，他說這是我們316的事，我們自己解決，把口琴理的怨靈封印在裡面，不要讓它影響到其他人，So～It's ours，懂嗎？」說完擅自將那隻銀色奇異筆插進我的褲袋，揹起自己的包包半轉過身子對我說：「那麼，學弟，你們慢慢窩，我先走一步。」

（好瀟灑的背影，果然是敢做敢當的理工人）

看來，還沒開學，愛情這個學分已經交給我往後好幾年份的作業啦！

📌　　📌　　📌　　📌　　📌　　📌　　📌

我悼念完自己已然逝去的青春後，轉身對學弟們說：「謝謝啦！先預祝你們下學期工數all pass，我先走一步，你們慢慢窩。還有啊，衣櫃裡的火鍋可以拿出來了，再不攪拌就要『黏底』啦～很難洗！相信我。」

看著他們誠惶誠恐地面面相覷，我帶著一肚子偷笑，緩步離開。

316之2
～獅仔尾

獅仔尾格言──

欸～你們不覺得今天國文課講的「竹爐湯
沸火初紅」就是在說我們嗎？好比這盆麻
辣火鍋，年輕就是要辛紅夠嗆、敢拼敢
衝！

　　回憶往事，令心情頗為輕鬆自在，我刻意從二樓的「喜鵲橋」走出力行宿舍。橋上有男有女，一如往常地說說笑笑，我站在新中北路的上方，閉上眼睛，重新描繪記憶中的街景——

　　右手邊第一個路口往右轉便是通往「中原至尊」的捷徑（那是我大學畢業前最常跑去串門子的地方），交叉路口有間OK便利超商，門口那攤鹹酥雞的炸花枝丸和甜不辣是我力行初體驗的宵夜，暖黃的燈光、恰到好處的胡椒鹽，一念及此，我這蠢笨的大腦居然受騙上當地分泌出毫無用武之地的口水。

　　再往前走就是唐老鴨牛排，當時的中壢有三寶：牛排、保齡球、檳榔西施，「140點115」獨占最後一項，而咱們CYCU得到另兩項；牛雞雙拼只要90～100元超划算，保齡球更誇張，不但24小時營業，晚上10點到隔天早上8點，一局只要10元、買5局還送1局，保證打到手斷掉！唐老鴨隔壁的隔壁有一間皇冠，《尋秦記》和無數的港漫就是在那邊K完的。

　　往喜鵲橋的左手邊看去，除了不倒翁牛排外，它斜對面還有一家美而美，當時幾乎每天中午都往那邊跑，原因很膚淺，因為店裡有位叫做姿伶的工讀生，她是夜間部工工系的，有著陳慧琳的臉蛋、林熙蕾的身材，嗯～屬於火辣型，身材好到令我一坐下來就是點杯大冰奶退火先……（不好意思～本人思想就這麼直白）

　　美而美的老闆到底大了我幾歲，沒多久就察覺我的消費動機並不單純，而為了旗下員工與老主顧的幸福著想，在提供可靠資訊的同時，還製造了不少機會給我和其他室友，可

惜咱316寢身負口琴魔咒的原罪，個個命犯天煞孤星，在歷經四個月的前仆後繼，被接連打槍了整整兩輪後紛紛退出，只剩臉皮最厚的兩位勉強維持著本寢的尊嚴。而在經歷N+1次的失敗後，獅仔尾和我雙雙收到姿伶同學正式遞出來的好人卡：「你是個好人，但我們真的不適合。」

其實整個過程我並不是那麼在意，畢竟火辣型的正妹就是純欣賞，並非本人的罩門死穴，尤其到了中後段，多多少少抱著看熱鬧的心態，和一種莫名的贖罪感。

獅仔尾就讀板中時原本有個可愛的女友，但中壢到淡水的距離禁不起對方直屬學長近水樓台的猛烈追求，在他搬進力行宿舍後不到三個月，跟他提了分手。原本我想透過自己被姿伶同學殘忍拒絕的事實來激發室友的求生意志，未料隔天獅仔尾就拍著我的肩膀，很黯然、很銷魂地說：「室長，交給你處理吧……我不行了。」

因此，當我隔天中午依舊準時出現在美而美門口時，店長老哥和姿伶同學像是看到九命怪貓似地張大嘴盯著我瞧。相較之下，神態反而頗為從容的老主顧說：「我還是點老樣子……光天化日你們看到鬼啦？」

店長老哥：「姿伶和我才剛打賭，但是賭不成，因為我們都以為你不會再來了說～」

臉皮有夠厚的人搔了搔頭、笑笑不說話。

等了一會，身材火辣的姿伶把我要的香辣雞腿堡（不加洋蔥、沙拉多更多）和大冰奶放在我桌上後，便坐了下來和我一桌之隔面對面：「死纏爛打這招對我沒用，不過，我真的很好奇，你到底在想什麼？」

我再度搔了搔頭笑著對她說：「既然已經和美女失之交

臂，就更不能錯過美食了，你說是吧？」

姿伶爽朗地笑了出來，對她老闆說：「店長～他好誠實喔，今天這頓我請。」往後，她成了咱316寢的御用參謀軍師、戀愛顧問，出謀劃策惠我等良多，儘管一次都沒成功過。

這間美而美在我大二下時消失。店長娶了一位越南的美嬌娘，打算搬回花蓮老家自己開店，營業的最後一天，夫妻倆還約我跟姿伶打烊後去市區的新明牛肉麵一起吃惜別宴呢！

該談談獅仔尾了。

他是第二位搬進力行316的住客，本名施子緯，被莊不全用台語念成「獅仔尾」，他第一個反應很妙，居然是：「要也是獅子頭吧！你們吃過正宗道地的紅燒獅子頭嗎？」他個頭和我差不多，也是中等身材，眼鏡戴起來像是年輕版的籃球主播傅達仁，而拿下眼鏡又像是太過熱情的棒球主播徐展元，雖然他本人兩項運動都不怎麼樣，但咬字清晰、妙語如珠的冷面笑匠確實非他莫屬。他選了右側離門最遠的床位，每天晚上與我四目相對、深情對望。

這位獅仔尾超愛火鍋，一年四季、三百六十五天，他老兄天天都有吃火鍋的理由；但卻不幸住進電壓不穩、經常跳電的力行宿舍。因此，在那一年裡，男生宿舍跳電頻率大幅增加，在伸手不見五指的走廊間，總是能聽到領先舍監一步的獅吼：「幹！到底是哪一間又在偷煮火鍋啦？」——而做賊的人往往第一個喊捉賊，真是要不得。

　　獅仔尾在我住進316的第三天傍晚搬進來的，最先引起我注意的除了他名字的諧音外，就是他的行李了。我們倆都把成功嶺大專集訓的軍綠色大背包物盡其用，不過我主要是拿來裝書籍小說，而他則是大相逕庭，由於印象太過深刻的緣故，至今我仍清楚記得其內容物至少如下：電磁爐一個、大湯鍋一個、小鍋兩個、電湯匙一支、電茶壺一個、沙茶醬、胡椒粉、番茄醬、康寶雞湯塊、兩顆檸檬、半瓶米酒、瓶瓶罐罐哩哩叩叩……最後，居然還用保鮮膜包著一根蔥！

　　才一個照面，這小子便公然挑戰我身為室長的威信，對於起碼違反了三條以上住宿公約的偏差行為，我不得不對此提出糾正；他則報以「我明白、我明白」的笑容瞇著眼微微點頭，一邊用恰到好處的力道拍著我的肩膀、一邊興高采烈地回覆我：「太棒了！看來寢室長是位正直且不可多得的忠義之士，我覺得我們一定處得來，為了慶祝我們的相遇，沒有什麼比泡菜牛肉鍋更適合的了！」

　　只見他雙手熟練地操作著，同時將手中OK超商的提袋放在我面前，請我幫他把食材拿出來，等我回過神來，冒著熱氣的「力行第一鍋」已然咕嘟咕嘟地飄出誘人的氣味呈現在眼前，而此時飢腸轆轆的正直忠義之士，能夠做的就是把寢室的門確實鎖上，並用小說儘可能地塞住門縫了（有道是，書到用時方恨少哪）。

　　時值八月，住宿生大都尚未返校，因此力行宿舍毫不吝嗇地提供穩定電源給這小小的犯罪party。話題很快就聊開了，有別於前兩晚的寂寥，圍爐的氛圍似乎總能讓人互訴心事；我將大學必修三學分的理論提了出來，他則得意地告訴我，自己已經領先群倫一個馬身，因為他有位考上淡江大學的女友，在我好奇的眼神暗示之下，他翻開皮夾，把他們小

倆口的合照show給我看，又隨口提了幾件交往的趣事，讓我
既羨慕又嫉妒。

　　往後的每個夜晚，只要看到他拿著電話卡走出寢室，就
知道他大概一時三刻不會回來。也不知道他是否刻意安排，
三不五時他女朋友還會打到寢室裡面（寢室電話無法撥外
線），因此便可聽到他老兄和電話另一端的女生情話綿綿。
然而，電話被設定為5分鐘會自動掛斷（跟幾年後某電信業者
推出的「哈啦900」一樣），所以寢室內的單身成員會在女生
再次打來的間隔裡，無所不用其極地表達內心的哀怨，並痛
斥某對旁若無人、不知羞恥的狗男女。而這些指責獅仔尾都
能將其轉化為愛情火鍋的特調沾醬，嘻皮笑臉地照單全收，
大夥兒也拿他沒皮條。
　　——於是大家開始想方設法地整他，而這些利用電話來
整人取樂的餿主意，絕大多數出自喇叭峰的手筆。

　　有一次，獅仔尾講得實在太肉麻、太不知檢點：「……
我知道啦～你是我的小寶貝，我也很想你啊～我當然愛你愛
你……永遠都愛你……對啊！我在寢室啊，我室友喔～不會
啦，他們不會介意的啦……如果我們之間的感情能夠好到讓
別人嫉妒，那也是種幸福不是嗎？」
　　大家實在受不了這種不間斷的甜蜜轟炸，我一使眼色，
喇叭峰立時會意，一聲嚶嚀貼在獅仔尾身上，故意在他話筒
旁嗲著嗓子用南部腔的台語說：「阿緯啊，恁係尬誰共架固
逆啊？人家等你洗澎澎Ａ～～妹妹慾火焚身了啦！」獅仔尾
飛快地推開這個溫香軟玉，簡單交代幾句，電話一掛、抄起
電話卡在大夥兒一片轟笑聲中逃離寢室。

　　惡整的結果換來短暫的耳根清靜，差不多過了一個月吧，當時獅仔尾正在洗澡，情話專線提早打來，被剛進寢室的「宵夜值日生」小法克接個正著——

　　「喂～316，誰要找？」

　　「施子緯喔……」看了一下其他人，明顯收到整人劇場開麥拉的信號，便即興發揮。當下一捏鼻子便說：「呃～我就是……」

　　「聲音？喔～我感冒，所以聽來怪怪……」

　　「我為情傷風、為愛感冒～YUKI不是有唱那個……法克，怎麼熊熊忘了，啊對，愛就像一場重感冒的啦……」

　　「沒有啦，沒有沒有……我哪可能罵你～你會自責喔？快快別這麼說，你跟這沒有關係啊……我們怎麼會有啥關係咧？」

　　「因為……因為……」瞥眼見到打著赤膊、披著浴巾的正牌男友已推門而入。

　　「因為我和室友已經互相愛上，我們已經有了愛的……」還來不及講完話筒已被獅仔尾一把搶過，趕緊解釋再解釋……

　　「剛剛是我室友在開玩笑……哈啾～～」入秋的十月已經微涼。

　　「沒事啦，就很想你啊，為情傷風為愛感冒嘛……什麼？這句我剛剛已經講過了？」想必周圍的爆笑聲已經順著電話線竄到淡水那邊去了。

　　「沒有啦，我沒有把我們的事當笑話……哈啾哈啾～～」坐門邊的土撥鼠還故意把寢室的電風扇開到最大。

　　「我還沒穿衣服……哈啾～不是你想的那樣，我很守規矩，沒有不正經，哈啾～是他們不正經，我等一下再打給

你。」

　　想當然耳，獅仔尾興師問罪的抗議又再度被一片笑聲駁回。

　　大夥兒又耳根清靜了差不多一個月，然後下一次，也是最後一次，話筒恰好被我接了起來，當時期中考剛考完，大家正在討論要去好樂迪唱歌的事情，知道這個時間來電的八成又是獅仔尾甜死人不償命的糖尿病專線，因此全都靜了下來，喇叭峰朝身邊的茲巴威一挑眉，想必這兩位已經開始構思整人新玩法。

　　電話那頭傳來令人渾身酥軟的女聲：「請問施子緯在嗎？」我說：「他現在人剛好不在寢室，等一下他回來我再請他回電。」未料電話另一端沉默了一下，依舊甜美的聲音卻隱隱挾帶著十一月中旬透出的冷意，流瀉出令人不安的訊息：「不用了，請你幫我轉告他，我想一個人靜一靜，我會再找時間跟他說。」

　　我第一時間腦海中浮現的是一支口琴，因此刻不容緩，立即說：「同學，我是316的寢室長，你跟子緯……你們還好嗎？是不是有什麼誤會或是需要幫忙的？」室友們的耳朵這下全豎了起來。

　　那女生又沉默一陣子，終於出聲：「……不用了，我晚一點再撥，謝謝。」在電話被掛斷前，我好像還聽見了一聲啜泣。

　　大夥兒面面相覷，我搖了搖頭、一個苦笑，都是十八、九歲的大學生，有些事情不用追問，就知道怎麼一回事了。而就在同一時間，獅仔尾提著一小袋火鍋料走進寢室。

　　大家立即假裝一如往常地各自動作，看著他笑著跟每個人啦咧幾句、邊哼著歌、邊將湯鍋和電磁爐從衣櫃裡搬出來，然後裝水、倒水、插電、將食材一包一包剪開、自得其樂地攪拌著蛋黃和沙茶醬……

　　由於其他人的眼角時不時地向我這邊瞄過來，我突然好希望接到電話的不是我，更希望今晚電話不要再響，我想其他人一定也這樣想吧！就在獅仔尾涮下第一片羊肉時，電話響了起來，獅仔尾立刻將肉片和筷子放了下來。

　　離電話最近的新生順勢接起，所有人注意力的觸角都延伸了過去，只見他白淨俊秀的臉微微一蹙，便道：「有啦有啦～我有按時服用你寄來的美國仙丹和鐵牛運功散，我會吃得比牛還壯，你放心啦！」掛斷電話後跟大家補充一句：「我媽。」

　　大家暗暗鬆了一口氣，獅仔尾再度將沾了醬汁的肉片夾起，還來不及入口，電話又響了。新生再度抄起話筒：「媽～你要我帶來的我真的都有吃啦，連阿公的蔘茸藥酒我都一起……蛤？你是……喔～找子緯喔～你等一下。」他並沒有將話筒交出去，而是按下保留鍵後將它掛回，接著便抓起外套和漫畫走出寢室。

　　離門最近的兩位，包含花叢老手拉瑪控和不久後即將感同身受的土撥鼠也跟在後面閃人，小法克從高架床上一個俐落翻身、飄然下地（10分），自顧自說了句「巴豆夭，買泡麵」就往外走，而喇叭峰和茲巴威不約而同地抓著同一包衛生紙表示要「棒賽」，兩人你爭我奪地逃出烏雲密布的寢室。

　　獅仔尾感到莫名其妙，這群把肉麻當有趣的不肖室友，平常巴不得把耳朵貼過來，今天怎麼反常？只見他喃喃自語

地將話筒接了起來，有感於稍後的場面將會頗爲尷尬，因此我也識相地迴避；我用背擋著獅仔尾的視線，將電磁爐的開關關掉、插頭拔掉，畢竟這通電話可能會5分鐘、5分鐘、5分鐘地講很久很久……，臨走前還順手把他拿來切蔥切蒜的刀子收走（我承認自己想太多，但所謂的魔咒一個就已經太多了）。

　　果不其然，我的好室友們此刻全聚在通往頂樓的樓梯上，沉默籠罩著大家……還是喇叭峰先開口：「今嘛麥安怎逆？」

　　「哎呀～馬子這種事……」愛情觀與當代青年格格不入的拉瑪控，他的發言被衆人的目光狠狠制止，立刻高舉雙手笑著表示投降。而一個月後才會翻船的土撥鼠用雙手在身前比了個叉叉，顯然也知道自己不適合提供意見。於是剩下的五個羅漢腳，只好進行第二回合的沉默；這期間，機靈的新生又回寢室門口探了兩次動靜，回來跟大家報告：「戰況膠著，非常激烈！」

　　接連幾聲哈啾，顯然來自南部的幾位室友還沒適應這兒「挺靠北」的天氣，但卻點醒了我──

　　「羊肉爐？還是薑母鴨？」我也開始感到有點冷。

　　接連幾聲「蛤？」讓我繼續說了下去：「你們不覺得今晚很適合吃火鍋嗎？」我頓了一下，才又繼續講：「聽說中山東路那邊新開了一間薑母鴨，拿學生證外帶打八折，旁邊又有鑫振源，大家湊一湊買回寢室圍爐怎麼樣？」一個、兩個、三個……然後大家都開始覺得越來越冷，看來今晚非吃火鍋不可了。

　　於是，大夥兒湊了1,400多塊錢，由自告奮勇的小法克

和土撥鼠擔任本日火鍋公差出外勤，等到大包小包地買齊以後，我去寢室外張望了一下，發現已失去領先我一個馬身優勢的獅仔尾正一個人落寞地攪拌著電磁爐上的鍋物，我立刻向後一招手，大夥兒魚貫而入。

喇叭峰笑著說：「獅仔尾你嘛好啊，這呢少哪夠吃？」小法克立即幫腔：「丟係共袂～金某告意思喔你！室長剛剛有提議去買買薑母鴨，把新開的店高關一下，你這位pro一定要給它講評的啦。」

「鍋子借一下啦！」在旁的新生和拉瑪控自動自發地幫他把小鍋換大鍋，加湯倒料補得滿滿滿。

獅仔尾看著已經圍了一圈就座的室友不發一語，過半晌才說：「恁係北七喔～下次買薑母鴨，記得叫老闆米酒另外給，不能直接加啦！」大男孩們顯然明白有些事盡在不言中，於是紛紛默契十足地轉移話題。

面對鄉民們的誠心請益，這位火鍋大師也不藏私，便開始從酒精的揮發度，和油、水二者間比重的差異性，為大家進行專業剖析，隨著長篇大論「火鍋經」的推展，以及眾人體內酒精濃度的變化，寢室內的氛圍也逐漸能夠經得起笑罵之聲的衝擊。

或許是火鍋之神的眷顧吧！力行宿舍那天晚上出乎意料之外地沒有跳電，讓暖熱的湯汁毫不間斷地圍繞那顆被淡水寒風凍傷的心。

過兩天，剛上完英聽，走出視聽教室時已近黃昏，同學

們一哄而散，而幾位316的室友要和班上女生去KTV唱歌，打算一展歌喉的我一邊將原本拿在手裡的外套穿上、一邊在腦中排列個人歌單，當我重新拎起包包時，獅仔尾叫住了我。

「室長，有沒有空？」

「怎麼了？」

「要不要和我去一趟淡水？」

我停下了腳步，心中的天秤略一晃動就反問他一句：「阿給和酸梅湯給你請喔，有沒有問題？」他當然一口答應下來，雖然後來這兩樣都沒吃到。

獅仔尾和我都是台北人，兩台摩托車從宿舍附近的新中二街開始出發，沿台1線一路向北，到迴龍那邊時，見他轉進一條往泰山的路，這裡不熟，只得集中精神在後面跟車。

看著他熟門熟路的車尾燈，我不禁心想：「中壢到淡水這麼遠，像今天這樣子他到底騎了幾回啊？」轉念又想：「今天說不定是最後一回了。」一念及此，不禁憶起從前讀過的「相迎不道遠，直至長風沙。」以及「卽從巴峽穿巫峽，便下襄陽向洛陽。」感情世界一片空白的我，只覺這種誇飾修辭太過灑狗血，但私下揣摩前方那位對照組此時此刻可能截然相反的心境，也只能苦笑了。

關渡大橋上，淡水河出海口的海風迎面而來，讓人精神為之一振。下橋後不久，看到獅仔尾打了方向燈，我也跟著將車轉進路旁的加油站和他一起停了下來，兩人稍作休息。此時華燈初上，我看了看錶，騎得沒想像中久，但也快傍晚六點了。

上廁所時，他頭也不抬地說：「其實我跟我女朋

友……」說到這沒聽見我搭腔便把話停住，等到洗完手才一邊甩水、一邊將話頭接下去：「幹！你們要裝到什麼時候啦？」

既然他把話挑明，我也不好意思再裝傻：「呃～你們……吵架啦？」

他嘆了一口氣：「我也不知道我做錯了什麼？她說叫我這陣子先不要找她，她以前明明就很黏我，怎麼會……唉～我真搞不懂……」

「獅仔尾，我沒交過女朋友，很難體會你的心情，也沒有辦法給你什麼建議，不過很多事是好是壞有時很難講，不要太早下論斷了。今天你打算怎麼做？」

他嘆了一口氣：「我也不知道……就只是……只是很想見她一面，當面問問怎麼回事？」

「那就走吧，順利的話大家一起吃頓飯聊聊，把事情弄清楚。」

獅仔尾和我再度跨上摩托車，向淡大校園挺進。

獅仔尾她女友的住處在校外，但這次由於是臨時起意，因此我提議基於尊重，應該先打個電話。於是我便在名聞遐邇的「蛋捲廣場」坐了下來，看著他朝驚聲路另一頭的電話亭走去。

淡江給我的第一印象是好冷、女生好多而且打扮入時，明明冷得要死，穿著短裙黑絲襪的卻比比皆是，不像咱中原，理工起家的校風，在人文素養上，氣質就是比較樸實無華。

時間過得有點慢、有點久，才看到今晚的男主角垮著臉走了回來，他告訴我，聽她室友說她去打工，今晚怕是撲空了。

也罷～既然來了，就去淡水老街吃頓飯、順便逛逛吧（好一段時間沒來了呢）！還是他帶路、我跟車，十一月的海風已頗有刺骨之感，我們幸運地、同時也是不幸地在福佑宮附近找到地方停車，向來喜愛各地老街美食的我，一路進行單口相聲，試圖拉抬獅仔尾不斷下探的心情。

正當我們在等烤魷魚的時候，按往例地被轉角那間土耳其冰淇淋店吸引。只見阿兜仔頭家一邊叫賣、一邊熟練地戲耍著看家絕活逗樂顧客，這回點冰的是一對情侶，阿兜仔先舀了一球讓女生舔一口，然後又刻意將女生嚐過的那一面遞到男生面前，示意男生也照辦……喂喂～這樣根本是當眾（間接）打KISS吧？

那男生立時會意過來，很誇張、很誇張地大舔一口，老闆還故意手抖了一下讓冰淇淋「不小心」沾到男生的臉頰，用很曖昧的眼神看向女生，示意女伴幫忙「清潔清潔」，那女生滿臉通紅……旁觀眾人連聲起鬨，須知此時即便天色已晚，但這邊會不會太閃亮亮了一點？

不小心吃到酸葡萄的我，正待跟身旁的室友吐些酸言酸語，卻看到獅仔尾兩眼無神、呆若木雞……一臉失魂落魄的表情──我立即警覺到有什麼不對勁！

那女生雖然已將頭髮留長、還做了離子燙，但她的輪廓我分明看過；那是一張照片，女生左臉對著鏡頭，尤其是左耳下的兩顆小黑痣令我印象深刻，不過身旁的男伴不是現在這一位，而是此刻在我旁邊的獅仔尾！那張照片想必此刻還躺在他的皮夾裡。

——他黯然轉身、快步離去。

我顧不得魷魚還沒烤熟（去他的魷魚），兩人一路疾走，回到宮廟旁的停車處。他坐在石階上，低著頭把臉埋在雙手之間不發一語，我也不知道該說些什麼，只好就這麼陪他坐著……

好一會兒，他才開口：「其實，剛剛打完電話的時候恰好有看到她……」我訝異地看著獅仔尾，露出一個疑問的表情，他有些激動地接著說：「那個男生就走在她身邊，她叫他學長……他們有說有笑，我也不知道爲什麼，那個時候居然不敢上前找她……就在後面跟了一小段路，看到她坐上他的車，我……」他平復了一下情緒又說：「我當時告訴自己別想太多，說不定她只是搭學長的便車一起去打工，結果……」

——結果就是沒有結果了，而該了結的還是要了結。

只見兩位遠道而來的騎士，在水源街左一彎、右一拐地穿梭，最後在一棟建築物前停了下來，獅仔尾怔怔地往上看著。

從他視線和水平線的夾角判斷，三角函數還算不錯的我心想：「嗯～應該是四樓吧！」只見四樓一片漆黑，如同猜不透的女人心。

過了一會，我拍了拍他的肩膀：「要不要先吃點東西？我去買，等她回來大家一起把話說清楚，不然就改天先約

好，我再陪你跑一趟。」他搖了搖頭，像是還有點依戀地說：「其實……也沒有什麼好說的了……走吧～」

這時空中開始飄起細雨，我打開行李箱拿出雨衣，看見下方壓著的廣告紙突然心中一動，便對他說：「要不要留張字條給她做個ending？」他頓了一下，還是將廣告紙接過手去，對著空白的背面想了好一陣子，才終於寫了寥寥幾個字對折後投進門邊的信箱（果然是四樓）。

即便我退了三大步表示對室友隱私的尊重，但在路燈的輔助以及他右手寫字的筆順和起伏，不難得知字條上的字不多、頂多兩行；第一行字不大、寫得頗快也很自然，我猜大概是稱謂吧！而第二行字寫得很慢、很大、很用力、幾乎是一筆一劃地刻在自己的心上──第一個字鐵定是「我」，第二個字筆劃不少，不是「愛」就是「想」，所以接下來的字就算猜不出來，也知道意思了。

我跟著獅仔尾發動引擎後，卻看他又把火熄了。只見他從鑰匙圈上緩緩滑出一把鑰匙，再度朝建築物的門口走去，寧靜的空氣中響起「匡噹」一聲，今晚的女主角信箱中又多了一個物歸原主的附屬品。

回程路上，眼前的車尾燈格外落寞。想起老哥說的「遠距離戀愛總有道看不見的天險」，此刻的我是略懂略懂了。但我不願向啥勞什子的口琴魔咒屈服，能做的我儘量做就是，大學有四年，現在大一上都還沒結束呢！

快下關渡橋時，我倏地超車，用手勢示意獅仔尾給我

好好跟上！空著肚子吹海風能夠有什麼好事發生呢？我們在張媽媽孔雀蛤店門口聞香下馬，今晚我做東，試試香辣入味的真情熱炒，能否替我們掃蕩不愉快的陰霾？嗯～多多少少啦！我盡力了。

　　出店門時，身子暖了、雨也停了，倒是海風漸強。當晚我提議不走原路，他聳聳肩表示沒意見，起身發動了往後幾年後座始終少一人的迪爵；嗯～是說它也不孤單啦，後面隨行的是往後幾年後座同樣呈現真空狀態的星艦。

　　我們沿著海濱慢慢騎，急什麼呢？海風中，總會有股特殊的鹹味，且讓傷心太平洋撫慰鋼鐵男子的淚海吧！——愛因斯坦說得對，思念和距離是相對的。思念越長、距離就越短，身歷其境的獅仔尾，此刻應不致於察覺路途遠迢才是。

　　過幾天的火鍋宴就沒這麼幸運了，就在整鍋羊肉爐的前置作業堪堪完成前，像是跟舍監約定好似的——跳電了！突如其來的黑，讓人措手不及。走廊上，傳來此起彼落的吆喝與怒罵聲。

　　而黑暗中的飆罵和吐槽更是肆無忌憚地展開——

　　「幹！我明天要考普物耶！哪一寢在開伙？別鬧囉～」

　　「沒差啦！葉大刀的課……你還心存僥倖喔～吃飽一點比較實在！」

　　「靠包啊～煮你媽的老皮嫩肉啦！」

　　「機車咧！你又知道人家老媽嫩不嫩喔？」

「煮你妹比較嫩啦！我是225的楊大砲，有種來土木系找我。」

「你少在那邊雞掰我，我根本沒講話……」

「會計二乙劉慧芳，我喜歡你！」

「不要趁亂告白！慧芳學姊喜歡的是我，我是128的方國棟……」

…………

…………

…………

——「為什麼？為什麼雞巴學長要來搶我的女朋友？」

在黑暗中，突然天外飛來了這麼一句略帶哭腔的怒吼。由於湊巧卡進雜沓紛亂、靠夭靠北的間歇處，因此格外清晰。我那時剛洗完熱水澡、通體舒暢，打著赤膊、圍著浴巾，在一團漆黑中摸著牆壁朝寢室移動，聽到這句話，只覺得口音好熟，過了三秒鐘才想到，這正是出自獅仔尾口中的獅子吼！

沒想到，居然無意間釣出不少受害者——

「幹！我也是～我女友也被她中央的學長把走了，國立的了不起喔？」

「他媽的醫工三甲那個姓蘇的，你夠了喔！已經有曉玫學姊了還跟我女朋友搞曖昧……」

「元智的大四老豬哥，陳帥西，我就是在說你，每天晚上送宵夜給我女朋友是何居心？恁娘ㄟ～～」

…………

…………

…………

　　受災戶們在黑暗的掩護與刺激下，頻頻發出不平的悲鳴，這使得以大一男生為主體的力行宿舍，在這即將入冬的秋夜裡有志一同地義憤填膺起來。

　　不遠的前方突然傳出一陣「淙淙淙淙」的吉他聲，接著有人唱了出來——

……

不要再想妳　　不要再愛妳
讓時間悄悄的飛逝　　抹去我倆的回憶
對於妳的名字　　從今不會再提起
不再讓悲傷　　將我心占據

　　歌，是伍佰的《浪人情歌》；人，是咱316吉他王子拿手的自彈自唱。這首歌在成功嶺集訓時，常聽教育班長在中山室播放，其點播率之高，讓與外界音訊一度隔絕的我，幾乎誤以為是國防部當年度軍士官招考的主打歌，大專兵們可說是琅琅上口；於是我便趁黑跟唱，而一起唱和的嗓音也不斷加入，從二重唱、三重唱再到N重唱……

讓它隨風去　　讓它無痕跡
所有快樂悲傷所有過去通通都拋去
心中想的念的盼的望的不會再是妳
不願再承受　　要把妳忘記
……

　　此時被刻意加重的「淙淙」聲顯然撥動了不少心弦，所謂傷心人別有懷抱，以至於接下來副歌的部分，音量大得誇張，甚至能把整個力行宿舍的屋頂掀翻！

　　……
　　我會擦去我不小心滴下的淚水
　　還會裝做一切都無所謂
　　將妳和我的愛情全部敲碎
　　再將它通通趕出我受傷的心扉
　　……

　　我敢說，那一夜，在校園斜對角的信望樓女生宿舍門口，那群「意欲何為」的學長們，想必都能聽見這群大一學弟哀怨的心聲吧！

　　大三時，獅仔尾終於有望走出情傷。
　　本系的必修課在大三來到了最高峰，每一科都毫不留情地把我往死裡打；由於「雙二一制」的免死金牌在大一大二時幾乎都用掉了，同屆戰友們死得死、逃得逃，因此每一次考試都馬虎不得，稍有閃失就得吃紅牌離場、準備辦休學。
　　那陣子我常跑圖書館，三不五時就會遇到獅仔尾，也差不多就在那個時候，才知道他對圖書館裡的一位工讀生頗有好感，只不過一朝被蛇咬、十年怕草繩，上一段戀情的陰影，讓平時上台報告滔滔不絕、侃侃而談的「施主播」有些膽怯。

　　話說那位女生經常穿著一件紫白相間的工工系外套，我靈機一動、計上心頭，身為前室長的我決定幫他一把。

　　隔了幾天，我在懷恩樓和圖書館間的腳踏車棚附近堵到姿伶，她正收下一束「花語寄情」主辦單位送來的「恆愛永不離：紫羅蘭／紫藤」，我只好先坐在旁邊的石階上觀禮，等邱比特用大聲公唸完「大膽告白卡」上的內容後，便將「QOO臉紅考慮中」、「在一起OK」、「好人QQ」三張大大的任務紙卡高舉過頂，然後鄭重地交到她手中──而她從容不迫地將筆畫最少的那張卡挑了出來交給邱比特身邊的助手（周遭理所當然地響起一聲「厚～」）。

　　正當我起身走沒幾步，邱比特又拿出另外一束「祕戀貴真誠：梔子花／海芋」（還是給她），紙卡三選一的陣仗在朗讀完畢後，再度一字排開，姿伶不慌不忙地又揀走筆畫最少的那張卡片發還由QOO贊助的主辦單位（四周又是一聲「厚～」）。

　　我刻意多等一下，見沒有後續，才喊一聲朝她走去，她回頭一看是我，便笑問：「大冰奶、香辣雞腿堡是嗎？」

　　「虧你還記得，無事不登三寶……」話才說到一半，才離開沒多久的邱比特們又飛了回來。

　　「同學，不好意思，這邊還有一份，剛漏掉了，請你簽收。」說完便獻上一束「痴迷永不悔：洋牡丹／瑪格莉特」、還加碼了一隻泰迪熊，同樣的戲碼三度重演，只見姿伶眉間微蹙、略一抿嘴，將花收下，卻把泰迪熊連同好人卡還了回去，不料手上東西真的太多，一陣強風吹來，將一張紙卡捲到我腳邊，我走過去彎腰拾起後轉向姿伶順勢舉了起來，不料居然是「在一起OK」，而留在姿伶手中的當然只剩那張「QOO臉紅考慮中」了。

　　圍觀眾人的讚嘆聲此時也識相地從四聲改為二聲（還幫我拉尾音），我趕忙在胸前比了個叉叉，表示自己是清白的局外人，無任何不良意圖。姿伶大方地虧我：「反應那麼大幹嘛？」我笑笑不說話，看她兩隻手不夠用，便主動幫她拿背包和提袋，但花要她自己拿就是了。

　　我們兩人邊走邊聊。

　　大三的姿伶美艷更勝以往，今天穿著藏青色的細肩帶上衣、罩著一件琉璃白的短式薄罩衫，搭配深灰色的短裙和黑長靴，我注意到身旁的男生凡是順向走過的幾乎毫無例外地回過頭來，而逆向朝我們走來的也幾乎毫無例外地放慢腳步，更別提來自背後的各種灼熱視線了。

　　「很不習慣對不對？嗯？」

　　「天～超級不自在的說……你怎麼有辦法忍受？難怪剛剛發卡發超快。」我由衷地說。

　　「習慣就好。你羨慕喔？」她看我連連搖手，又補了一句：「是死心了還是免疫了？」我想了一下，便說：「呃～都有吧。」其實我分不太清楚二者間的差別。

　　姿伶笑了笑：「不逗你了。無事不登三寶殿，說吧！」

　　於是我便將獅仔尾起心動念另起爐灶之意和盤托出：「軍師先生，還請惠賜錦囊妙計。」姿伶軍師果然沒讓我失望，當下就表示願意幫忙牽線。

　　經我幾番探詢，那位工讀生名叫林曉薇，林同學不但是姿伶在家族裡的直屬，還是她念武陵高中時天文社的學妹，而且重點是，**目前還是單身**。

　　姿伶軍師夜觀星象、博覽群書，擬定了「無敵追女仔之流星雨大作戰計畫」，還把我和獅仔尾找到交誼廳面授機

宜，進行沙盤推演——

　　十一月的蒼穹，微涼且神祕，而一連好幾天，新聞報導都在預測獅子宮流星雨的動向軌跡與最佳觀測時點，肯定令女孩子們心動嚮往；據說，短短一小時內便有兩、三千顆流星劃過北半球的夜空，要是天候狀況良好，用肉眼就可以看到起碼數以百計，絕對～絕對浪漫到讓曠男怨女許願許不完……

　　獅仔尾聽到這邊，眼角禁不住地泛出笑意，看到前室友喜形於色，我也覺得一股身負神聖使命的參與感油然而生……

　　到了傳說中會爆出大量流星的那晚，因為是在期中考週之後，所以幾乎全桃園有摩托車的男生都出動了，或往山巔、或往海濱，一串串的車陣猶如穿梭於黑暗中的紫螢，承載著青春迢迢進發、伺機而動。

　　獅仔尾跟我一致認為以316之名進行寢聯導致流局的機率太高，決定捨棄義氣祕而不宣、化整為零，瞞著其他死黨進行二對二的夜遊；而在姿伶的遊說下，成功地把曉薇學妹約了出來。

　　兩位天文社的知性美女當場轉動星盤推算，我們一行人決定先從楊梅切到觀音海邊，然後沿著西濱慢慢騎到永安漁港，由於當地光害少，應該有機會能夠在追星（追心）成功的同時許下海量心願；然後天亮前再從新屋那邊返回中壢市區，大家一起菜包刈包吃到飽。

　　然而，計畫往往趕不上變化。車，加滿油了；人，約出來了；但流星咧？不來就是不來，怕是連同獅仔尾的浪漫告

白一同掉進黑洞了吧！

　　夜風中的馳騁？一整夜的海風換來我高燒兩天。

　　熱呼呼的客家菜包？頭家娶媳婦，店休乙日。好在二十四小時營業的新明牛肉麵成功登板救援，稍稍挽回四顆流星連夜奔波的一絲期待。

　　「邱鈞傑，我看他們兩個好像聊不起來。而且你室友後來就不怎麼開口了，你有看出來嗎？」

　　「嗯～是這樣啊……」

　　「我的計策好像又失靈了耶！」

　　「也是，我好像習慣了。」

　　「喂～沒禮貌！奇怪，這種事我明明很準的……算啦！不管它。倒是你把外套給我穿，感冒的話我不負責喔。」

　　「別擔心，聽說笨蛋是不會感冒的。」

　　「你在怪我對不對？」

　　「蛤？」

　　「你剛剛是不是一語雙關？還兩次！」

　　「For what？」

　　「你想太多了，但卻又不夠多，和我剛好相反。」

　　「會嗎？」

　　「打個比方，只是打個比方喔，你覺得我為什麼答應穿你的外套？」

　　「今晚是你一片好意，總不能讓你受凍著涼吧？何況我要展現我紳士的風度呀！」

　　「其實我只是從沒穿過男生的衣服，想試試看而已。」

　　「天啊～搞什麼？」

　　「你看，我就說吧。」

看來，既使到了大三，對某人而言，還隱隱作痛啊……

獅子宮流星雨終於來了，但整整遲到了48小時。當我燒到快39度半時，獅仔尾帶著他的吃飯傢伙和一盒「斯斯」來我住處探病，順便告訴我這個消息。

他邊攪弄著鍋中物邊說：「是有點可惜啦！但我一騎上西濱就想起從前騎去淡水找她的感覺，當時我就在想……是不是把這段路的快樂心情只保留給她……你懂我的意思嗎？」

我懂。已經大三的我當然懂。於是我也告訴他：「那晚的流星雨其實沒來也好，因為最美的畫面我也只想為『那個人』保留而已。」

——有時候，有些事就該獨樂樂。也許幼稚、也許自私，只是想珍藏一份唯卿獨有的心情而已，沒別的原因，真的。

由於沒什麼胃口，午餐也就不吃了。我不願繼續沉浸在回憶裡，硬是拉著自己從不倒翁牛排館門口經過，只隔著新中北路匆匆地瞥了一眼，象徵性地在已經不是「那間美而美」的美而美，買了一杯奶味不夠重的大冰奶，邊走邊喝、徐徐走回薄膜中心。

等我回到實驗室時，已經快下午兩點半了。薏珊大妹子正坐在電腦前收data，我在她斜後方拉了張椅子過來坐下，一起確認模擬軟體跑出來的結果，順口問了一句：「你們到哪邊吃啊？」她也不回頭，酷酷地回我：「就一間餃子館，

在校門口旁的巷子內，叫做『小而大』，還不錯吃～他們說你一定知道。」

我也學她酷酷的點點頭不說話。

薏珊在螢幕的倒影中看到了我的反應，便說：「故地重遊的感覺如何？」不適合耍酷的人還是得開口：「還好啦……」大妹子果然不好呼攏，抱怨了一下：「大助，你好敷衍喔～」於是我只好搔搔頭，把剛才回力行宿舍取材的珍貴史料畫面，和回憶室友的心路歷程儘可能言簡意賅地回放了一遍。

當薏珊轉過身來把USB交到我手上的同時，往事也堪堪講完，沒想到她竟纏著我要我說下去（喂～有完沒完），我看了一下時間，頗認真的告訴她：「人生不就是這樣？過日子嘛……有興趣聽的話，回程再跟你說。」然而，我心裡頭卻明白，即便是平靜無波的海，一旦起風捲起了滔天浪，便不會平復得太快。

考慮到中山高尖峰時段可怕的車潮，我決定提早北返。在學弟們依依不捨的眼神注視下，約定了下週同一時間再來進行二度測試，臨走前，那位叫做家昌的學弟還將一杯珍奶遞進車窗給薏珊，我也「順便」撈了一杯解解饞。

始終覺得有些甜過頭的皇后先生，這回直接甜進我的心坎，讓貪心的味蕾又勾起二十多年前的相思：「要是以前，一定要再配上隔壁的天津苟不理包子，或是實踐路上那攤塗滿獨門特調醬汁的鑽石切角豬血糕，那才叫絕配哩！」

「室長,那天從淡水騎回中壢你幹嘛從西濱繞遠路?」

「我想海風會帶給你一陣短暫的輕鬆,沖淡你心中的痛。」

「你懂心痛的感覺嗎?我是說當時。」

「不懂。只想給你一些安慰。」

「如果你不懂心痛的感覺,又怎能安慰心痛的人?」

「歹勢～我沒想那麼多。」

「我當初就常常載著她刻意繞那條遠路,這樣可以讓快樂延長多一些,而當天其實心裡已經有底,才刻意走直線,想要快刀斬亂麻,結果你還給我繞回去,害我多痛了好久。」

「金架歹勢～有此一說,能夠那麼那麼地痛過,就代表曾經是如此如此地愛過;就像你說的,敢拚敢衝、敢愛敢痛,這種毫無雜質、純粹的情感,不正是這一鍋人生最棒的湯頭?」

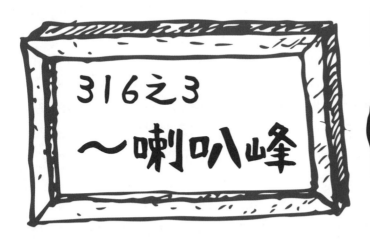

316之3
～喇叭峰

喇叭峰格言──

看看這一片橘海！看看這一片橘海！不是
我在喇叭，他們的目光焦點絕對是我……
體育怎麼可以不計學分？起碼要10學分
啊！

　　車一駛離停車場，薏珊就說了：「大助你還說你們中原的校風純樸，剛剛那幾位都滿熱情的啊！」我微微一笑，心想：「你是系花票選第三名的正妹，他們不熱情才奇怪。」嘴裡卻說：「唔～時代在改變，看來我老了……」

　　大妹子裝模作樣地「嘖嘖」兩聲：「又再敷衍～～對了，講到這個，你不是說回程要發表故地重遊的感想嗎？就說那間『小而大』吧，聽他們說，這已經是老店了，是嗎？你該不會告訴我，當年念書時餃子一顆才賣五毛錢吧？」

　　像這種欲蓋彌彰的激將法顯然不夠高明，反正漫漫車程，就當作閒聊殺殺時間亦無妨。於是裝出一副中年大叔受不了激的口吻：「哪那麼誇張？當時一顆三塊半啦，所以我們都故意點單數，老爺子會幫忙無條件捨去，讓苦哈哈的窮大學生賺回五毛錢。」

　　「老爺子？」

　　「是啊！門口的老爺子會等你點完餐後，用麥克風向店裡複誦一次，有時還會把顧客的心思用自己的方式大聲解讀出來，鬧出不少笑話……」

　　「這麼另類喔？」

　　「可不是嗎？比如說，點完餐後又想更改，他老人家就會幫你廣播：『等會兒！這位客倌後悔了，我們讓他思考一下人生的方向，小妹妹～人生不能重來你知道嗎？』然後當事人就會開始臉紅，而排在後面的人也不會覺得無聊。」

　　「這樣豈不是經常上演超展開？」

　　「是啊！不過這也算是那裡的一項特色就是了，老爺子現在應該已經退休了吧？」

　　「嗯～剛沒看到。」

　　小而大餃子館我當然去過，不過當時的店址不在現在的地方。而醉翁之意不在酒，饕客之意也絕不在餃子！「一人55顆」──那是我跟喇叭峰共同創下的紀錄。

　　喇叭峰本名洪己峰，來自屏東，咱316室的第三位住客，他上面有五位哥哥，依序是甲乙丙丁戊，不蓋你。長得不高，但肩膀很寬、上半身相當厚實，會令小女生產生莫名嬌羞的安全感，可惜來到本寢，大學四年裡，其厚實的胸膛不曾被佳人依偎過，實屬憾事一樁。

　　他敲響命運之門的當下，時值中午，我跟獅仔尾以及來自殘障寢室、號稱「顫慄的亂入者」莊不全正在煮水餃。喇叭峰一開口就是極富磁性、濃濃的南部腔：「今嘛係安怎？攏某相招逆？」接著將斜背在身後的椰棕床墊往左上方一扔（成了我的隔壁鄰居）、隨身行李往地上重重一頓，老實不客氣的從褲袋裡掏出一雙免洗筷，示意要拄著拐杖的莊不全讓開些，便一屁股坐了下來，用眼神跟獅仔尾討了個保麗龍碗，一副理所當然地稀哩呼嚕起來，他老兄旁若無人地開動了。我們三人面面相覷，但好在莊不全的X寢室裡有冰箱、存貨充足，倒也不怕多雙筷子多張嘴。

　　個性豪氣爽直的新室友長得很像影星馮淬帆（就是「香蕉你個芭樂」那一位），加上相當Local討喜的南部腔，很快地贏得室友們的好感；我在畢業多年後，還一直對他那「逆啊逆啊」的獨特嗓音念念不忘。

　　記得大概是316寢全員到齊的隔天晚上吧！當時已經開

學一個禮拜多，八位大男生擠在10坪出頭的寢室裡一邊偷玩「拱豬」、一邊天南地北無所不聊；由於某人常把「我聽恁ㄟ叭噗……」、「不是我愛喇叭……」、「熊好攏麥擱喇叭……」等等掛在嘴邊，所以當莊不全再一次不敲門亂入本寢時，劈頭一句：「喇叭峰外找！前任的系學會長在宿舍門口等你。」大家便知道他要找的人就是洪己峰，自此，喇叭峰就成了他的綽號。

話說回來，咱力行316的成員～不！應該說我們這一屆男生的綽號，除了我擁有「室長」的大義名分得以倖免、以及茲巴威自爆之外，其餘大多是被莊不全硬掰上去的。

在喇叭峰短暫離席、中場封牌休息的空檔，身為家中獨子的新生問大家：「他家六兄弟？甲乙丙丁戊？真的假的？」小法克接過話頭：「那有什麼，像我家五兄妹的啦，上面兩哥哥一姊姊、下面還有個弟弟……法克！我是說真的弟弟啦，茲巴威你瞄我褲襠幹嘛？那是『小』弟弟，OK？」我順勢一句「把小弟弟交出來」外加手勢的星爺梗大家果然記憶猶新，足以逗笑所有人。

待笑聲暫歇，昨晚才剛搬進來的兩位同學其中一位（就是後來的土撥鼠），人在上鋪安安靜靜地鋪床，這時卻突然搭腔：「我家也不少，三個姐姐一個妹妹，加起來也是五個。」而另一位幾乎和他同時報到的住戶隨即接口：「聽說南部人比較會生。」

沒想到這個話題意外引起大家的興趣，經過一番交叉論證、身家調查後，好像還真有這個趨勢。原來，我和獅仔尾、新生和茲巴威是北部人，而喇叭峰、小法克及土撥鼠果然是南部人，至於引爆這個學術專題的則是那位自稱「西屯

種馬」的台中人。

　　衆人紛紛從各種面向切入，針對此一現象做深度剖析，例如：高溫容易受孕或使人想讓他人受孕、農村生活型態對人口的需求性較工商業爲高、緯度越靠近赤道越接近生命的起源……等等諸如此類的準論文級學說不斷被強調又不斷被推翻，頗爲精彩，當時沒有錄音存證實在可惜。

　　聊得正起勁，喇叭峰扛著好大一個紙箱回來了，箱裡頭裝滿文旦和椪柑，他笑著說：「阮阿兄說，自己厝內種的，儘量吃免客氣蛤～」我有得吃就開心，笑著說：「不是說系學會長找你？怎麼變你哥……」他居然說：「虧你還是室長，前系學會長就是我三哥啊！」看到大家的表情後又補了一句：「厚～你們都沒在看通訊錄逆啊？」

　　那當然～當我看到我的直屬是學長而不是學姊後，通訊錄就被我丟到一旁啦！這時新生在旁邊「喔」了一聲：「眞的耶～大四有一個洪丙岳學長，他以前也住316？」喇叭峰搖搖頭說：「他是大二考插大進來的，抽籤沒抽到只能住外面……啊對，你們剛剛係ㄟ講啥？架鬧熱……嘻嘿叫，講我歹話逆啊？」

　　茲巴威拿了顆椪柑在手裡一拋一拋地說：「哪有啊？我們在討論伯父伯母當年怎不再接再厲咧，再拚三胎就可以組棒球隊啦！」又換來寢室裡的一陣笑聲。

　　牌局繼續，原本勝券在握的獅仔尾卻慘遭豬羊變色，成了早餐盃橋牌賽的苦主，大夥又笑了一陣。

　　由於家學淵源，喇叭峰意料之中地打入系學會核心成爲儲備幹部，是未來系學會長的熱門人選。這是在繼他個人聲稱因南北時差而睡過頭，導致被迫當選班代之後，另一件毫

無懸念的事情。

　　　　✦　　　✦　　　✦　　　✦　　　✦　　　✦　　　✦

　　大一的住宿生涯對多數的新鮮人來說，是生平第一次離家生活，而遠離熟悉的家園在度過頭一個禮拜的不適應後，十八、九歲的大男生們基本上是樂瘋了～好似取之不竭的旺盛精力足以支撐我們徹夜不眠地從事各式各樣的夜生活，充分體驗一整天的二十四小時。

　　但出門在外，伙食方面總比不上過去有老媽子照料，會注重營養均衡的攝取──因此，有肉有菜有澱粉的水餃成了很不錯的選項。

　　若說我愛上水餃是必然，那麼讓我三天兩頭往「小而大餃子館」跑則起因於某次偶然。

　　「小而大」當時是在中原校門口左前方的一棟樓房之中，而我一開始比較常去的是它隔壁的麵包店，那裡每到下午四點半，便會出爐一款有玉米、火腿加熱狗的橢圓形麵包，熱騰騰地一個只要12塊錢，有夠好吃、我超愛。我會一次買兩個，若再配上一罐36法郎……這種超值享受不用50塊錢就能擁有，滋味好到包準你上課聽不進教授到底講了些什麼。

　　我還清楚記得，那天是9月25日星期三水曜日，中壢的初秋第一次透出涼意，傍晚則飄起了絲絲細雨，我又去買那好吃到該死的橢圓形麵包，未料還沒踏進店門就被隔壁門外的老爺子叫住：「哎呀～小兄弟，看你來來去去這麼多回，怎從沒想過嚐嚐這裡的餃子咧？咱們做人哪……不能有偏見的

你知道嗎？」

　　由於這句話是透過麥克風喊出來的，我當時臉皮沒現在那麼厚，登時一陣困窘佇在原地……老爺子再接再勵，居然學那京戲裡的怪腔怪調，抑揚頓挫地給我來上那麼一句《長坂坡》中的經典台詞：「進～又不進，退～又不退，是為何故？做事情三心兩意要怎麼出人頭地？我這樣講有道理沒有？」

　　我在周遭一片靜默的竊笑中慌張地接了一句：「道理全在您老人家這張嘴上了，我哪裡還有道理？」老爺子這下笑開懷，趕緊敲釘轉腳：「喲～咱們這位小哥回心轉意囉～小姑娘，還不出來拋頭露面！快帶上樓招呼招呼，二樓啊！」

　　「來了……」一聲嬌嫩的嗓音過後，門帷一掀，從樓房裡轉出一位穿著深藍色毛衣的女孩，年紀跟我差不多，可能是工讀生吧！她個子不高，足足矮我一個頭，所以身高應該是156公分左右，會這麼肯定的原因是昨天上圖學課時，我很無聊的用丁字尺量了自己的頭，恰好是20公分整，而我邱某人開學體檢時身高176公分，經過縝密的計算後，這位小姑娘的身高便呼之欲出。

　　只見她綁著兩條短辮，身材固然沒有美而美的姿伶令人心猿意馬擺盪不休，然而皮膚白裡透紅、五官清清秀秀，對著第一次光臨的我說：「請進。」我注意到她的雙眼靈動、而且睫毛很長。

　　我跟著她上了二樓，坐定後才發現還沒點餐，正打算起身下樓，她卻說：「沒關係！跟我點也一樣。第一次來？」我點了點頭，她又說：「我們的餃子皮薄餡多，高麗、韭菜各五顆，先試試合不合自己的口味，OK嗎？」

「喔……好。」我顯然是有些分心了，但還是留意到她在菜單上高麗和韭菜的欄位中填了兩個「6」，便立即向這位眉宇如畫的店小二反應，她笑了一下：「這是老爺子的暗號，平常他只會說帶上樓招呼，心情好的時候才會用樓層暗示我招待的數量。」

我頓時覺得有趣，便趁勢打蛇隨棍上：「那……什麼時候有機會可以讓小姑娘帶我上『八』樓招呼招呼呢？」她摀著嘴噗哧一聲笑出來：「這裡哪來的八樓？那是違章建築吧！老爺子要是那樣子說，八成是要我去後房拿擀麵棍趕人，你等著吃棍子呢！」

那晚，我12顆吃完又追加10顆，刻意喊了她四次「小姑娘」，卻依舊沒能知道她的芳名，但我注意到她笑起來右臉頰上有一個可愛的小梨渦。此外，一群穿著系服的女生頻頻喊她學妹，跟她有說有笑，於是我又注意到了——她，是國貿系的女孩。

阿甘學長的諄諄教誨言猶在耳，男主角同樣是力行宿舍316的寢室長、女主角同樣是身為中原國貿系的俏佳人，宿命的糾葛終於在時隔多年後再次邂逅！看來，破除「口琴魔咒」的天選之人非我莫屬，此刻想起，只覺自己彷彿身懷關鍵密鑰，塵世間充滿著光輝，而生命是如此可愛，誠所謂「千金之子，不死於盜賊也。」總之，小而大初體驗的當晚，我承認自己變得有些瘋瘋癲癲……

　　接下來的隔天、隔天、再隔天，當我一而再、再而三的出現在小而大門口時，老爺子便意有所指地嚷嚷著：「小兄弟呀～人生就是這麼回事，想開了心裡頭就踏實了是不？」坦白說，我開始覺得他這套老是似是而非、讓人偶發省思的謬論就這麼個調調，好像點醒了什麼，卻又好像啥都沒說，聽聽就好，反倒是接在後面的那句「……小姑娘，快帶上二樓招呼」讓我期待，而且期待不已。

　　我期待那聲「來了……」的嬌嫩嗓音，以及它的主人；這是身為熟客應得的尊重，沒錯吧！就這樣被招呼了幾次後，和她越聊越多句，終於可以不用叫她小姑娘了，事實上，她比我還大上一歲多，因大學重考的關係，現在跟我同是大一新鮮人。

　　——鄒郁敏，姓名筆畫有夠多，這是我第一次提筆寫情書給女孩時，心中劃過的第一個念頭。

　　爾後，小而大餃子館成了郁敏小姑娘與我的唯一交集，那麼，為了加深她對我的印象，只能用不斷地消費來換取和她攀談的機會。久而久之，除了對她越來越熟識之外，也附帶對水餃有越來越多的獨特見解，比如說，吃韭菜餃時，醬油要加一點白醋，上面再撒一層胡椒粉可以調和韭菜的入口氣味；而在吃高麗菜餃時，黃金沾醬的比例則切換為醬油加一些蒜末再滴幾滴黑醋提味……諸如此類的旁門左道。
　　而持之以恆的結果，居然被老爺子看穿了，有一次隔著

老遠看到我，就用麥克風對我潑冷水：「小姑娘今天沒來，明兒請早～」我立刻鼓著脹紅的臉、毫無眷戀地轉進隔壁麵包店買原本心中第一志願的「三味一體」橢圓形麵包後迅速離去。耳邊還收聽到老爺子在後面放冷箭：「哎呀～原來有人醉翁之意不在酒哇……」

不料這一幕碰巧讓喇叭峰撞見了。那時他剛好從旁邊的影印店走出來，手裡還抱著一疊學長姐提供的普物考古題（這是他身為班代應盡的義務）。他三步併兩步追上，劈頭就問：「哩尬意小而大那個妹仔逆啊？」

既然被戳破，也沒什麼好隱瞞的，便大致承認了確實有那麼一回事，他聽完哈哈一笑：「室長你真是眼光獨特，那個美而美的辣公公你有一搭沒一搭的，沒想到對那個小隻馬那麼積極。」接著音量放低在我耳邊說：「聽我三哥講，他們系上有不少學長已經準備下手了，哩腳手哪係卡慢，小隻馬就被人牽走了……」我一聽那還得了，趕緊跟進並深入打聽，沒想到他竟敢刁我，要我這陣子每天早上六點起來陪他晨跑！

要知道，對在外住宿野瘋了的大學生而言，在時序已然入秋的此時，別說是早上六點離開溫暖的被窩，就連趕「早8」的課都令人痛苦不堪……沒辦法，誰叫我被人逮著要害，為了珍貴情報也只能豁出去了。也多虧了喇叭峰，我們兩個「肖仔」那些日子相互砥礪、彼此折磨，讓我在將近一年的住宿期間裡（甚至畢業後多年），都還一直保持著早起運動的習慣。

話說校慶運動會在十月中旬舉辦，由於本系課業繁重，

沒什麼人想參加這種苦差事，因此系學會以「傳統」的名義**強烈表達**希望這次由大一為主力擔綱的殷切期許（換言之，套句成功嶺班長說的，菜B就是活該被凹）。不過呢，喇叭峰以未來的「準」系學會長之姿欣然同意，後來才知道這根本是為他量身打造的舞台。

　　原來，差點成為體保生的喇叭峰是個體育健將，尤其是短跑項目更是他的強項，他參加了男子100公尺、200公尺、400公尺、大隊接力、男子自由式50公尺及仰式50公尺、羽毛球單打及男女混雙，最後連系籃和系壘都有他，名符其實的「十項王子」；要不是礙於賽程實在軋不過來，不然他真的有可能全都報名。

　　不過，唯獨「15000公尺迷你馬拉松」他敬謝不敏，原因是他怕會跑到睡著──所以，他以「準」系學會長之名，在本系參賽人的欄位中擅自填上邱鈞傑三個字，而等我被告知之時，手裡已莫名其妙接下了12號的橘色背心（有夠嘔）。

　　在我還不知道自己已經被出賣前，原本是抱著陪公子練劍的玩票心態和喇叭峰每天起了個大早練跑。我像擠牙膏般地逼問國貿小姑娘的相關情報，輾轉得知，本人面對的頭號情敵是國貿系大三的僑生，目前住在我們寢室對面左下方的225寢室。

　　這位學長的名字就甭提了，想到就火大，說來慚愧，由於妒火中燒，因此那種君子間公平競爭的雅量，基本上可說是付之闕如，由於當時正在重溫第六遍的《鹿鼎記》，看到

韋爵爺和鄭克塽爭風吃醋的橋段特別有感，於是在心裡頭便一個勁兒地稱呼他「克塽兄」，後來便宣之於口，室友們也跟著我這麼叫。

據傳聞，「克塽兄」在每次迎新露營時，都會利用種種天時地利人和，與同一家族的新鮮人學妹「們」進行各式各樣的趣味競賽小遊戲，像是：嘴咬吸管傳接橡皮筋、兩人三腳胸口夾排球、肩頸下巴傳橘子投籃……等等諸如此類的下流玩意兒，最近更盯上了清秀可愛的同系學妹鄒郁敏，而且似乎有得寸進尺的趨勢。

我乍一聽聞便怒不可遏，待眾室友得知此事後，更是各個義憤填膺、罵不絕口，有如小說中所言「比自己親娘被調戲還要憤慨」，316的室友們、同時也是我個人專屬的御前侍衛紛紛拔刀相助，此等令人髮指的罪行必須立刻予以人誅制裁，以端正中壢地區的淳正民風。

小法克便說：「他奶奶的法克油，室長，不要擔心，咱力行宿舍出了這樣的武林敗類，清理門戶是刻不容緩的啦！」喇叭峰眼看眾志成城、機不可失，立即見縫插針地拿起寢室內的電話按了起來……

「喂～請問○○○學長在嗎？」大家立刻噓——地一聲安靜。

「哩鄭克塽逆啊？別太超過喔～～幹！」他一講完便迅速掛斷電話，台詞令人不知所謂，但最後一個語助詞有夠大聲！

20分鐘後……

「喂～是○○○學長嗎？」大家又安靜了下來。

「聽說克塽你很秋的啦～～哇咧法克油里馬樂！」

　　兩小時後……

　　「細塿，不要再躲了。烏鴉要我告訴你，右手還是左腳？你只能選一個留下，趕快決定，過幾天他會親自來收。」

　　新生掛斷電話後，看見室友們面面相覷，便將手裡的港漫一揚，伸了伸舌頭：「語言是種藝術，而藝術需要大膽的創意不是嗎？」

　　這一提醒不打緊，大夥兒的創意便猶如滔滔江水連綿不絕，維持了好長一段時間，讓「克塿兄」在精神上持續耗弱，直到在我們搬離316之後才終獲平靜，哈～

　　除了心戰喊話外，室友們一股腦兒、挖空心思地為我「伸張正義」，諸如：在「克塿兄」剛開始洗的投幣式洗衣機中將一整瓶墨水（或某人忘了收走的漂白水）很不小心地全倒了進去、在「克塿兄」熱水澡洗到一半時當頭倒下好幾臉盆的冷水後作鳥獸散、往「克塿兄」烘到一半的投幣式烘衣機中灑進一大把洗衣粉（或痱子粉）……等等不及備載，夥伴們的盛情令我有些良心不安（其實是暗爽在心口難開），直到發生一件事後才讓我鐵了心腸——「克塿兄」當面冒犯了我，我要親自擺平牠！

　　隔了幾天，清晨陪喇叭峰練跑時，突然看到「克塿兄」也在那邊噗哈噗哈地跑著，當時便留了心；稍後跟喇叭峰在美而美吃早餐時提到這事，他老兄看著姿伶、然後吸了好大一口大冰奶（我也是）說：「包在我身上，我去打聽打

聽。」

當晚回寢室，他就告訴我，「克塿兄」這次運動會將代表國貿系角逐「15000公尺迷你馬拉松」的項目，而一查之下，才知道他以前在澳門的黑沙環中學念書時，就曾參加3000公尺以上的長跑，雖然中斷了一、兩年，但似乎想趁著這次運動會重振雄風，和我想在郁敏小姑娘面前逞能出出風頭，可說是略同略同、略懂略懂。

這下可好，沒想到這傢伙居然有兩把刷子，還和我狹路相逢！

所謂狹路相逢勇者勝！算一算，距離校慶差不多還有兩個禮拜的時間，我決定以強碰強，將練跑的時間再提早一個小時，從六點提前到五點，由3000公尺開始往上加，每兩天再加2000。

這個時候不由得感謝成功嶺的某個變態班長，那段時間狂操體能，要我們「早三仟、晚三仟、月入數十萬」，說啥扎實的訓練是給戰士們最好的福利，此刻大敵當前，正好驗收大專集訓的成果；而喇叭峰也決定捨命陪室長，兩個神經病越練越勤、越跑越瘋……

只不過，「克塿兄」也他媽的五點起床，在那邊練跑是在跑三小？當他噗哈噗哈地從我身邊經過時，還刻意放慢速度用那有些怪聲怪調的港仔腔對我說：「學弟，別太勉強的，有些事強求不來的，看情況做做樣子就可以了的……」那GY的嘴臉令我極度不悅的，簡直倒盡胃口的，兩相比較，莊不全頓時可愛了不少的。

後來，我才知「克塿兄」他根本是滿懷惡意地意有所

指，可惡之極！而期待已久的校慶運動會終於開鑼，我邱某人報仇雪恨的機會來了。

🖈　　🖈　　🖈　　🖈　　🖈　　🖈　　🖈

未料，消息不逕自走，關於本系某人如何單戀一枝花，與萬惡不赦的淫精古惑仔約戰馬拉松的八卦，火速在系上傳得沸沸揚揚，眾人對於田徑場即將上檔的好戲愈發期待；而在前系學會長洪公丙岳的強力介入下，硬是在校慶前兩天發行的系刊中插進一篇「風雲人物第2彈：為愛長征——百分百感覺之人在中原」，文中以一句「一位不願具名的本系男生轉述他室友為愛痴狂的心路歷程……」開頭，透過淑卿學姊的生花妙筆，把當事者三人間如何戀姦情熱卻又結怨無悔的青春悲歌，描寫得繪聲繪影卻顯然偏離事實，其中當然包括許多連當事人都不知道的細節瑣事，看完後我簡直想一把掐死喇叭峰。

沒想到這則小打小鬧、博君一笑的趣聞居然傳到國貿系！校慶前一晚，當我坐在小而大品嘗酸辣湯餃的時候，瞥眼見到一桌國貿系的女生在那邊吃吃而笑，其中一位手上居然拿著我們系上剛出爐的系刊，她在小姑娘上菜時拉住了這位還被蒙在鼓裡的當事人：「郁敏學妹！這篇好有趣，好像在說○○○跟你耶……」（○○○便是「克壞兄」的名字）。

旁邊一位戴著眼鏡、綁著高馬尾、背著吉他的女生（後來知道她叫文晴，是小姑娘的室友）接口：「沒錯沒錯！連別系的都看不下去啦，這叫不平則鳴。看來啊～我們家郁敏『期貨可居』行情好，快銷出去囉～」

　　突然，另一個從剛剛就一直在用粉餅補妝的女生開了口：「那怎麼辦？明天我們啦啦隊要幫誰加油？這位嗎？你們看這邊有照片耶……」我暗叫不妙，雖然那是我高三時的照片（穿著卡其服、留著林強的中分頭卻自以為像張宇），臉也打上馬賽克處理，但我還是默默把頭低下，一邊飛快地將餃子如同沙包掩體般往上疊高，完全不想被認出來。

　　只聽那群女生異口同聲、逐字朗讀照片下方的文字：「為愛痴狂的百分百英雄即將於四十週年校慶當日踏上15000公尺的征途」，補妝女大聲笑場：「有夠北七的啦，他們讀理工的怎麼可以那麼搞笑……好！就衝著這一點，老娘明天就拭目以待這位正義使者的廬山真面目。」只見那位文晴和另一個女生聯手，偷偷朝小姑娘後腰戳了好幾下，一群女生嘰嘰呱呱地笑個不停……我真恨不得把「克塤兄」拖上八樓然後一起跳下去。

　　　𝄞　　　𝄞　　　𝄞　　　𝄞　　　𝄞　　　𝄞　　　𝄞

　　校慶當天，參加跳高、三級跳的小法克，和游泳競賽的喇叭峰一早就穿著橘色小背心去報到，而其他室友們看出了我心中的忐忑，為了讓我這位「百分百英雄」發揮120%的實力，刻意不來打擾我，但平常寢室內吵吵鬧鬧慣了，這一旦靜了下來反而讓我渾身不自在……

　　正當我把第三次穿上的橘背心又脫下來之際，316的門被不速之客推開，拄著拐杖走進來的當然是莊不全。他先「呵～呵～」地笑了好幾聲，才開口損我：「鈞傑啊，你出運啦！我來沾沾光……哇哩咧風雲人物，大一就揚名立萬，不簡單啊不簡單……」

　　我心想：「靠夭咧～這傢伙不躲在寢室裡玩他的『同級生』跑來幹嘛？到底是誰吃飽撐著跟他亂八卦……」當下就給他個翻到天花板的大白眼。這傢伙卻嘻皮笑臉毫不在意，繼續胡謅：「欸！你知道嗎？BBS上有人在傳這事喔～沒想到你們能把照慣例最無聊的比賽項目炒熱成眾所矚目的楊佩佩精裝大戲，這下一賠十我都買你贏！」

　　我沒好氣地說：「楊婆婆雞巴大戲還差不多，我被人當猴戲看，你老兄居然當是賭馬，操！」他的臉皮厚到連機關槍都打不穿，撂話不重一點的話，這一位可是有名的不知進退。

　　他打個哈哈：「別這樣別這樣，我這不就是來給你加油打氣的嗎？你看看我……」接著他一拐一拐在我面前轉了個圈「……我殘而不廢，你四肢、嗯……五肢健全，說什麼也要爭一口氣，我這樣講應該有鼓勵到你吧！」我無可奈何地點了點頭：「好啦好啦～我知道你的點了。」儘管不三不四、不倫不類，但好意也只能心領神會了。

　　田徑項目下午兩點整正式展開，「15000公尺迷你馬拉松」照例是最早開始最晚結束的賽事，被莊不全這麼一鬧，雖然緊張感紓解不少，但當「克塽兒」和我以及一群馬拉松仔聚集在賽道旁熱身時，我卻活脫覺得自己像是一匹閘門後蓄勢待發的馬兒，倏地耳邊傳來一陣陣的耳語——

　　「喂！你聽說了嗎？就那個『百分百英雄』到底是誰，我聽學長說天地中原等一下想要採訪我們耶！」

　　「對吼～你有看電機心站對不對？那個金架白爛到有春……」

「我從大一跑到大四，今年好像特別熱鬧，不少學弟學妹都在問我認不認識『百分百英雄』，有夠狗血……」

原來，「15000公尺迷你馬拉松」向來吃力不討好，這真的是志在參加不在得名的項目，據往年紀錄，能跑完全程的寥寥無幾；因此，除了極少數長跑愛好者主動報名外，通常都是各系系學會當作內部懲罰（或整人）抓來背鍋的，因此每年看來看去都是些熟面孔，久而久之自成一個小圈圈……反倒是我這位新人，看來格外的可疑。

等到我終於被問到時，我想起前幾天姿伶軍師講的「把尷尬丟給別人，別留給自己」，於是緩緩挺起身來，長嘆一聲：「就是我。」沒想到這群馬兒以為我在唬爛，沒人相信……但我注意到「克塽兄」朝我看了幾眼，我也用「目光之劍」砍回去，並且還用眼角撇了一下在旁待命的救護車，額外奉送蓄意夾帶的陰險笑容，希望用不入流的心理戰術，搞得他心神不寧。

話說中原當時共四個學院、二十個系，托曾在教務處打工之便，我還記得很清楚，依照學生證的編碼順序分別是：理學院（數、物、化、心）；工學院（化工、土木、機械、工工、醫工、電子、資工、電機）；設計學院（建築、室設、商設）；商學院（企管、國貿、會計、資管、財金）；其中，除數學、資工及會計三系未派人參賽外，其餘清一色都是男生……咦～恕我眼拙！工工和財金的代表是……學姊！？嗯～應該吧，錯認莫怪。

由於運動場是內圈400公尺的標準規格、共8個跑道，因尚有其他田徑賽事要進行，所以當時律定所有參賽者跑完第

一圈後，就只開放最外圍的兩個跑道給迷你馬拉松，而等著我們的征途足足有三十一又四分之一圈（如果沒有半途不支倒地的話），會記得那麼清楚是因為我和其他三位「百分百英雄」一起跑完了。

　　槍鳴起跑——

　　兩位學姊（疑似）就一馬當先地跑過所有人，還笑著說「只有趁現在才能贏過大家」，果然，她倆在第四圈時雙雙棄權，卻也博得滿堂彩。

　　我則在第一圈時就遭遇了麻煩。

　　本系和國貿系看台的位置剛好在距離最遠的對角線，不希望被拆穿身分的我原本還心存僥倖，但壞就壞在每當我繞經本系看台前，系友們就大聲鼓譟、為我吶喊助威，由於本系的代表色異常顯眼，一整片橘溜溜地，再配合大聲公強力放送「風雲人物第2彈」的名號，等到這片橘海一而再、再而三地以規律的週期湧現波浪舞之際，我便開始感到有越來越多的視線朝我周遭集中掃描……終於，心理系的那位學長在我身邊超車時，還對我伸出大拇指比讚，丟下一句：「看來你沒唬爛，真的是你，酷喔學弟。」

　　接近「國貿區」的時候，我很難不去注意看台上第一排那位特別嬌小的身影，看來郁敏小姑娘人緣不錯，和身邊一堆女生在那邊指指點點……害我感到一陣莫名的心虛；又跑了一小段，碰巧看到室友拉瑪控在跑道旁跟兩位企管系的女生搭訕，當下靈機一動，心裡已經有了主意。

　　拉瑪控眼觀四面、耳聽八方，隔著老遠就用右手的三根手指頭向我比出個「W」，我當然知道他的意思，於是放慢腳步、在他無名指和中指間的縫隙飛快地點了一下（這是

「我覺得右邊那位比較正」的暗號），然後花了半秒鐘，以室長的名義把他掛在腰際的東西強制徵收後，便邊跑邊套弄著。

——那是一副風鏡，拉瑪控隨身攜帶的泡妞利器，每次騎摩托車都非得戴著它耍帥不可（姿伶軍師曾有過「裝模作樣、浮誇的傢伙」的評語）。我迅速地穿戴妥當，儘可能地把自己的尊容隱藏起來，雖然避開了被鄒同學認出的窘境，但……戴著風鏡跑馬拉松的結果無疑更引人側目，但也顧不得這麼多了。

關於長跑，雖然個把月來陪喇叭峰練得勤快，但畢竟是半路出家，也實在談不上什麼策略，不過莊不全這一打岔，倒是記起從前念過的一段課文——「……初不甚疾，比行百里始奮迅……」如本人這般出類拔萃的千里馬，當然懂得保留實力的重要性！第七圈時，三位設計學院的選手一致認為自己被系學會「設計」了而飄然離場，賽道上的傻瓜剛好剩下一打。

「克塿兄」似乎深諳此道，很刻意地跑在最前面樂當領頭羊，享受那可能並不屬於他的歡呼聲，接下來的領先群則全被理學院包辦；聽播報員說，剛才那位心理系的學長是去年優勝、今年尋求二連霸，看他精瘦黝黑的身材就沒話說，而有如天體運動自強不息般的物理系學長，以及把跑道當作SP3混成軌域盡情繞行的化學系學長，這兩位也是常勝軍，至於包含我在內的其他人，則在其後拖成一長串，有如受太陽風吹襲的彗星尾巴……到了第十三圈半，企管系的學長似乎氣管有些問題得退場、機械系的學長膝蓋好像忘了上油潤滑得先召回原廠保養，彗星的尾巴變短了。

當司令台上的播報員喊出「第十六圈，跑完一半囉～各

系可以準備提供補給品給馬拉松選手！」於是各系開始進行五花八門、爭奇鬥艷的宣傳活動，像是辣妹奉茶、猛男馬殺雞、礦泉水淋浴……等等，但我卻留意到理學院三人組只接過同學遞來的礦泉水，腳步不停、節制地淺淺喝了兩口就丟還水瓶，我也有樣學樣。

跑經國貿區時，卻讓我看到「克埈兄」故意繞過兩位男同學遞過來的舒跑，而硬是把一位女生抓在手裡的毛巾扯一半過來想要擦臉，那位一臉無奈的女生不是別人，正是小姑娘的室友文晴。

所謂愛屋及烏，我登時三步併兩步地衝近前去，冷不防地將毛巾奪到手中、很快地講了句：「不好意思，借過。」又拋給她身後的鄒郁敏，小姑娘順手接過時還愣了一下，似乎沒把我認出來，揚長而去的我隱隱聽到國貿區那邊一陣騷動，有道尖銳的女聲鑽進耳中：「欸～剛那個標新立異拋繡球的，會不會就是他啊？」我心中一凜，連忙把略為鬆脫的風鏡趕緊扶正。

啊哈～看來有人只打算跑一半就「翹頭」，我用肉眼清點了一下，發現場中跑者又少了兩位、包含自己只剩八位；接著，便聽到熟悉的「噗哈噗哈」從後方趕了上來。「克埈兄」用聽起來不是很爽的口吻對我說：「幹什麼你剛剛啊？哪一個系的？跑步還戴什麼蛙鏡？怪里怪氣的……」我才受不了那怪里怪氣的港仔腔，忍不住反唇相譏：「哪一系喔？挖『護理系』（台語）啊～還有啊～這叫風鏡，尖端科技結晶的，讓我看到髒東西也不傷眼的，係不係『猴賽雷』啊？」

這老小子終於動了氣，粗著嗓子罵了句：「死衰仔～仆

街乜好。」忽聽得後方傳來一句：「大小聲逆啊～幹！」原來是正在跑200公尺的喇叭峰從別的跑道為我「讚聲」，我一看差點笑出來，只見他也學我，戴著剛才比賽游泳的蛙鏡來田徑場繼續競速，這搞不好會蔚為風潮而成為本系傳統喔！咱兩位如有雷同絕非巧合的造型頗為吸睛、也讓「克埌兄」丈二金剛摸不著頭腦，開始疑神疑鬼。

　　第二十圈時，有位參賽者腳抽筋了，不得不一拐一拐地在其他同學的攙扶下退場，我跑過他身邊時還聽到他跟我加油，我則用高舉右拳的背影來回應；到了第二十三圈，有位一直硬撐的同學停在跑道外半蹲著身子，突然嘔吐了起來，吐完了他居然還想繼續跑，所幸被一旁的教官發現，死勸活勸地才把他勸退。彗星的尾巴再度縮短……

　　二十五圈是我的極限。練跑時就已經心知肚明了，但多虧「克埌兄」幫我一把，讓我轉移注意力忘卻這事兒——

　　「學弟，你常常去校門口那間餃子館係不係？」

　　（懶得跟他做口舌之爭，因為我開始不規律地喘氣、而且有越喘越劇烈的趨勢，左腳踝也隱隱感到不適……）

　　「郁敏學妹是個靚女，我挺中意。」

　　「她係我女朋友你低不低道？」

　　「以後你不可以再去找她低不低道？」

　　沉默有時不係金，我當然低道，所以我很明確地說：「她不是你女朋友。我問過了。」說完重新調整好呼吸，往前邁開大步，不知不覺間已突破自我，第二十六圈！

　　他吹的牛皮一被我戳破，立刻惱羞成怒，呼吸立刻紊亂了起來……幾個大步趕將過來與我並行，忙不迭地問我：「你問誰了？她怎麼說了？」我先給了他一個莫測高深的笑容，待要開口——

「麥聽伊咧喇叭啦～幹！」還是喇叭峰，此刻又在比400公尺的他，戴著蛙鏡從隔壁跑道再度呼嘯而過，還追加一句：「室長～愛拚才會贏啦！」司令台上的播報員看到這一幕可沒放過：「看來，造型雷同的兩位選手彼此加油打氣，青春的火花相互激盪，當真是英雄識英雄、好漢疼好漢，運動家的精神值得大家給予熱情的鼓勵！」那位司儀頓了一下又繼續說：「欸～這位洪己峰同學，你的名字我今天是不是念過好多次？你到底參加幾個項目啊？系上人緣一定非常～非常的好沒錯吼！」咱本系那片橘海登時扭動起來、怪叫聲不斷……

歡樂的氣氛感染了我，令我士氣一振，第二十七圈啦！然而，有位跑者一個失足跌倒後便爬不起來，待命已久的擔架終於開門接客，火速帶出場包夜；場上僅剩五批賽馬，前段班的理學三人組，以及忽前忽後、雙方你來我往互噴垃圾話的「克壞兄」和敵人在下我。

第二十八圈。

已經不知道是第幾次了，我聽著那熟悉的「噗哈噗哈」聲，像陰魂不散的狗皮藥膏從斜後方朝我後背貼過來，一陣厭惡感令我忍不住想直接架拐子把這廝摔倒，省得讓他在我耳際陰陰地講那些令我怒火更熾的狂悖之言——

「……碰到了，我碰到她嘴唇的。」

「迎新的時候啊，玩遊戲的時候啊，那百分百感覺你不會低道的了。」

「她一定會是我女朋友了，我們以後天天一起玩遊戲的。」

　　好你個衰仔，阻頭阻勢……要跟我私人恩怨是吧？你還未夠班啊！於是……無奈何望著他、嘆嘆氣把頭搖～啊搖，緩緩開口：「玩遊戲？兄臺你今年貴庚啊？真幼稚。我為什麼常去小而大你低不低道？」（他當然不知道，這件小祕密再加油添醋一下，包準可以把這個死港仔氣到中風～哈）

　　「這是『敏妹』跟我的小祕密啊，你當然不會低道，係不係？」說完我還故意加快跑了一小段，呼～第二十九圈。他果然氣急敗壞地追上來，那規律的「噗哈噗哈」再也不復聽見（謝天謝地）。

　　「你不要騙我的了，你們……」

　　「只要我去啊，我吃的每一顆餃子啊，都是『敏妹』親手包的，只有我才吃得到喔！不過玩個遊戲你就在那邊興高采烈，要是你能吃到她為你親手包的餃子啊……」我故意煞有介事地停頓，接著用迷濛的眼神看著遠方……再搖了搖頭說：「唉～那百分百感覺你不會低道的了。」

　　話說那一次在餃子館，我正要上二樓，剛巧看到小姑娘端著一盤剛包好的餃子打算往垃圾袋倒，我問她幹嘛這樣？她嘟著嘴說自己包的難登大雅之堂，老爺子說賣相太糟不能見客，其實我瞧倒也還好、丟掉可惜，算一算約莫二、三十顆，便全要了，讓她摀著嘴笑得好生歡暢。後來她越包技術越好，所以也就那麼一次。

　　國貿區再次向我接近，但「克塽兄」像是未曾察覺般地狠盯著我，莫名的醋意令他急怒攻心，然而莫名的快意卻使我嘴角上揚，看在他眼裡直如火上澆油……

　　——我左肩倏地被撞了一下！當下腳步一個踉蹌差點跌

倒！那時我警覺心不足，還以為他體力不濟要掛了，便想加快幾步拉開一點安全距離，未料自己體力也幾乎耗盡，距離不但沒拉開、還目睹他**行兇的瞬間**——他又朝我左肩撞來，而且這次力道更大！在雙腿已經機械化的狀態下，想躲也是有心無力。

　　人在最外圈的我直接滾跌出去，趴倒在國貿區前方，這下真的「仆街」了！坦白說，其實感覺不到痛，只覺得全身軟綿綿地使不上力，看著、聽著周遭一切，彷彿自己是局外人。這一幕從其他角度看來都不明所以，以為是我失足跌倒，只有他們國貿系自己看得最清楚。

　　我勉強坐了起來，看著自己破皮流血的右膝，正當我考慮要不要放棄時，一條藍白相間的毛巾遞到我面前，耳邊傳來的是「敏妹」的嗓音：「同學加油！學姊說不能碰到你，不然你會失去比賽資格，你還站得起來嗎？」身為眾所矚目的「百分百英雄」當然要逞英雄啦～我一把接過毛巾（還是不小心碰到她的手指頭），只覺入手一陣清涼，便朝肩頸處貪婪地擦拭著，不過依然沒把風鏡拿下，（自以為）很酷地說：「同學你弄錯了～我是看你們這邊背光比較涼，想躺下來休息一下而已，沒事沒事……」

　　她像是想要看清楚我的臉似的、也慢慢挨在我身邊蹲了下來，有些好奇地問道：「你們到底在說什麼啊？他怎麼會……」我遠遠瞥見已經足足領先我大半圈的「克塤兄」又漸行漸近，一時血氣上湧，便湊著小姑娘不假思索地對她說：「我只是告訴他，我吃過全宇宙最好吃的餃子。」接著便站起身，留下一臉錯愕的鄒郁敏走回跑道。

　　重新回歸的我，令場上響起一陣歡呼。我抗拒著右膝逐漸上傳的痛感往前邁出步伐，至於播報員講了啥勵志的話語

我則壓根兒沒放在心上；不過倒是察覺到後方那塊逐漸迫近的「狗皮藥膏」，經過自家國貿區時換來一陣稀稀落落的噓聲～哈！瞧你的惡有惡報。

「克塽兒」完全不計體力成本、堪堪在過彎處追到我身邊忿怒地指控：「……們……你們……在那邊說什……什麼了？」我全神戒備、懶得理他，等到他開始指手劃腳、上氣不接下氣地說不出一句完整的句子時，我才好整以暇地指著纏在手腕上那條藍白相間的毛巾，用憐憫的神情悠悠地對他道：「你說呢？」說完還拿到唇邊明目張膽「嘖」地一聲親下去，自顧自地說：「這百分百的感覺啊……你係永遠永遠不會低道的了。」

這有如拳王泰森揮出的一記強力左勾拳，讓他再也承受不住、不顧一切地向我死命狠撞，但我早已有所準備，他一靠過來我就放慢腳步，而在他輕舉妄動之際，我早他半秒鐘踩下碟煞急停，「克塽兒」當下一個用力過猛、重心不穩，絆到我的腳尖，沿切線方向摔跌出去，讓草坪上的鐵欄杆對自己的小鼻子小眼睛做零距離的親密接觸，看那衰樣是爬不起來了。

心頭大患一除，疼痛感與疲憊感這才開始不斷地由下往上跟首腦傳遞軍情告急的信息，我不用低頭看就知道滲血的情況一定精彩繽紛，這圈是三十還是三十一？媽的連我自己都糊塗了，只聽到前方那片橘油油的觀眾又在對我鬼吼鬼叫……我看到喇叭峰的臉孔出現在看台上。

他拿著大聲公無厘頭地問我：「室長，拚了啦！要不要點歌？」我神智不清地給他吼回去：「吵死啦～你們不知道我用心良苦嗎？幹！」看台上一陣安靜，過幾秒鐘居然……

妳的臉有幾分憔悴　妳的眼有殘留的淚
妳的唇美麗中有疲憊
……

　　喇叭峰的歌喉應該是唱《媽媽請您也保重》或是《思慕的人》比較貼切吧……但此時此刻他傳來的破鑼嗓，那個歌詞和場景簡直九不搭八！

我寧願看著妳　睡得如此沉靜
勝過妳醒時決裂般無情
……

　　到了副歌的部分，這群寶貝室友夥同全系上下理所當然地製造響徹雲霄的BGM，靠夭咧～給我來這套……

妳說妳　想要逃　偏偏注定要落腳
情滅了　愛熄了　剩下空心要不要
春已走　花又落　用心良苦卻成空……

　　古里古怪的應援歌如同瘋狗浪、層層疊疊地衝著始作俑者席捲而來，令人倦意全消，足以讓跑步姿勢已極度不協調的我猛補油門，像極了肇事後企圖逃逸的混蛋運將。
　　理學院三人組似乎刻意放慢腳步在前方等我，等我一加入他們，化學系的學長率先脫口而出：「哇操～你的襪子都是血，腳還撐得住嗎？」物理系學長對我伸出兩根大拇指說：「嘿～百分百英雄，真有你的。托你的福，今年的馬拉松真有趣！」最後，心理系的學長告訴我：「學弟，我們討

論過了，你來領跑吧！稍後發表感言時，務必來個爆炸性的深情告白，好好給他威一下！」

我順著他手指看去，只看到前方不遠處拉起了一條紅色綵帶，便是那感覺永遠不會到來的夢幻終點線，我卻突然一陣心慌……冠軍、亞軍和季軍都要上台領獎並接受張校長的嘉勉，屆時我勢必不可能和校長他老人家face to face還戴著風鏡啊！今日雖是為了惡整「克塽兄」而當仁不讓，但言行舉止恐怕已經有些超過，還是低調點為妙，別給郁敏小姑娘帶來不必要的困擾（保持神祕也給了我莫名的成就感）。

於是我對三位學長道出了心中的顧慮，然後正色說：「我永遠永遠不會讓她知道我喜歡她，因為我希望在她心中我永遠都是那麼地特別。」理學院三人組面面相覷，隨即會意似地點點頭，我不等他們回話又說：「最後這段路，就讓我們毫無保留地尬一下吧！學弟我先衝為敬啦！」說完已率先衝出，但沒多久就被超越，場中最後的四位跑者任憑一波波的掌聲、歡呼聲、尖叫聲……在耳畔不斷炸裂著……迴盪在往後每一個喧鬧的、卻又充滿詩意的秋日午后。

那一屆「15000公尺迷你馬拉松」的冠軍實至名歸，由心理系的學長成功二連霸，第二、三名我記不得了，而我則非常慶幸地得以戴著風鏡、用高舉雙手的勇姿直接跑出會場，用一杯美而美的大冰奶犒賞自己。

至於喇叭峰，他老兄則在司令台邊上上下下好幾回，搞到最後張校長乾脆搭住他的肩膀，打趣地要司儀把洪己峰同學囊括的獎項一口氣全部頒完，這樣比較有效率，哈～有夠誇張。

「室長，我覺得其實你滿自戀的。」

「何以見得？」

「人家小隻馬搞不好早就一眼把你認出來了，你真當別人頭殼裝屎逆啊？」

「阿我想當『蒙面俠蘇洛』你管我？她不也配合沒說破。」

「我看你安奈愛呷假遂哩吼～伊早晚被人揀去配。」

「我的心不必人懂，只願擁有自在的從容。」

「所以我說你自戀你還不承認。」

「虧你每天都在聽張衛健，其實她愛我像誰，是不是『百分百英雄』我無所謂，就是要讓她當一回眾人矚目的『嬌』點，只因為我。」

【奇人軼事新篇章】　大難不死別來亂入

「等一下！鈞傑，你一直提到的那個『莊不全』究竟哪冒出來的？」

「那是夢魘啊～」

「說說吧……不礙事的。」

「哈～」

他呀～叫做莊君武，聽起來像是雄赳赳氣昂昂的感覺對不對？實則不然，他中等身材、微胖、喜歡發出像聖誕老公公一樣ho～ho～ho～的笑聲；他的「呵呵」有兩種，比較正常的像是後來卡通裡的「麵包超人」，所以呢，若說運氣是他唯一的武器一點也沒錯！至於比較不正常的「呵呵」，根本是變態系AV男優山本龍二的御用配音，女生聽了包準沒被嚇哭也會報警。

有一次跟舍監打聽，原來他比我還早幾天搬進力行宿舍，316的室長原本是他。他幾乎是一收到住宿通知書的隔天就迫不及待地從家裡搬出來，一個人從中壢火車站騎著摩托車載著行李四處亂晃，不知為何卻在市區往中央大學那邊的路上被闖紅燈的砂石車撞倒，車子全毀、人卡在車輪中間被拖行了三百多公尺才被甩下來，又被對向車道迎面而來的貨車輾過去……本以為是腦漿橫溢、血泊一片的社會新聞慘案，呃……沒想到，他老兄居然只是小腿骨折，據目擊者說，當時他還一跳一跳的到路邊攤去跟檳榔西施買結冰水，還邊虧妹邊等救護

車。簡直奇哉怪也！

　　等消息傳回力行已經事發過了三天，他的寢室也從316自動轉到殘障寢室。系上教官和我到敏盛醫院探望這位「沒緣的」室友，只見他除了右腳小腿上了一圈石膏外，基本上幾乎毫髮無傷。他用聖誕老公公發現人妻偷情的笑聲向我們問候，還誇耀說現在正在「打工」，住一天醫院賺一天理賠金，實在太過癮了。基本上，對了……「基本上」就是他的口頭禪兼發語詞，瞧～我都被他傳染了，到現在也還沒完全免疫哩！

　　過了一個禮拜，等我再看到他時，他居然已經能夠不靠輪椅扶著牆壁行動自如，驚人的再生能力簡直跟妖怪沒兩樣，連醫生都感到不可思議，頻頻要護士詳加記錄，以後要發到醫學期刊上去。結果當天下午我就陪他辦了出院，莊不全逮個空檔跟我說：「鈞傑啊，基本上，我也算是大難不死了，等一下你幫我去醫院地下室的維康買一支拐杖，記得請那個阿桑多開幾張發票……月底開獎，搞不好……呵呵～」

　　商家櫃台把柺杖當作三節棍似地開了三張發票給我，我暗暗記下發票的號碼，事後竟然——靠天！竟然真的被他對中頭獎20萬，被我戳破後，才心不甘情不願的包了2,000元給大家吃紅。此外，加上砂石業者一筆肥滋滋的和解金及保險理賠金，在大學生涯的起跑點上，當我還有數目不明的就學貸款等著清償的同時，他已經存下人生第一桶金，直接保送到終點線（更何況欠國家

的兩年兵役他大概也免了）。而所謂「大難不死必有後
福」這句至理名言，在我認識莊不全的四年裡，被徹徹
底底地印證再印證。

「簡直是……真他媽的豈有此理！」
「你幹嘛越說越激動？」
「還沒完呢～」
「鈞傑，你我相識一場，介紹你打工也用不著感動
到淚流滿面吧？」
「靠天喔～我剛切完洋蔥忘了洗手去揉眼睛，
shit……等等，訂餐電話好像在響，我去接一下。」

「怎麼那麼快？打錯的還是惡作劇的？」
「應該是惡作劇吧！」
「是喘息聲還是那個『披薩爛、爛到家』？」
「咦～你怎麼知道？」
「馬的。我得回電。欸欸，你順便過來見習。」

只見我這位高中同學大踏步走過去抓起電話，迅速
按下一連串號碼，等對方接通後，劈頭一聲大喝：「倒
美樂，倒了沒。」隨即迅速掛斷電話，看著我說：「禮
尚往來。店長的指示。」

「蛤～這三小？」

……つづく

316之4
～茲巴威

茲巴威格言──

人生好比微積分，活在當下時總是不知不覺，但累積起來才會發現少了什麼……那就是「夢想」！一種足以讓自己金光閃閃的東西。

　　我說得口沫橫飛，薏珊則在旁笑嘻嘻地聽著，只在我喝珍奶補充能量時插上個一、兩句，等我講到告一段落才說：「怪不得喔～上次牡丹花節你代表教職員跟系上男生PK3000公尺還跑第二，大家私下都說中年人有這種體力真不簡單，原來對你只是小菜一碟。」我搖搖手，趕忙道：「那次為報師恩，幫你老闆王銘太擋一劍，下次這種苦差事千萬別來找我。」

　　大妹子明亮的雙眼眨了兩下，似是不著痕跡地探詢著：「哦～你跟我指導教授之前很熟喔？」我笑了笑，便把大二時「王大刀」生平唯一一次普渡眾生的善行義舉約略提了一下，薏珊也笑了起來，接著告訴我說上個月實驗室聚餐時，王老師的千金還特別不漏口風地從美國飛回來，當她假扮waitress推著他老爸55歲生日蛋糕走出來時，王老師簡直樂歪了，還說這位千金已經是個留著波浪捲的大美人哩！然而，在我心目中，她卻還只是被人包在襁褓中可愛到不行的小肉丸子，當時我才大二，時間過得真快呀！

　　薏珊一開口，就把在時光洪流中彌留的我拉回、又推了下去：「大助，你剛剛講了那麼多、也頗精彩，但一開始提到的那55顆水餃好像沒講到喔～該不會在等打賞吧？」說完作勢使出殺手鐧，又將A字裙往上撩了0.1公分……我立刻移開視線、一笑置之，順便瞄了左腕上的錶，現在剛下台北的交流道，之前答應送她回吳興街的住處，估了下車程，時間大概還夠講一小段，便約她下禮拜同一時間再訪中原。我讓她先在手機上建好行程後，才繼續說下去。

　　我高舉雙手、以第四名殿軍之姿跑完全程，享受著周遭的歡呼聲通過終點後，馬不停蹄地先到體育館把憋了十五公里的膀胱解放，待體力稍稍回復後，才緩緩朝不倒翁斜對面的美而美走去，準備跟店長老哥和姿伶臭蓋一番。今天因為運動會的關係，店長特別延長營業時間，當我走近時，他剛好在門口練啞鈴，一看到我，就對著店裡喊：「姿伶，大冰奶一杯……呃～三杯。那群316的來了。」

　　原來，喇叭峰和茲巴威兩個也前腳接後腳地跟來，即便已被姿伶打槍兩回以上（包括我），但看著身高167公分、長髮飄飄、穿著細肩帶和牛仔短褲，同時集天使臉孔及魔鬼身材於一身的校花級美女，在面前忙進忙出，怎麼看都覺得養眼、心曠神怡啊！

　　姿伶等到我們口水（還有鼻血）流得差不多以後，也不在意咱三人不知道該把視線放在何處的窘境，冷飲一端上，就把隔壁桌的椅子拉過來坐下，用手肘硬是從我那兩位室友的中間撬開一個空位，衝著我說：「嘿！百分百英雄，有沒有照我之前說的，一過終點線就直接跑到她面前來個愛的告白啊？」

　　我搖了搖頭，簡略地說了一下今日戰況，兩位室友也不斷加油添醋地補充說明。

　　姿伶聽完，柳眉倒豎、一拍桌子：「厚～你都被我發過卡了，是在害羞什麼啦？」

　　我頓時有些不好意思，只好悶聲喝飲料。茲巴威人不錯，為了化解尷尬，趕緊幫忙轉移話題：「姿伶大美女，我們家室長就是這麼癡情，你們倆一個感性、一個性感，搞不好很速配喔～你要不要再考慮一下？」

　　姿伶一聽，邊搖頭、邊笑著說：「不會吧？上上禮拜這

位洪阿峰說是對我已經『ㄅㄟˋ』心了，只因為你對我念念不忘，然後你上禮拜又被我發了第二次好人卡，現在卻要幫我和你室長牽紅線……我說你們這群316的，還真是好哥兒們，我也算是開了眼界。」話說完還爽朗地笑出聲來，店長老哥隔著櫃檯也在偷笑，還刻意對我推了推眼鏡，表示自己也有在follow後續發展。

話題一岔開，茲巴威乾脆聊下去：「大美女，這叫一棒接一棒，關愛不間斷……」然後當姿伶的面把冷飲一口氣「乎乾啦」，接著說：「……你就是讓人這麼欲罷不能啊～～話說回來，本寢對你無疑是全軍覆沒，但我個人很想知道你是怎麼看待我們的，來點中肯的見解如何？」

姿伶微抬下巴、看著天花板的吊扇轉了兩圈，沉吟了一下便說：「也好。以朋友來講，其實你們個個都滿有趣的，當室友生活在一起一定不無聊，但如果說到男女間的交往嘛……」在場四位男生的耳朵都豎起來了。

美而美的當家花旦開始講評：「首先喔～那個又高又帥的太虛華了，我不喜歡，不考慮；每次都約我吃火鍋的、在店門口彈吉他的那兩位心裡其實都有忘不掉的影子，不會真的全心全意對我；而斯斯文文、在漫畫店打工的那位，雖然人挺風趣，但談吐太文謅謅了，我比較喜歡成熟點、更陽剛一些的男生……」靠天咧～諸葛姿伶果真神機妙算，講得還真準！談笑間就讓本寢的半數將士灰飛煙滅。

茲巴威並不氣餒，指著身旁刻意噴發男子氣概的喇叭峰說：「這一位呢？總夠陽剛了吧？」姿伶也附和地大點其頭：「沒錯沒錯，的確是超～級陽剛有男人味，可惜太local，喂～洪阿峰，店長規定在他還沒練出腹肌之前，誰都不可以在店裡擺健美pose……你去選民意代表搞不好很適合

喔！」

　　姿伶扭開手中的那瓶泰山純水喝了一口，又接著道：「我記得你們不是還有一位，講話tempo與眾不同的那個……小法克？對對……就他，他純樸得可愛，居然說要我當他『山下的』女朋友，那山上呢？山谷和山腰呢？這個我真的沒辦法……」我們三個一想到他那「法克法克」的神情，不約而同地笑起來（店長也是）。

　　碩果僅存的茲巴威和我，抱著看好戲的心態，想要聽聽對方在姿伶口中評價如何，有何驚爆的「過人之處」？果然，軍師從桌旁抽出一雙免洗筷抵著茲巴威的胸膛，一開口便是金玉良言：「你喔～就甭想了，一天到晚『練肖話』，我們合不來，別強求。」

　　心理素質異於常人的茲巴威在桌下暗暗踩我一腳，臉上不動聲色、依舊嬉皮笑臉：「我又不是山大王，豈會強人所難？不過大美女你是不是誤會了什麼？我是為了不讓我心愛的室長跟你在一起，最好的方法就是把你追走。室長啊～『愛你不著、祝你幸福』……我的心胸就是這麼開闊，只要你可以『性』福美滿，我的悔恨又算得了什麼呢？」說完還對我噁心巴拉地擠眉弄眼，真想一拳給他貫下去！

　　喇叭峰在旁邊又補我一刀，也是一口氣將大冰奶乾掉，發出裝腔作勢的唱嘆：「看……居然被搶先一步。」我心下暗自咒罵這個老梗，趁大夥兒笑到不行的同時，立刻在桌下回敬兩腳。

　　姿伶邊笑邊拍手、笑得有夠持久（有那麼好笑嗎），等到大家緩過一口氣後，這才掛著腮幫子斜睨著一雙電眼直朝我瞧。

　　或許是我太少被女孩子像醬子盯著看的緣故吧，眼前這

位工業工程系（常被戲稱「公公系」～哈）的姿伶同學，外型亮麗不說、光靠那雙眼眨個兩下就能把人家的魂給勾走；上禮拜聊天，她說班上要演英文話劇，問我覺得哪個角色比較適合她，我順口回她：「那還用說？『梅杜莎』非你莫屬。」她一愣，隨後笑了好一陣子，說我是個有趣的人。

可是，像她現在打量著這麼一位有趣的人卻又不笑，反而令人有些不自在（拉瑪控說得對，其實會滿窘的）……在「梅杜莎之瞳」驚心動魄地凝視下，倒是讓我不經意想起郁敏小姑娘搗著嘴淺笑時的神情，有點甜又不會太甜，彷若伴隨春光乍洩的和煦微風，令我陶然而醉。

此時，店裡恰好一口氣走進四、五位客人，姿伶軍師保留了她對我的評語，站起身來招呼客人的同時，一併將桌上的飲料順勢收走（喂～我還剩一半呢），朝我丟下一句：「會笑齁～不錯嘛，醬子有傷到我，不簡單。」

我由於參賽的緣故，中午不敢吃太多，而說來奇怪，這間美而美的大冰奶越喝越是令人飢火難耐，時間也堪堪逼近五點，該是打牙祭的時候了。

喇叭峰提議去美食街吃藥燉排骨好好補一補，我則想到設計學院後門的華華麵飯館；原因無他，而是後天要考微積分，好不容易新生直屬的瑋苓學姊願意恩賜黃金筆記，剛巧由申甲就在旁邊，想說先去恩慈宿舍拿筆記送印copy，吃完剛好可以取件。

不料茲巴威大搖其頭，直接一句話敲定了大夥兒的覓食行程：「室長，你是今天運動場上的百分百英雄，難道你不覺得今晚去小而大餃子館是你應盡的義務和權利嗎？」此話獲得一片掌聲通過，畢竟，考試還有很多，但馬拉松這輩子

或許就跑這麼一次。而我做了正確的抉擇。

掌聲吸引了姿伶的注意，當她知道後，便對我說：「這就對了。要追人家就是要醬子，這才叫全心全意。務必讓她對你留下深刻的印象，加油加油！」

走出店門時，茲巴威仍舊不知死活的問姿伶：「大美女～你算過沒有？」美目流轉的軍師扔了個問號回來，喇叭峰跟他默契絕佳：「伊係問你到底打槍了幾個逆啊？」

「我大學不打算交男朋友。不過放心，絕對讓他當第一百零一個——不會太久，快了。」

　　🖈　　　🖈　　　🖈　　　🖈　　　🖈　　　🖈　　　🖈

我們三人先回宿舍，很快地沖了個澡便從喜鵲橋穿過校園，從那道像極了麥當勞標誌的校門右側走出（歡樂美味的學店啊啊啊），向目的地前進，不知為何，此時我的腳步竟有些躊躇。然而，小而大的「門神」目光何等銳利，隔著中北路一看到我便嚷嚷起來，令我剛抬起的步伐怯了一怯，老爺子趕緊用大嗓門外加麥克風幫我壯膽：「大丈夫楚河漢界，真君子起腳無回……小夥子～好一陣子沒來啦！今天小姑娘在喲～～～」

「可惡！怕有人不知道是不是？」我臉一紅，心下暗罵一聲。未料——伴隨一聲「來了……」的嬌喊，門帷裡頭探出一張可人的小臉蛋，正是鄒郁敏。我一陣莫名的困窘，下意識地想往回走，卻被兩位室友一左一右給架了進去，躲都沒得躲。

小姑娘見到我先是定格了兩秒鐘，接著對我笑了笑，打聲招呼便在前領著我們上樓。走在後頭的茲巴威在門口

就直接點餐了：「韭菜11顆兩盤、高麗菜11顆一盤、小菜裡邊點。」只聽老爺子咕噥著：「你小子占我便宜，有你的……」我便是在此時了解餃子一顆三塊半的訂價，竟然隱含店家默許窮學生賺回五毛錢的「善意」，茲巴威這傢伙可當真賊溜得緊。

等餐的空檔，我的兩位知心室友不斷插科打諢，和郁敏小姑娘隨意攀談著，逗得她不斷抿嘴淺笑，還幫我套出不少情報，例如——她生肖屬兔、天秤座AB型、達人女中畢業、也是台北人（家住內湖）、家裡還有一個姊姊和一個妹妹……等等；沒錯～真的是「在家靠父母、出外靠朋友」啊！

由於今天已經預支了一整個學期的運動量，喇叭峰和我累得像兩條台灣土狗，早餓得狠了……當冒著蒸氣的餃子熱騰騰地一端上桌，我們倆幾乎是在同一時間一掃而空，反觀茲巴威的嘴裡才剛塞進第3顆呢！

喇叭峰迅速追加一輪（11顆），我也跟上。第二回合才開始沒多久就結束了，我望著又被清盤的桌面感到有些不可思議，平常這時候也差不多七、八分飽了，怎麼今兒個胃袋像是無底洞似的，居然覺得好像也沒吃什麼嘛～管他的！人生得意須盡歡，老子是今天的百分百英雄，不應該拘泥於小細節……

再來一輪。喇叭峰也是。

鄒郁敏走了過來，邊收盤子邊對我說：「今晚的水餃都是我包的喔，謝謝你那麼捧場，不過別太勉強了，很少有人吃超過30顆的，你確定？」很高興引起她的注意，更高興的是能吃到小姑娘親手包的餃子，想到不久前才跟「克壞兄」臭蓋，讓他氣到「雷殘」的畫面……「你係永遠永遠不會低

道的～」心情不由得大是歡暢，於是我點點頭笑道：「我很餓。所以我非常確定。」

　　第三輪上桌前，我們聊起自己的高中生涯，由於大家卸下高中生的身分還沒幾個月，因此記憶猶新，而曾經幹過的各種蠢事也被講得口沫橫飛……當國貿一甲的鄒同學將餃子放在我面前時，茲巴威剛好說到達人女中，於是她也拉張椅子在我旁邊坐了下來。我注意到她的袖口和後頸有沾到麵粉，我刻意多看了一眼，朝她比了比自己身上相對應的位置，她對我笑、也對我點了點頭，似乎不以為意。

　　「……你們應該有在電視上看過吧？我母校的畢業典禮簡直就是台北潑水節呀！當時喔～我們童軍社還約了達人女中的同學來同樂……」也在內湖念高中的茲巴威講得眉飛色舞。

　　「我們班一邊準備大學聯考、一邊準備水球水槍……其他班也差不多……」他喝了一口酸辣湯又接著說：「後來聽說阿扁市長『可能』會來，大家超～期待也超興奮……準備的『菜色』也越來越豐盛，哈哈～」

　　「畢業典禮當天，該致詞的人一個個上台，不過大家沒怎麼在聽，因為在我們眼中他們就像一步步走上斷頭台的路易十六，而大家腳邊都是一桶桶的水球，對著司令台發出不懷好意的微笑，嘿嘿嘿……」

　　「有個教官故意釣我們胃口，致詞時，還在台上轉過身慢吞吞地對著蔣公遺像來個三鞠躬，背對著越來越不耐煩的畢業生，故意大聲朗誦國父遺囑，說什麼他唸一句要我們跟著唸一句……『余致力國民革命，凡四十年，其目的在求中國之自由平等。積四十年之經驗……』挖哩咧～」講到這我

和喇叭峰放聲狂笑，鄒同學也摀著嘴笑了起來。

「然後啊～他唸到一半突然停了下來，迅速再來個向後轉，面對大家異常熱烈地說『讓我們用最澎湃的掌聲歡迎台北市的大家長……』」原來，阿扁市長真的來了！

阿扁市長大步走上司令台，他的致詞非常棒，只有十個字——「大家好！畢業快樂！開戰啦！」說完立刻掏出蛙鏡戴上，接著就從褲袋裡摸出一顆水球朝畢業生代表扔去。

畢業生代表是隔壁班那位人稱「仙道姜」的籃球校隊隊長，猝不及防下被偷襲得逞，立即「濕身」，他一聲令下：「同學們，反攻！」

頓時萬彈齊發，台上那群師長嘉賓紛紛抱頭鼠竄，沒想到教官也不遑多讓，從國父遺囑的後方拉出一條水管往台下無差別掃射……

校長是個地中海微禿、留著啤酒肚的中胖大叔，邊走避邊用大聲公喊話：「同學們請注意自身安全，樓梯間禁止跑跳，祝大家鵬程……」話沒說完就被二樓倒下來的兩桶水淋個正著，趕緊落荒而逃。

茲巴威的眼中泛著不言可喻的光彩：「回想起來，那天放學，全校沒有人的衣服是乾的，那群達人女中的同學啊……」說完還煞有介事地搖了搖頭。

我接口：「嚇得花容失色、逃之夭夭？」

茲巴威還是搖頭：「才怪！她們說超好玩的，下次還想來。」鄒郁敏此時看我一眼、插了一句：「這我有聽學妹說過，帶著蛙鏡追趕跑跳碰應該很有趣……不過，還有下次？」她的內湖老鄉回了一段不像是他平常風格的「練肖話」，讓我至今想來依舊頗有感觸，他說——

「那只是形容詞而已。很多時候，我們都會說下次還想

怎樣怎樣，但其實心裡都知道不會再有下一次了，只要身邊的人事物不一樣，就不是『那一次』，就是因為無法複製重現，所以『那一次』才會是『那一次』啊！」

第三輪的餃子在茲巴威唱作俱佳的氣氛感染下，被我和喇叭峰一顆一顆再一顆地全數殲滅。小姑娘收盤子時，我恰好將最後一顆放入口中，她順口問了我一句：「同學，你還好嗎？會不會太撐了？」我這時大概六、七分飽，想起姿伶說的「讓她對你留下深刻的印象」，索性把心一橫，學那九品芝麻官中的衰樣：「我我……我我我……」確定從她眼裡看到一絲關心和好奇後，才說：「……我我……我還有點餓。」喇叭峰也表示他意猶未盡，要向第四輪挑戰。

當兩盤11顆的餃子第四度端上樓時，跟著郁敏小姑娘上樓的還有老爺子。原來，他老人家眼觀四面、耳聽八方，見這伶俐的小丫頭片子跑上跑下好幾回，不由得犯疑，一問伙房，才知今晚樓上來了兩位大食客，把剩下的餃子全掃光啦！這下可把他給驚動到了，便跟了上來看看咱這幫人攪啥勞什子。

老爺子眼見為憑，確定我們真箇是規規矩矩吃餃子，儘管心裡頭納悶，臉上卻依舊不動聲色，於是清了清喉嚨：「我說，兩位小哥呀～莫要逞匹夫之勇，緩著點啊！別暴飲暴食吃壞肚子，讓人誤會了我們這裡……」

茲巴威哈哈一笑：「您老放心，雖說薑是老的辣，不過呢……辣椒可是小的辣喲～這兩位爺都是中壢出了名的大胃王，您德高望重，所以今晚借這兒一決高下，您不妨開開眼界，順道做個見證。」

　　老爺子一聽，心頭上了勁，便笑開雙眼，對著樓下大聲吆喝：「李嬸，幫我站門口，我得親自督軍，伺候二位爺。」

　　氣氛一炒熱，茲巴威樂不可支：「室長，我覺得喇叭峰贏不了你。」我含糊不清地說：「爲何呀？」他繼續添柴加火：「麵食類是北方人發明的玩意兒，他們南部人怎麼能比？對吧？只有屹立在金字塔頂端的強者才能擔任咱力行316的室長。」這廝果然成功挑起南北戰爭情結，這下雙方都有了輸不得的壓力；於是，這場下下任系學會長與寢室長的世紀之戰，立即吸引了其他桌的目光。

　　我穩定地將一顆餃子放入口中，對喇叭峰說：「Hey man, fourty one.」他則用台語回我：「四十二。」我跟進後又夾起一顆，準備對他發出「拉斯逗(Last)」的聽牌宣言，誰知他飛快地將盤中最後兩顆水餃一起「送入洞房」，然後「啪」地一聲放下筷子、高舉雙手，口齒不清地說：「室長下台換人做頭家！」換來現場一片掌聲。

　　「偏不讓你逞英雄。」我承認當時心胸狹窄（現在也沒寬到哪裡去），更決定要讓這位小姑娘對我有超～級深刻的印象，便敲了兩下空盤子，發出叮叮兩聲：「鄒同學，第五輪，麻煩。」又加了一句：「今晚這裡的餃子有夠讚！」然後用睥睨世間萬物一切的欠揍神情看著喇叭峰。他一愣，隨即賭上南方部落人的尊嚴，也用叮叮兩聲回應北方貴族的傲慢。

　　由於現成的餃子都沒了，於是呢⋯⋯得現點現做。老爺子既然明白有人醉翁之意不在酒，倒也知情識趣，扯起大嗓門命人把家私搬上二樓，接著便要鄒郁敏坐在隔壁桌，現場包起餃子來⋯⋯因此，第五輪得先緩緩。

茲巴威，本名<u>王志威</u>，來本寢報到時剛巧我和教官一起去醫院探望身心不算太健全的莊不全。當我從敏盛回來，一進門就看到獅仔尾以副室長自居，在那邊對他宣達暗黑版的住宿公約：「第一、入住本寢需繳納火鍋公積金，每人每週200元（多補少退）；第二、漫畫小說一律借回寢室，沒輪完一輪不准還店家；第三、帶女生回寢室前要先跟室長（或副室長）報備，獲同意後始可為之；第四、玩牌不可出老千……」

聽他在鬼扯，除第三條本人贊同外，其餘一律Reject！我假意咳嗽兩聲提醒他該適可而止，並依循往例盤問新住戶混哪裡的（住哪）、有什麼戰績（有沒有女友）……等核心資訊。

原來，他也是台北人，住在南京西路圓環的漫畫街附近，今年重考進中原，目前單身，不過呢……倒是收了不少「乾妹妹」，其中有一位考上中原財金系。我默默地打開心中的小筆記本，將「重點事項」確實標記後，便要他挑床位；他決定選擇獅仔尾做床伴，並且每晚堅持模擬他淡江女友獨守空閨的心情，對他講一些不知所云的五四三綿綿情話（而且每晚都有不同的橋段可以聽喲）～～

「阿緯～噢～～我心愛的阿緯，你的臉孔在我心海深處盤旋不去……」

「我願是那天上皎潔的明月，與你長相廝守……阿緯，你想我嗎？」

偶爾也有限制級的奇異發想……

「緯哥哥，你是我今生永遠的客兄，我的嬌軀只為你顫抖……顫抖著……」

諸如此類不三不四的「練肖話」，直到獅仔尾戀情告吹後才暫歇，但大家耳根清幽不到一個禮拜，這傢伙又故態復萌；沒了獅仔尾這道防火牆以致全寢遭殃——生活圈中，每個從十六歲到六十歲的女性同胞，透過茲巴威的賤嘴，彷彿都變成非316成員不嫁的花癡，簡直有夠白爛！

「新生新生，認識了你，我宛若重生，不要害羞～來吧！愛我就給我，讓你我靈肉合一～～」

「洪己峰啊洪己峰，為了你，我願意擠出我的雙峰，我是米奇，你願意做我的布魯托嗎？」

「鈞傑，為了你，我不再矜持，別理那顆小不啦嘰的餃子妹了，大冰奶只為你專屬典藏，咱倆在天願為比翼鳥、在地來做大亨堡……」

「啊～緣起不滅，你我因為一塊菠蘿麵包相識，親愛的土撥鼠，我在輔大等你，這裡的菠蘿又香又大，你知道的嘛～『……與你分享的快樂，勝過獨自擁有……』」

「山上的朋友，法克法克……讓我告訴你～～電腦裡的D槽都是不真實的啦，我和獅仔尾準備做串燒的啦，你要叫梨山癡情花外送還是加入我們快樂的隊伍？」

「噢！高一點、再高一點、對～就是那裡，今晚的拉瑪控攪得好深啊，人家欲仙欲死了啦……呦呼～～」

當夜闌人靜，聽見這一聲聲的無病呻吟，眾人之中，除了花叢老手的拉瑪控不為所動外，其他人根本無福消受，唯

一的解方就是一邊幹罵、一邊打開厚到連樹木都會哭的原文書猛K消火，除此之外別無他法……要是有錄音下來的話，以時至今日的社會標準來說，絕對是性騷擾的平方再平方，而在經過一整年的淬鍊後，我覺得我已經耳朵長包皮、百毒不侵了。

　　說到這個王志威，一開始我們背地裡喊他「王自慰」想挫他的銳氣，沒想到這小子嘴很秋、很能扯，還常常盜用導演王家衛的電影台詞，諸如——「我不相信一見鍾情，但這個女人卻在兩分四十秒後，無可救藥地愛上我的室友。」、「桂月二十五，寒露將至，多風，她自東而來，只為偷走一段不屬於她的姦情。」……等類。

　　基於此，當英文課籌備話劇時，班上一位女生對他喊了聲：「王導，你們這組要演啥？」事不關己的土撥鼠頭也不抬地在教室後面放砲：「當然是三級片啦……片名都幫你想好了，就叫做——The Rainy Crazy Night and The Sexy Naked Woman，中文可以翻成「赤裸追緝令之雨夜狂魔」怎麼樣？夠噱頭沒有？王導。」

　　王導罵了聲：「靠北喔！」沉吟片刻才開口：「Lion King，其他都不考慮。」然後轉頭對著和他同組的獅仔尾說：「你要演辛巴還是刀疤？」還在療情傷的副室長陰惻惻地說：「我心中滿懷著仇恨的負面情緒，不演刀疤Uncle豈不可惜？」

　　並不是王家衛、反而比較像王晶的王導就順了他的意，同時指名一位遠從馬拉威來台留學的黑人同學飾演辛巴，說是黑色的獅子反差效果佳。

　　等到隔週英文課各組公布話劇主題及演員卡司時，王志

威神氣活現地站上講台，便將他構思一整個星期的絕妙點子公布，原來，經過改編，他們那組決定演出《來自辛巴威的辛巴王子復仇記》；但不知是他太緊張咬到舌頭、還是故意的已不可考，當時全班聽到的是「來自『茲』巴威的『茲』巴王子復仇記」，登時哄堂大笑！

英文老師強忍著笑意對他說：「王同學，國民外交很重要，幹嘛捉弄遠道而來的外賓？什麼茲巴威王子，你自己演啦！」結果卡司一改再改，一個月後演出時，故事結尾由刀疤Uncle夥同背叛的黑澎澎，咬死茲巴王子及其損友瘸腿丁滿後完美竊國，還娶了茲巴王子的母后，但卻生下黑白條紋小獅王哈姆雷特，最後全劇終。

由於笑果甚佳，十組裡得了第二名，僅次於我跟新生這組；總之，無論如何，這個響叮噹的綽號跟定他了。

鄒同學手腳麻利，沒多久兩盤各11顆的餃子已然整裝待發；右手邊那盤是我的韭菜餃、左手邊則是喇叭峰的高麗菜餃，看著一顆顆像元寶似的水餃排得整整齊齊、大小幾乎毫釐不差，果真是熟能生巧，看來她包餃子的功力又更上一層樓了。

老爺子靠過去看了看，點點頭誇獎她：「嗯哼～小姑娘有我的七成火侯，看來可以出師囉！」接著左右各拿一個托在掌心掂了掂、又放了回去不作聲。鄒郁敏趕忙拿起托盤朝樓下廚房走去，經過我身邊時，悄聲說了句：「你吃慢點，別噎到了。」

老爺子又坐了一會兒，「唉」地嘆了一口氣，也邊往一

樓走：「唉呀～女大不中留哇！人家啞巴吃餛飩，心裡都還有個數呢！」

我當下有點不明就裡，等到第五輪一端上桌，我將編號第N號（懶得算了）的餃子一口咬下時，馬上就察覺了。沒錯——餡少了！而我仔細用肉眼偷窺，喇叭峰面前那盤可是貨真價實的標準size，這郁敏小姑娘明著不說，卻暗地裡幫我呢！可見我確實讓她留下了深刻的印象。

想當然爾，這位覬覦本寢至高無上權位的洪己峰同學吃得比我辛苦，饒是如此，我還真覺得吃太撐了，只好憑藉一股血氣方剛的匹夫之勇硬拚、死挺到底；不過話說回來，放水的比賽贏了也不光彩，何況美食是要細細品嚐，如此囫圇吞「餃」簡直太不像話……何必呢？

兩位大食客堪堪同時吃完，攜手創下傲視群倫、足以高懸55年的紀錄後飄然離去；也因為平手，我得以衛冕室長寶座。

講到茲巴威，不得不說一說迎新露營。大一那年，因為諸多因素，迎新一延再延，差不多是在我跑完馬拉松後的兩個禮拜才敲定，時序已接近十月底，當大家聽說是跟財金系合辦時，都相當興奮雀躍……畢竟本系男多女少，和女多男少的財金系剛好互補、各取所需。

迎新活動的地點是在當時桃園縣復興鄉的角板山，雖說是露營，其實也就是在救國團的青年活動中心住一晚而已（後來聽說正名為「宿營」應該才是比較貼切的說法）。

「無妨～一個晚上也是可以發生很多事的。」遊覽車上

茲巴威在我身旁如此耳語著，還加了「嘿嘿」兩聲。

　　或許是剛才途中看到窗外石門水庫洩洪，導致心理影響生理，一下車，一堆人就先衝廁所解放膀胱，其實我還好，沒啥尿意，就先讓給已經憋到快把自己淹死的新生（天知道他現在擤的是不是鼻涕），轉身朝財金系停車處走去，想先探探對方虛實。

　　從車尾的方向看過去，對方確實女生不少，正待仔細打量，肩膀不知被誰拍了一下，一回頭，卻不是茲巴威是誰？他低聲說：「上啊！室長，別有色無膽，看我的！」說完就直直朝一個女生走去。

　　我抱著幸災樂禍的心態看好戲，沒想到他卻跟那位女生有說有笑起來……正驚詫間，他卻朝我探頭探腦的地方招招手、要我過去，我只好有點不好意思地帶著尷尬的笑容站到他旁邊。

　　雙方隨意攀談了幾句，原來，搞了老半天，這位叫做程寶心的女生是茲巴威高中的學妹、眾多乾妹妹之一。

　　「不是乾妹妹，是乾女兒，你是金魚嗎？」茲巴威在旁插口，見我有點狀況外，又補充道：「之前不就跟你講過了～是乾女兒，不是乾妹妹，你是選擇性失憶還是只有淺層記憶？」這賤得出汁的比喻讓寶心笑出聲來，而笑聲引來另一位女生。

　　寶心清唱了兩句「你是我的姊妹～你是我的Baby～～」然後介紹說：「這位是我室友，姓郭、名字叫做幼菁，叫她檳榔她會生氣喔，所以我們都叫她『草菇』。」我順口說：「那麼我就是靈芝草人『哎呀呀』～」這聲無俚頭的『哎呀呀』恰好戳中大家的笑穴，勾起兒時共同的記憶點，距離頓時拉近不少。

　　茲巴威早有圖謀，先讓兩位女生笑一陣，便開口說：「等一下啊，要集合玩大地遊戲，那個喔～很無聊啦，跟你們說，這邊有個很刺激的地方喔……」

　　我立刻明白他的企圖。

　　其實這地方我小時候來過一次，當時老哥小學畢業要升國中、我則是小四吧！那是臭老爸的公司員工旅遊，打著帶孩子們出來玩的名義，名正言順地從他太座手中爭取（騙取）鉅額預算，結果一到這兒，對老哥和我丟下一句：「兄弟倆自己找樂子去！」便放牛吃草了。

　　隨後他自己跟同事們喝酒划拳、唱卡拉OK，好不快意，我們一路亂闖亂逛不但迷了路，居然走到那座驚心動魄的吊橋，毛著膽子過橋後，還被幾個歐吉桑騙去吃狗肉，害咱兄弟倆回程吐滿地。

　　後來當然向老媽告御狀，只見老爸一臉無辜地把手一攤：「長那麼大還會迷路被騙，我有什麼辦法？」令我記憶猶新。

　　剛才在遊覽車上，一時無聊，便跟茲巴威講了這段趣聞。現在他一提，我心下便喝了聲采：「好你個王導，到了吊橋上，不就有機會可以……」原來，他的「嘿嘿」是這麼回事！嘿嘿。

　　女生向來是好奇的動物，在王導的精準運鏡之下，兩男兩女在大部隊集結前，便以探路為名先行開拔。

　　我果然是只有淺層記憶的金魚。雖說之前來過，但畢竟已經是八、九年前的事了；即便吊橋就在眼前下方，但怎麼走就是不對。後來，午間的山區還開始起霧，只聽寶心對茲

巴威說：「父王～我們該不會遇到鬼打牆了吧？」眾人一聽先是覺得好笑，但又走了半個小時還是毫無頭緒時，心下就有點毛毛的，便動了打道返回的念頭。

說也奇怪，一往回走沒多久，霧就散了。回到救國團活動中心，原本估計前後不過一個小時多，沒想到居然已經足足耗掉3個小時，不但與財金女孩牽牽小手、一親芳澤的團康活動失之交臂，連中午的包水餃大賽都錯過了（虧我還跟鄒郁敏討教了一個晚上）。

傍晚時，大家在活動中心後方的草皮上烤肉，一群人說說笑笑倒也輕鬆寫意。接下來是才藝PK時間，兩系的學長姐你來我往相當精彩，有一位財金系的學長用帶來的薩克斯風show了一段solo，實在有夠讚！曲名不記得了，但我知道是動畫「城市獵人」劇場版裡的配樂，悠揚的樂音在深秋的夜風中迴盪，令人印象深刻。

當所有的表演結束，大約是傍晚六點四十分左右，兩系的主持人要大家不敬禮解散，先下去洗澡休息，稍後還有驚險刺激的「夜教活動」，意者晚上八點復興亭集合，逾時不候，可自由參加，不去的就留在交誼廳裡玩橋牌。

雖然從成功嶺結訓後已經很久沒有洗「戰鬥澡」了，但當我用乾毛巾抹著半長不短的頭髮走進交誼廳時，裡面竟沒半個人。我站在自動販賣機面前費心思量許久，才往它嘴裡餵了兩枚銅板，精準地朝36法郎的臉尻了一記輕拳，沒想到滾下來的依舊是伯朗咖啡。

我邊喝邊向外走去，在轉角的陰影處碰巧看到郭幼菁坐在石階上納涼。她朝我一揚手中的MR. BROWN：「同學～有志一同哦！」我和她「乾杯」碰了一下，便坐了下來，隨

口打聲招呼：「哇！你也洗太快了吧？」她則說人太多，等夜教回來再洗。

「你想去哦？」我試探性地問。

她皺了一下眉頭說：「本來有點好奇想去，但後來不小心偷聽到學長姐他們的節目安排，其實……」

「咦～草菇，你怎麼在這？洗那麼快？」原來是茲巴威的乾女兒程寶心同學，她看到我坐在旁邊，便用毫不避諱的眼神和語氣對她說：「哦～小草菇，你學壞了，這樣不可以喔！」我哈哈一笑，指著皎潔的滿月說：「你想太多，我們是在吸收日月精華啦～哎呀呀。」三人都笑了，在月光下隨意聊著。

「你們要去夜教嗎？」寶心真貼心，又幫我們將話題拉了回來。郭幼菁正待開口，不遠處傳來一陣令人不敢恭維的歌聲……

　　我和你吻別在無人的街
　　讓風癡笑我不能拒絕
　　我和你吻別在狂亂的夜
　　我的心……
　　（歌聲嘎然而止——謝天謝地）

由於背光的關係，不知是何方神聖，兩個女生互看一眼，寶心不是很有把握地看著我，低聲說了句：「誰啊？」我回答：「你父王啊！聽不出來？」來者湊近一瞧，果然是茲巴威。

「室長，你居心叵測，竟敢公然拐帶我乾女兒，想當駙馬爺請排隊抽號碼牌。」這老小子見面就損我，在異性面前

可不能就這麼龜下去，得硬起來才行：「豈敢豈敢，如此良辰美景，我們只是舉伯朗邀明月，對飲三缺一，哪比得上王導您月下高歌的慷慨激昂。」

不過要比嘴賤還真比不過他：「對飲三缺一？我看是我這位證婚人還沒上台致詞，不好意思偷喝交杯酒吧！」自取其辱的邱鈞傑何其有幸，只好仰天長嘆：「昭昭此心，唯天可表。」繼續悶聲吸收日月精華。

茲巴威一開口就正中紅心，好在他自有分寸、並未窮追猛打，接著便說：「走了啦！一起夜教去。」郭幼菁這下才有點吞吞吐吐地說她不小心偷聽到學長姐打算扮鬼嚇人，覺得沒什麼興趣，在旁的寶心一聽也說不想去了。

此時已經可以看到其他人陸陸續續地集結準備出發，我正待開導開導，茲巴威暗暗拽了我一下衣角、使了個眼色，我知道他又想找機會「脫離部隊掌握」，於是便靜觀其變，而四人最後決定留守交誼廳。

我們兩男兩女在交誼廳一邊玩大富翁，一邊聽程寶心講她父王高中時的諸多糗事（蠢事），就這麼殺了快一個小時。牆上時鐘的布穀鳥探出頭來叫了幾聲，我瞥了一眼，剛過九點，夜晚的山區溫差大，郭幼菁打了個噴嚏，表示差不多該去洗熱水澡睡美容覺，而沒有伯朗先生幫忙提神的寶心則已經開始打呵欠了，她父王總算擠出那麼點父愛，要她「卡早睏、卡有眠」。

一陣拖鞋響聲過後，整個交誼廳便靜了下來。我看茲巴威精神正好，正想要怎麼打發時間，他卻壓低了聲音對我說：「欸！老是聽說鬼嚇人，今晚想不想人嚇鬼？」接著便露出賊兮兮的表情對我挑眉，我一聽也覺得有趣；於是，兩

人便起身把交誼廳的電燈關了，再輕輕把門掩上，朝室外走去，準備反過來整這些原本想要整我們的學長姐。

茲巴威緊挨著路燈，從懷裡摸出一張「夜教分組探祕路線圖」，這群不肖學長姐竟在其上清楚標示，如何角色扮演、如何故作茫然、何時由誰發出尖叫、以及道具放置處；好你個王導，居然有備而來，真不知他從哪兒弄到的！

（事隔多年後的同學會，喇叭峰終於坦承是他三哥「不小心」搞丟，「恰巧」被他看到拿去COPY，本想藉機牽牽小手揩揩油，但自己又不小心遺失，結果便宜了兩位室友。）

「室長，咱們如此如此……這般這般……」光是想想就覺得過癮，哈！

這張被列為絕對機密的「整人地圖」其實極為簡略，好在我們白天多走的那一趟不算冤，雖沒達成戰略目標，但此刻路線圖在手便一目瞭然，估量了一下剩餘時間和相對位置，當下商計妥當便按圖索驥，抄近路來到一顆大榕樹旁，果然看到那塊吊在上面、原本是壓軸高潮的大白布，我和茲巴威從準備好的提袋裡拿出一條浴巾、也依樣畫葫蘆地掛上去，兩條長白巾一左一右，遠遠看過去就像是一對愛侶殉情後依舊深情對望著彼此……（想嚇人是吧？且讓你見識見識咱316寢的手段）。

我們兩人又繞了回去，刻意挑了沒有同寢室友的那支隊伍，在夜色與樹影的掩護下，悄沒聲息地混入其中；帶隊的隊輔是財金系一位叫做翁翠霞的大三學姊，體型看起來頗為壯碩，聽她邊走邊用她自以為朦朧的聲音蠱惑著：「……山區濕氣重，路有點濕滑，男生要gentleman一點，幫忙牽一下女生……」我暗忖自己應該很gentleman才對，但前後女

生卻顯然不需要扶持。

　　蠱惑的聲音再度傳來，而且還有些將信將疑卻繪聲繪影：「學弟妹你們知道嗎？聽說啊～這裡以前有一位男學生和女老師，兩人因為師生戀曝光，最後相約私奔，沒想到男學生人來了卻臨時反悔，女老師心有不甘，硬是把他押上車開來角板山這一帶，逼著要兩人一起上吊殉情，男學生急中生智，用童軍課教的活結騙了女老師而僥倖活命，因為太過害怕，只能眼睜睜地看著穿著一身雪白洋裝的女老師在半空中痛苦掙扎、嚥下最後一口氣，這在報紙上有刊過……後來啊……當地就不時傳出有人看到吊死鬼的亡魂……」我不禁佩服這個故事編得好，就算明知是唬爛，當下還是莫名地起了一陣雞皮疙瘩。

　　須臾，分秒不差地，遠處傳來一聲尖叫（用無線電是吧），把大家的目光轉移到該看過去的所在──**兩個**吊在樹上的白影給了所有人（包括講者）很大的想像空間，而這時已有不少女生向我這位gentleman的身上靠了過來。

　　我的位置離隊輔很近，在周遭一片慌亂中注意到她走開幾步對著無線電低聲說：「……搞什麼……兩個……啊就真的兩個……你們別……OVER」

　　翠霞學姊深呼吸了幾口氣，強迫自己鎮定下來，繼續主持由她獨挑大樑的「桃園靈異事件」──台詞如下：「大家別胡思亂想，疑心生暗鬼，現在我們回營地，不要推擠。」隊輔在最前面領著眾人往回走了一段路後，說是怕有人落單，要所有人排成一列報數，報完數就把手放在前面人的肩膀上。

　　1、2、3、……、26，共26個。

　　翠霞學姊咕噥了一句不知什麼，要大家再報一次數，這次報完數就把手從前面人的肩膀上移開。

　　1、2、3、……、26，還是26個。

　　我偷偷挪移到她附近豎起耳朵，只見她又鬼鬼祟祟地走開幾步對著無線電說：「……是怎樣？……不是說要少……靠！……怎麼多了？OVER」對方的回覆則有些斷斷續續聽不清楚：「……你自己……不要說什麼……沒有人……玩笑……OVER」

　　「……跟你講，就多了啊……你們……鬧喔……我不玩……OVER」

　　「沒人在鬧……你自己再……點清……OVER」

　　我霎時明白他們在搞什麼鬼了。原來地圖上標註的「N-1」就是這麼回事！翠霞小隊除了22位新鮮人和領隊外，還有一位本系的杜仲仁學長，共24個人，但在茲巴威和我混進來以後，當然就不會是24而是26啦！

　　我猜——劇情大概是讓事先安排好的暗樁（我看八成就是仲仁學長）先躲起來造成少一個隊員，營造被冤魂抓交替的恐怖假象，然後在大夥兒歷盡艱難回到營地時，再暗中現身將人數補足，歷劫探險的緊繃感，必定會讓男男女女的手手緊緊相繫、永誌不忘……套路應該是這樣才對！

　　未料，嘿嘿……天不從人願，半路多了兩個惡作劇的搗蛋鬼，在視覺及心理上都和樹頭吊著的那兩個晃晃蕩蕩的白影產生了「直接的連結」。而這一打岔，仲仁學長也只能放下他的任務，瞧他跟翠霞交頭接耳了幾句，就往隊伍最後方走過去押隊。

　　翠霞學姊又不死心的點了兩次人頭，無奈26就是26、多

了兩個就是多了兩個；在逐漸凝重的氣氛中，此時卻從隊伍中傳出幾句頗為違和、卻妙到巔毫的空靈歌聲——

　　……心痛是你給我的無期徒刑
　　攤開你的掌心……看看你
　　玄之又玄的祕密
　　……是不是真的有我有你
　　……
　　不要如此用力
　　……
　　……割破你的掌你的心

　　那刻意掐著自己喉嚨的嗓音聽起來應該不是別人，茲巴威～～你他媽的真是個天才，這絕對是神來一筆！無印良品唱的這首《掌心》不但是當下最紅的KTV必唱金曲，而且、而且、而且還是眾所周知的「鬼歌」。
　　果不其然，不少溫香軟玉頓時朝我這位gentleman的身上靠了過來……在我腦筋打結、還來不及反應的同時，隊輔再也扛不住了，翠霞學姊語帶哭音地喊出聲來，要大家跟著她趕快回營地！不要回頭也不要停留！然後就聽她一路狂唸南無觀世音菩薩、無太佛彌勒、基督耶穌哈雷路亞……我猜茲巴威大概跟我一樣笑到腸子打結。

　　快到營地時，我倆怕形跡敗露，中途轉進另一條小徑，先繞回去把多出來的那條浴巾收回，然後到白天發現的一個小涼亭休息。茲巴威從提袋裡摸出一手微涼的台啤和一包芝多司及大溪豆干，咱倆很快地便吃喝起來；兩個酒量不怎麼

樣的小大人扯淡了約莫快一個鐘頭才回營地，此時應該快12點了吧！腦袋有點混混沌沌，不那麼肯定、也不那麼在意就是了。

　　活動中心已然熄燈，除了隊輔們在某間房開會（活動檢討）外，其餘人應該都已就寢。茲巴威和我腳步有些踉蹌、我摸黑把門推開進入大通鋪，茲巴威也跟了進來，才一躺下便昏天黑地睡翻了。

　　隔天，我是被尖叫聲吵醒的。靠天～～怎麼我身邊都是女生，茲巴威更扯，不但抱著一個女生側睡，還把大腿跨在人家身上（這位叫陳津琳，大三時差點成了茲巴威的女朋友，至於後來結婚則是碩班畢業後四、五年的事）。原來昨晚迷迷糊糊地居然撞進女生房，無意間讓我們這一屆兩系的全體女生「伺寢」，這是何等殊榮！

　　當天早晨，王導和我這兩位「採花淫賊」，被以企圖偷拍三級片的罪名，遭到女士們拿枕頭一頓暴打，只能灰頭土臉地向諸位姑奶奶們求饒。此事害我邱某人從大一被糗到大四自是不在話下，而虧欠的人情更是債台高築、怎樣都還不完；就連系花怡君在她結婚典禮送客時，逮著我拿喜糖的手跟她老公說：「就是他！大一睡我身邊的就是他。」害我這張老臉一陣青一陣白地解釋再解釋。

　　對於茲巴威，還有兩件小插曲也值得一提。

　　大約是升大二沒多久吧！那時我去茲巴威在廣州路的租屋處串門子，不經意地聊起了迎新露營時的趣事，兩人意味深長地相視大笑，他拍了拍我肩膀說：「室長，我最佩服的

就是你唱那個《掌心》，時機抓得恰到好處，我看那個財金系的學姊差點嚇到閃尿！」我愣了一下，反問：「不是你唱的嗎？」兩人登時面面相覷、背脊隱隱一陣發涼⋯⋯小法克這時剛好買了雞排回來，這個話題就順勢擱下，我和他從此再也沒提起過。

後來在某次的導生宴，我恰巧和即將畢業的仲仁學長同桌，無意中也談到這件事──

「學弟，剛剛聽你們在聊《玫瑰瞳鈴眼》講的那個紅衣小女孩，讓我想到你們這屆當初在角板山迎新時也有點邪門。」我揚了揚眉，舉起手中的那杯蘋果西打，示意他繼續。

「本來打算整一下你們這群新鮮小嫩雞，可當晚怪事連連⋯⋯」他喝了口紅酒，接著道：「當時兩位隊輔帶22位新生，原本計畫由我躲起來假裝失蹤來呼嚨你們⋯⋯」我插口說：「學長你一定懶得玩這無聊的把戲，對吧？」

誰知仲仁學長說：「才怪～這麼好玩的事！怎麼可能缺席？我啊，當時躲得遠遠的，還等了好一陣子呢！後來我跑回那棵掛浴巾的大樹把道具回收，怪就怪在明明我只掛了一條浴巾，那位財金系的學姊當晚開會時卻信誓旦旦地說她看到兩道白影，還哭得唏哩嘩啦⋯⋯」聽到這邊時，我完全無法掩飾臉上的驚訝之情。

仲仁學長他繼續講：「我們那隊共24個人，據那位學姊聲稱，扣掉我躲起來，報數應該是23才對啊！為什麼她說她點了好幾次名，不管怎麼點都是26？如果她說的是事實，那就很匪夷所思，你說這邪不邪門？」我頭皮發麻，根本不想答腔。

沒想到還有更吃驚的。

「當晚我們一共四隊，本來想帶去下面的吊橋玩『鬥大膽』，要你們一男一女手牽手過橋來回執行愛的小任務、讓友誼升溫，沒想到四隊的隊輔都找不到路；奇怪，明明場勘了兩次，都熟門熟路了說……結果啊～你知道嗎？隔天系學會長不死心，跑去打聽才知道吊橋中間不知為何漏空了一截，那幾天山區經常起霧、夜間照明也不足，真要走到那邊，不知情的人過橋恐怕會出意外。真的是塞翁失馬，焉知非福。」

我點了點頭，什麼也沒說；心裡卻突然閃過一個古怪的念頭——那一晚，我真的開錯房門了嗎？我隨即甩甩頭把這個想法趕出腦海，當然了，這些都是後話，而我發誓絕對、絕對不跟茲巴威說，連提都不會再提。

🖈　　🖈　　🖈　　🖈　　🖈　　🖈　　🖈

「室長，七點鐘方向，那位名叫姿伶的女人，終於不再矜持眼神裡的饑渴，但卻不是望向我——別回頭！」

「幹嘛啦？不要耍白癡。」

「拉瑪控跟我說，他有注意到，只有你走出店門時的背影會吸引她的目光。還真的是餓～要不下次我故意掉幾顆橘子讓你撿……」

「靠北～你嫌新中北路車禍還不夠多喔？惦惦啦，被你這麼一說，我整個背都不自在了。」

「少來，瞧你暗爽成這樣……我覺得喔，我們七個先按兵不動，集中資源幫你製造空檔；就像溜馬隊用BOX-ONE戰術鞏固禁區，讓Miller單打Jordan，有機會就出手外線，搞

不好有機會。」

「可是那一場喬丹還是把大嘴吃得死死的啊⋯⋯」

「不過後來Jordan被惹毛、禪師不得不把他換下場是事實，讓溜馬追了一波14比2回來也是事實，你忘了？我當然知道溜馬最後還是輸了，但這是比喻，雖然結果不如預期，但卻不能否定確實有成功的可能性。」

「⋯⋯」

「還懷疑咧～難道，你不覺得姿伶超正嗎？」

「我當然認同姿伶超正，但就是⋯⋯就是很難想像我跟別人介紹她說『我女朋友，她叫姿伶。』的畫面。」

「換成『我女朋友，她叫郁敏。』的畫面有差嗎？」

「那就自然多了，而且這個畫面還有種金光閃閃的感覺。」

「你確定不是綠光閃閃？」

「去你的。」

316之5
～新生

新生格言——

我倒是認為宗教哲學這門課很實用，像校牧室牆上就貼著「青澀是獨一無二的珍貴賜予，別急著擺脫它。」仔細想想有祂的道理……

車子堪堪駛過世貿，時間剛好是不上不下的下午四點半左右。此時副駕上的大妹子伸了個懶腰，用聲控的方式，一下左、一下右地指揮被我握在手中的方向盤。由於巷弄狹窄，最後終於在一個小公園的消防栓旁，找到彌足珍貴的違停地點；我將車停在一小截紅線上、拉起手剎車（沒熄火），禮貌性地問了句：「晚餐一起吃嗎？還是下午茶？」

薏珊大概是看出我言不由衷，也不說破，嘻嘻一笑：「聽你這麼一說，還真有點餓～今晚我想來點……餃子好了。」她看我正打算轉鑰匙熄火，趕緊把擺好的台階端上來：「大助你就別了吧？這裡超會拖吊的說，如果想投資的話，我會建議你把市府財庫放在比較後面的順位喔～何況……」她先確認這個笑梗被已讀後，才又繼續說：「……何況這裡熟人多，要是被狗仔隊拍到，我可不想榮登風雲人物、或是害你立不了貞節牌坊哩！」

大妹子的幽默由於跟冷豔的外貌有著顯著的反差，我哈哈地笑出聲來，替今天做個Ending，便跟她道了再見。

之後幾天，我將撈到的data反覆測試，最後選定槽體高度、系統真空度及流體濃度三者做為主要操作變數後，建構出適合的模組；透過排列組合，至少有108種模擬條件，對於新學期即將嘗鮮的寶貝學生們來說，應該是夠了。

講個題外話，現在的學生可不比二十年前啦！課程規劃得豐碩扎實會被說刁鑽難搞毛很多、無為而治又會被嫌米蟲糞課沒原則，面對一百多位腦子裡有特多想法的T大學生，我也只能在難搞和沒原則之間，努力地當個還算盡責的刁鑽米蟲，也多虧這群知情識趣的天之驕子們透過一屆又一屆的口耳相傳，逐漸摸熟我的脾性（還幫我成立了粉絲專頁～真是

多謝了），雙方交互攻訐……我是說教學相長，配合得還算愉快（誤）。

　　這段期間薏珊幫了我兩件事，而兩件事同時發生。時值仲夏，午休時準備室的門傳來熟悉的敲門聲：先一下、頓一頓後再三下，然後和熱風一起推門而入的果然是大妹子；有別於以往的「兩串蕉」風格，她先將雙手上的東西一左一右地放在會客桌上，便從我身邊一拐，熟門熟路地自行盤點我冰箱裡的庫存。

　　我懶得說她，先把桌上的牛皮紙袋打開，抽出一疊紙和一個漢堡形狀的隨身碟，看了一下，原來是新實驗的講義草稿，我喜出望外，這樣子起碼可以省兩天的時間。

　　「嘿～這可不是老闆凹我弄的喔，別說我都沒幫忙。電子檔在隨身碟裡，COPY完記得還我。」薏珊回到桌旁坐下，邊說邊一副理所當然地拉開蘆筍汁的拉環，朝我略為示意便喝了一大口。

　　「有夠清涼！你也有一杯啊！別客氣。」大妹子眼光向桌上另一袋掃了過去。原來，她這一次居然投桃報李地帶了一杯飲料給我，我拿起來發現已經退冰了、但同時也察覺到她有那麼一絲熱切的神情。

　　本想放到冰箱晚一點再喝，但又想到這可能是她從某間網路上知名的手搖茶飲店特地買過來的，基於禮貌，還是坐了下來將吸管插進封口杯中吸了一口。嗯～原來是咖啡，其實還滿普通的，像是一般早餐店的那種風味，但……我又吸了一口（好熟悉的味道）、再一口（而且是好大一口），突然腦中靈光一閃，在還沒完全入喉前我就站了起來，指著她卻一時不知該怎麼說……

　　「這……」我有點嗆到。

「幹嘛？我又沒下毒～要也是上學期，不會等到現在才下手。」

「這……哪買的？」

「今早阿昌過來找我帶來的，但我喝咖啡會心悸，想說平常A了準備室不少飲料，人情也該還一些回去……」

「阿昌？」

「就上禮拜在中原接待我們的那位家昌啊？臨走前你還拿了人家的珍奶你忘啦？大助，開始『初老』了吼？」

不過短短幾天，看來在我眼皮子底下就有「什麼東西」在流動著……禁不住揶揄了一下大妹子：「從中壢送早午餐過來？真是天下無難事，只怕有心人哪！」而貌似冷豔的薏珊居然難得有臉紅的時候，趕緊話鋒一轉，就把尷尬岔開：「你學弟說，如果是大學長的話，搞不好喝得出來喔！而且一定會感動到淚水緩緩從眼角滴落，我看看，到底有沒有？」

當然沒那麼誇張。好比「初老」這種尖銳的言論，我也打死不認，不過被她這麼一提示，要是還猜不出來的話，還真是枉為中原人了——沒第二個答案，就是「奶Bar的店」。

「奶爸？」

「不是，是奶Bar。那是一間在後門巷弄間的早午餐店，我們都這麼叫老闆。」我順手在牛皮紙袋上寫了個「Bar」。

「那老闆娘不就叫奶媽了？」

「還真的是喔，你真內行。」

「大助，莫非你當年跟店家是舊識？」

我心裡順理成章地接了下去：「對啊對啊……我連跟巴

拿馬總統都有點交情～」嘴上卻說：「『那間美而美』頂讓給別人後，姿伶做了一陣子就沒做了，跑去張靜愚……呃～我是說跑去學校的圖書館打工，加上系館搬到靠近後門那邊，所以我大三大四很常去奶Bar的店。」

我又吸了一口久違的滋味（阿昌學弟，好樣的）繼續說：「跟老闆、闆娘熟了以後，有時候一坐就是一整個早上呢！記得大三那年，老闆當時心血來潮要參選里長，我跟新生決定用實際行動力挺，他美工強就寫大字報，我則是幫忙發宣傳單。」

「結果凍蒜了嗎？」

「最後小輸幾票，可惜了～倒是讓我跟新生吃了幾天的免費早餐，想起來真有點不好意思……」

薏珊大概是看出我透露些許恍惚的徵兆，反正暑假也沒啥事，索性打蛇隨棍上：「大助，聽你新生、新生提了好幾次，這下新講義的雛型都生出來了，不如偷得浮生半日閒，放鬆一下，也讓我多了解一下中原的男生如何？」

這個大妹子不簡單，不但有故事聽、有冷氣吹、還有免錢飲料哩！更別提今後跟「阿昌」還能有共同的話題可聊，可謂一舉數得。我是無所謂啦！難得有人對這些陳年舊事有興趣……一個想聽、一個想說，看著百葉窗狹縫間沁入斗室的日光與閒情，還有什麼比現在更好的時機呢？

聽著窗外的蟬鳴交織，周遭氛圍又逐漸嵌入回憶的刻痕深處，把我的心思一瞬間又拉回到那個充滿汗臭味的夏天……

「不看漫畫哪有心情念書啊？」多玄妙的理論～出自剛到力行316報到的同學口中。

而前一天晚上，莊不全大概是空虛寂寞覺得冷，加上剛發了筆橫財（此人自車禍後，偏財運奇佳），邀獅仔尾、茲巴威、喇叭峰和我去他的「X寢」開趴。

「X寢」是位於力行宿舍一樓的殘障寢室、一間兩人住，比起316來可說寬敞得多，莊不全因為剛出院行動不便，教官便徵召我們這幾位比較早入住的同系居民發揮同學愛，不時幫他打掃、送餐、購物……等雜事，他老兄也算識相，經常分享一些他個人生活小癖好的「日常小物」（亦即跟「愛情動作產業鏈」相關的各式商品），加上他那間寢室基本上一人包場（過陣子才有另一位被「技術性殘障」的室友與他同居），因此你所想得到的家電與視聽娛樂設備在他的「X寢」裡應有盡有，無怪乎新生後來有次還感嘆地說：「像這樣才叫做有尊嚴的高級傷殘人士。」

再題外話一下，會被叫「X寢」，並非裡頭全是些見不得人的玩意兒；而是當時力行宿舍正要重新粉刷，舍監老許想趁此機會進行「大掃蕩」，莊不全怕抄家時違禁品曝光，自作聰明的買了罐鐵樂士在門板上噴一個叉叉，表示無粉刷需求。但此舉無異「此地無銀三百兩」，反而引來教官的關切。

所幸那天查房的剛好是本系熟識的湯教官，挺著啤酒肚的老湯一推眼鏡、倒吸一口氣：「你……你一個人也看太多了吧？可別縱慾過度、精盡人亡，到時候還要人家幫你……」莊不全臨危不亂，居然指著我們這幾位在外邊看熱鬧的鄉民們亂噴渾話：「不會啦不會啦……我同學他們對我都很照顧、都很樂意分擔，不會有事的……教官您看看……

您看看我的下面……我是說下半身，我終身殘疾……終身啊，唯一的運動就只能靠「跑皮」來幫自己舒筋活血促進新陳代謝……」說完還假意地貌似聲淚俱下～老湯一揚手不跟他囉嗦，象徵性地「沒收」兩片VCD，離開前還丟下一句：「老許那邊由我來講，他要是問起就說違禁品我全都沒收了，你好自為之。」

兩眼視力都是2.0的小法克一拉我衣袖，低聲說：「欸欸～老湯帶出場城麻美和川島和津實的啦，真識貨！」茲巴威也暗罵一聲：「看！被捷足先登了……那兩片我還沒看過呢！」基於老湯對殘疾人士生理需求的默許與尊重，莊不全與「X寢」在力行宿舍的江湖地位自此確立。

話說「X寢」開趴的那一晚，由於我們這些人的同學愛在那幾天已經被莊不全壓榨得所剩無幾，因此當滿桌貨真價實的滷味炸雞和披薩呈現在眼前時，可是吃得心安理得、毫不嘴軟。

大夥兒有一搭、沒一搭地聊著，不過大部分的心思還是放在免費的食物和飲料，以及那台力行宿舍「唯三」的電視上（另兩台分別在小木屋和舍監房）。

當時龍祥電影台正在演的是一部重播N遍的搞笑港片——「至尊三十六計之偷天換日」，由於男主角梁家輝（才不是劉德華哩）太過白爛的緣故，以至於本寢有幾位成員在往後的日子裡經常言語失常、行為怪異，在此表過不提；我必須說，這部搞笑版的監獄風雲簡直是劃時代的經典之作，即便是在20年後重新上映，照樣可以讓一堆人笑到往生。

話說第五位成員報到前，現有空間還算充裕，每人剛好有兩個床位可資運用，算是皆大歡喜，因此當舍監告知又有新成員加入、而且沒意外的話大概是最後一位之際，照苦窯裡先來後到的倫理，茲巴威勢必要將他隔壁拿來囤放私人物品的空床讓出來，只聽他咕咕噥噥地叨唸著、而我和其他兩位則心下暗自慶幸（雖然也只高興不到幾天）。

這位不被期待的成員在大夥兒洗完澡到就寢前的空檔敲門，當時獅仔尾還黏在甜蜜蜜的情話專線上，我和喇叭峰正在下暗棋、莊不全在旁觀棋不語非君子，差不多就在我終於宰了那隻惡貫滿盈的「包」以後，心滿意足地喊了聲：「請進。」隨手推亂滿盤爛棋。

哪知推門而入的卻是一位國中生！他一開口就替大家解除疑惑：「晚安各位！你們好啊～在下是本系的新生，家住新竹，系辦要我來316報到。」原來就是他。

茲巴威人在上鋪，把臉從一整片的破碎虛空中探了出來（黃易的小說聽說還不錯看，等我和獅仔尾看完才准喇叭峰拿去還），手上拿著成功嶺的鋼杯就敲了起來，一張賤嘴管不住地嚷了起來：「新～生～報～～到～～～」，我們幾位也有樣學樣地敲了起來，串門子的莊不全則以枴杖代替，一邊說：「新生、新生、新竹出生～」因此，他在還沒來得及報上姓名的情況下，就有了綽號。

新生本名鄭秀文（跟那個香港女歌手同名同姓），人如其名，長得白白淨淨、秀氣斯文，在那個人人一件T恤配牛仔褲、從開學穿到期末的工學院裡，他堅持穿著一身襯衫加休閒長褲的造型無疑十分引人側目。

　　話說當下，他被這個陣仗嚇了一跳，手一鬆——「嘩」地一聲，手裡一疊本子滑了下來、撒了一地；我上前蹲下幫他撿拾，卻發現那一本一本的全是港漫，有：《如來神掌》、《大劍師》、《義勇門》、《龍虎門》、《龍虎五世》、《海虎》、《古惑仔》、《赤蠍13》……天啊！我除了國中時看過幾本《風雲》和《黑豹列傳》以外，實在沒想到還有那麼多遺珠，今天真是長見識了！

　　喇叭峰喜形於色，拍著新生的肩膀笑說：「太好了！我們就是在等你這樣的人才加入本寢。歡迎歡迎！」接著順手把他的行李往上一拋，避開茲巴威已經清空的位置，故意壓在自己隔壁還堆滿雜物的空床上，選了個好鄰居（這也間接決定了往後漫畫「傳閱」的順序）。

　　「怎麼都是第一集？」莊不全突然冒出這句，我湊過去看，咦～還真的是，忍不住好奇就問了。

　　「這是『目錄』。」

　　「蛤？『目錄』？」

　　新生當著大夥兒的面，像是有點害臊似地半側過身子將一身衣物換下，然後一邊將全套的睡衣穿上、一邊說：「對啊。在下今天早上就已經到了，繞來繞去發現中原附近有七家漫畫店，貨色最齊全的三間就是大仁五街的新人類、弘揚路的白鹿洞和宿舍附近的皇冠，皇冠那邊剛好缺工讀生我就毛遂自薦了，以後你們每個禮拜一早上和禮拜五下午來店裡找我，我讓你們漫畫看到飽。」上鋪隨即傳來茲巴威的歡呼聲。

　　獅仔尾卻一盆冷水兜頭潑下：「你想得美，我聽說本系的課業集理、工學院之大成，開學第三週起，各科考試猶如排山倒海直到期末，你以為還有時間看漫畫？」

　　不料這位剛報到的新生，卻不慌不忙、慢條斯理地說出那句「不看漫畫哪有心情念書啊？」的名言，又說：「這幾本是在下從家裡帶來的，無聊時拿出來翻一翻，不僅紓壓解憂還能幫助思考。你們剛才喊的那個『新生報到』有嚇到我，很像是監獄片的台詞，漫畫裡也常出現……對了！你們知道嗎？港漫大師黃玉郎也曾經有客串過喔！」

　　「哪一片？《赤裸羔羊》還是《墮落天使》？」茲巴威邊說邊從似乎還能繼續霸占的床位下來。

　　「都不是。劉德華有演過啊，滿搞笑的……好像叫啥三十六計走為上策……還是什麼什麼移花接木的，第四台常播，你們看過沒有？」似是而非的片名被喇叭峰糾正以後，再度引爆一陣延遲24小時的熱烈討論加笑聲，當晚眾人就在此起彼落的上上、下下、左左、後後……的智障囈語中陸續沉入夢娜小姐的懷中。

　　　✦　　　✦　　　✦　　　✦　　　✦　　　✦　　　✦

　　新生有股神祕的氣質，和他手中動不動就出現「口胡～黑豹怒了！強者的宿命便是戰！」、「嗟嗟～風中之神的水妞兒好彈手，讓我做他便宜乾哥呀！」、「澇你屎乎～山雞你這衰仔，食我鞋底泥吧！」或是「他媽的磁場轉動，這擊定要將你轟下，給我敗！」等等狂放對白的港漫有著極度反差，認真回想起來，帶著金絲細邊眼鏡、沉靜注視前方的新生，像是科幻片中那種可以毫無表情解剖任何有機物進行活體實驗的「斯文人」。

　　我比較愛看小說，而且非得從第一集開始看到最後一集不可；新生則不然，他覺得小說像是人生的40到50歲，差別

不大，而風格明快的漫畫好比10到20歲，年年有新奇，隨便抽一本都精采絕倫。

新生還曾把光陰比喻成我們繳給上帝的租金，同樣都是十年，何者更超值？而同樣一本內閱7元、外租12元，你要看漫畫還是小說？我還是堅持後者。於是，在迎新露營的回程，新生和我為了「該如何正確享受《尋秦記》的樂趣」而一路辯論，到了最後我竟為之語塞……可惡～好在他跟茲巴威不同，沒有趁勝追擊多「嗆」我幾句，一笑置之後便見好就收。

大概是天候不佳的緣故吧！今天北橫似乎有交通事故發生，遊覽車走走停停、耗時甚久，同學們倒的倒、睡的睡，我看著窗外飄過的雨絲，思潮也跟著起伏……

倏地，路旁一個寫著「亞洲樂園」的告示牌吸引了我的目光，不禁回想起國中校外教學時有來過，大家玩得有夠瘋；記得當時跟同學玩咖啡杯轉得正起勁，原本都計畫好了，透過職務之便，班花班長答應和我一起玩腳踏船，順便討論成立班級讀書會的事情，等船一到湖中央，藉口腳酸踩不動來個雙人世界製造浪漫，再視情況趁機告白～沒想到一下咖啡杯，她卻要我這個副班長幫她把全班找齊，大家要提早集合返校，實在有夠掃興。

帶隊的訓導主任說是有極少數不自愛的同學跟別校發生衝突打群架，嚴重敗壞校譽……見鬼了！如果是「極少數」要怎麼打群架？何況別人打架干我鳥事，無端端地讓一個大好機會溜走……讀國中的那幾年實在有夠北七、蠢事一堆，跟人聊天打屁時自己不好意思提，但卻忘也忘不掉，而一眨眼三年就過了，再一眨眼，別說當初唸書唸到唉爸叫母的「北聯」了，就連後來屍橫遍野的大學聯考，此刻對我來說

都是過往雲煙……

　　車子終於動了。看著逐漸被拋在後方的「亞洲樂園」告示牌，前陣子還聽新聞報導說好像快經營不下去的樣子，不知還有沒有機會在它吹熄燈號前重溫舊夢一下？剛剛那陣塞車塞得真有點久，我看著在旁靜默不語的新生，心想該不會他的膀胱又要逼近滿水位了吧？

　　會這麼想是因為他是家中獨生子，鄭媽媽似乎老是覺得他體弱多病、而周遭的人全是細菌的溫床，加上自己在做推銷員，說是已經做到啥「藍鑽」（天知道那是什麼鬼），因此三天兩頭便寄補給品給寶貝兒子，要他進一步提升自身免疫力、全面強化身體機能……等云云，導致他的書桌上、床頭邊擺滿了大大小小的瓶瓶罐罐，全是各式各樣的補藥……噢不～正確的名稱應該要說是「保健食品」，這一點我曾被鄭媽媽糾正過好幾次。

　　無奈他對保健食品的服用並不熱衷，因此在本寢住宿的一年裡，我和其他六位室友嚐遍了數不清的海量「試用品」；只要他禮拜五回新竹，禮拜天晚上必定提著一大袋海藻綠襯白底的紙袋回寢室，裡頭的東西彷彿來自科技遙遙領先地球人三千光年的外星文明之贈禮，諸如：SUPER-SIGMA調和式維他命、百慕達深海等滲透壓藍綠藻、極地萬年凍層水酵素、史前活化石DHA、軒轅女媧祕練龍涎香精、寒武紀永生樹果、古印加貴冑BENTOBENGO、馬雅第五周天MAGAMALA、拜占庭神奇脈輪能量激活飲……一瞬間我還以為自己終於有望飛升、位列仙班；總之，人人有份就是了。

　　起先，大家當然半信半疑，後來眼看拉瑪控吃得笑逐顏

開，便秉持本系實事求是的實驗精神，每隔一、兩週便來那麼一次「人體生醫實驗」，在增廣見聞的同時還能鍛鍊自己的膽識和腸胃，倒也其樂無窮……

　　實驗結果顯示，個人體質雖有所差異，但智商顯然都差不多（這是後來跟姿伶聊到時她所下的評語）。硬要說的話，最經得起考驗的非莊不全（的菊花）莫屬——只有他老兄從沒拉過肚子。

　　也因此，在新生大學畢業前，自身免疫力及身體機能獲得充分提升與強化的反倒不是他本人，而是我們這些代嚐百草的「神農氏們」。

　　話題再拉回來，昏黃的遊覽車廂裡，當我的意識正在朦朧的睡夢邊端徘徊時，無意間聽見來自身旁的低迴吟唱——

　　……
　　我再也不願見你在深夜裡買醉
　　不願別的男人見識你的嫵媚
　　你該知道這樣會讓我心碎
　　……

　　天啊！居然是我相當喜歡的《愛如潮水》，每次到KTV都幾乎必點的招牌歌，然而這次歌者不是別人，正是新生。他的聲線有別於張信哲而顯得益加細緻而悠長，但……怎麼說呢？就像去年升高三的暑假時，我在學校對面的教會念書，時不時從主日學教室傳出來的那種歌聲一樣。

我歌喉算是不錯的了，唱功自認在本寢中大概是土撥鼠之下、眾人之上，但新生今天一開口，就使我的排名再退一名。他的唱腔雖然沒有土撥鼠那種群眾感染力，但那猶如夜幕低垂時掠水而過的倦鳥，獨自引吭著不與他人分享的美好事物，讓我聽著聽著不自覺地跟著哼了一段……而他直到察覺自己被「跟蹤」後，才倏地收聲。

兩人相視而笑的同時，後座傳來兩聲小小的「安可」、「安可」。我無可無不可地朝新生聳聳肩，示意要他發聲，我會唱的話就跟，不然就讓他solo也無妨。新生平時有些內向，現在藉著四周的一片睡意壯膽，便清了清喉嚨，再開金嗓——

聽我把春水叫寒　看我把綠葉催黃
誰道秋下一心愁　煙波……

我原本把心中的歌本翻到了《過火》、《受罪》……等哲式情歌那一頁，未料竟是這種有點年紀的民歌，實在有點猝不及防。好在小六時，班上剛好排練這一首參加校內競賽，雖然只得到沒有獎狀的第四名，但總算是一段日後想起會令我傻笑的回憶。我任由腦海裡的畫面帶領著，待新生唱完第一段後，開口幫他和音，未料此時他卻不出聲，讓我也solo了一段。

副歌時，我刻意唱著往昔所負責的內聲部來襯托主旋律，兩股調性截然不同的音色此起彼落、卻毫無違和，像事先排練過的二部合唱一樣，效果竟出乎意料地好，最後歌聲的餘音消失在一陣掌聲中。

大概是我們這臨時成軍的「大小劍蘭」表現得還可以，

剛剛在後座喊安可的人站起身來，原來是瑜甄和鎮源兩位學長姊，聊了一陣，我果然猜對了，新生從小就被他母親帶到教會參加唱詩班，難怪可以把《愛如潮水》唱得跟《I Will Follow Him》同一個調調，真是好樣的！

在軟硬兼施的人情壓力下，最後我跟新生雙雙「被自願」加入本系的「夜光合唱團」，而後一直到畢業前的團練、交流是大學生涯裡難能可貴的經驗，尤其是每週三晚間在懷恩樓前「尬歌換宵夜」的活動，替大學的夜生活妝點不少樂趣。

對於距離千禧年還有四、五年光景，就已經讀大學的世代來說，我跟很多人一樣，第一次接觸電腦是在大一的「計算機概論」。那時師長們辛勤地傳道、授業、解惑，把另一個星球的語言「FORTRAN」硬灌進我們這些內容物已日漸硬化的腦袋裡，說真的，什麼IF、OR……這些個不知啥米碗糕的語法，實在是有聽沒有懂哇！

但——新生很特殊，只有他例外，他是316所有人在這方面的真正啟蒙導師。

身為獨子的他，由於家境不錯又不用與兄弟姊妹共享資源，在開學的第二個禮拜回寢室時，除了兩大袋滿滿的「南極冰蝦萃取甲殼素」及「紅麴加味！地磁感應能量丸」試用包以外，還抱著一台全新的IBM筆記型電腦，這下連莊不全他X寢裡的486電腦都被比了下去。

這在當時是十分轟動的大事，室友們緊緊包圍著他卻保持著一定的距離，生怕一伸手會碰壞了這堪比故宮翠玉白菜

的寶貝兒；而他也沒有辜負母親大人想把他改造成生化人的期許，後天努力加上猶如開外掛般的天賦，明明跟大夥兒一樣從零學起，但到了大一下學期，已儼然成了我們這屆的電腦大師。而回過頭去，其他人還停留在接龍、踩地雷和BBS的階段。

　　有一次在計中上課時，由於所有的畫面都被教授控制，讓我們這群316的夥伴想偷偷打逼找美眉聊天約寢聯也沒辦法，只能被迫鴨子聽雷，這讓新生有些不爽；因此，他在下課時把電腦弄出一個「藍油油」的畫面，接著輸入一連串看不懂也記不住的指令，隨後依樣畫葫蘆地改了四台，他怎麼弄的具體上我不知道，我只知道上課時，拉瑪控得以繼續和「192點192」的妹子調情、我和小法克繼續下著攸關兩串花枝丸的五子棋；至於新生，我瞄了一下，他正好整以暇地研讀另一種叫做「C++」的玩意兒，然後現學現賣地改寫教授剛剛交待的作業，並且趕在助教無論怎麼說明全班都聽不明白的下課鐘響前，將全寢的學習成果悄悄地列印出來（既然如此，他大可認真聽課啊？我頗納悶）。

　　無論如何，本寢得天獨厚出了這樣的將才，除了講師堅持要用手寫的實驗預報和結報外，其他科目的報告用不著跟計中晚上8點半關門拚速度；回想起那個宿舍沒有網路的年代，室友們一回寢室，書包一丟便是相約打球、打工、玩吉他，再不然就關門上鎖偷吃火鍋，一邊輪流洗澡、做蛋糕，一邊玩牌、看漫畫……箇中樂趣自是妙不可言。

　　到了今時今日，對比於同住屋簷下卻各自低頭猛滑手機的光景，其實倒也無須批判，二者間不過是人與人互動的媒介不同罷了，但要我選的話，我的觀念還是比較傾向老派一點。

　　好笑的是，當新生發現宿舍無網路這個殘酷的事實後，隔天就拿著寫好的意見書拉著我跑去找舍監反應，舍監花了半個小時才搞懂新生的訴求，他老兄熱心的穿著五分褲和藍白拖嘩哩叭啦地把我們帶到總電源室，指著配電盤說：「插這邊嗎？」新生只好又花了半個小時臨時開課外加畫大餅，讓他理解這其實是兩碼事，以及完成後所呈現的新風貌。

　　最後，那位跟港星許冠文有87%像的舍監，搔搔已然半白的頭髮宣告投降，語重心長地對我倆說：「不是我不幫你們，只是這聽起來好像是二、三十年後的事情，可能要等你們的小孩將來讀大學時才有可能吧！」老許他太小看現代科技日新月異的速度了，但如果說現實中根本用不著十年便已然達到的話，就算是我，在當年也是不信的。

　　由於鄭媽媽的強烈要求（還要我這個室長幫忙耳提面命），新生每個星期都要被召回新竹調養身體、補強各方面的機能，因此以往我騎機車北返前，會先載他一程送他去搭車；而在面臨大學生涯的第一個期中考之時，我卻不知死活地以為微積分和高三差不多簡單（殊不知～唉），沒留意到連同為台北人的獅仔尾和茲巴威都留校念書了，我卻照常跑去皇冠找新生。

　　新生身為一人之下、至高無上的漫畫店工讀生，他明目張膽地從冰箱拿出兩罐曲線瓶的可樂（我還厚顏無恥地要了大罐的），瓶蓋一撬就遞過來，讓我陪他一起看免錢漫畫。然而，我還是拿了個人認為更超值的小說，應該不算辜負他的美意吧！

　　原本想拿《尋秦記》，看項少龍如何接下劍聖曹秋道的十招，但新生查了一下說那一集已外借，真不知是哪個掃興的龜兒子；好在我不是挑食之人，從上面那排拿了本古龍的《邊城浪子》一樣有快感，就在廉價沙發上舒舒服服地殺起時間來，當時有一句廣告詞是這麼說的——「生命就該浪費在美好的事物上」說得好極啦！

　　就在傅紅雪那把漆黑的刀不知捅到第幾個人的肚子後，新生終於下班了，我特地留下幾個雜碎的肚子避免下次無人可捅，便載著他沿新中北路向中壢火車站前進。在中山東路地下道前等紅燈時，他的BB call響了起來（想也知道是鄭媽媽提醒他要回家）。

　　我將車轉進一旁巷口的全家便利超商前暫停，好讓他打公共電話；只見他先是眉頭一皺，接著便眉飛色舞起來。果然，他的母后這禮拜要去台南參加三天兩夜的「卡內基共識營」（天知道那是什麼玩意兒），所以這禮拜要他乖乖待在學校念書，還有，別忘了按時服用上次讓他帶回宿舍的「生物與礦物結合的絕世恩物——上帝銀杏」好增加記憶力。

　　新生立即catch到這個彌足珍貴的訊號，碰上這種節骨眼，當然是要毫不遲疑地滿口答應啦！於是乎，當「OKOK～No Problem. Don't worry, be happy and take it easy. 我們寢室長他很用功，我跟他都有加入讀書會，您可以放一百二十個心。」這種扯淡的話術出爐時，我也絲毫不覺得訝異和慚愧（這就是年輕，你知道的嘛）。

　　我第一次看二輪片就是在中源戲院，那是在大一上的期中考前。

　　既然自由放風已成定局，由於所有的考科我跟新生都

已讀完一輪，因此趁所有人都在念書的空檔跑去看電影一定很酷；會想這麼做的原因，並非有某部電影真的令我們很想看，而是除了玩樂本身所賦予的意義外，還伴隨著無上的優越感。事後證明，當時我們腦子一定裝大便。

不！我要修正一下這個說法——「頭殼裝屎」指的是我自己，別把人家新生扯進來。因為後來有次跟拉瑪控在女生宿舍裡閒聊，他說新生在高中時唸的是數理資優班，大腦構造跟我們一般凡人不同，只不過大學聯考時響應「罷考三民主義」的活動，等於是整整讓分讓了100分，這才跟我們一起住在力行宿舍。這下案情終於大白，難怪什麼「四節火車」、「吸家家」的外星天書對他就跟吃稀飯沒兩樣，「沒看漫畫哪有心情念書」這句話不是無厘頭的笑梗，而是絕對的把握和信心。

雖說這次期中考的成績讓我付出慘痛代價，不過畢竟是後話，當時兩人興高采烈地來到中源戲院，剛好有部二輪片首映時因為與大學聯考衝堂，所以我們都沒看過，是凱文科斯納主演的《水世界》，很適合天氣依舊暖熱的十一月小陽春。買好票後，還有將近50分鐘的空檔，新生跟我借了機車鑰匙，說是要去白鹿洞把最新一期的《黑豹列傳》重看一次，因為他覺得馬榮成在「終極第五擊突破死門」的設定有bug……隨便他啦！

於是我和新生兵分兩路，由他買滷味、而我負責兩杯快可立，約定開演前的5分鐘在戲院門口會合。看著他熟練地開走我的星艦，不禁想到鄭媽媽不讓他學騎摩托車所謂何來？子女是不是永遠都有父母看不見的另一面？

我在日新路上隨便亂逛，想先上煎茶院喝一杯時間又不太夠，再往前走，在屈臣氏的走廊上看到促銷的日常小物

（嗯～日式活動夾衣架買一送一，剛好缺這個）——以及<u>鄒郁敏</u>，雖然只是側臉，但肯定是她。

當時她和一位女生（就是那位文晴）坐在店內的櫃檯前，櫃姐彎下腰不知在她臉上做什麼，當時我手裡拿著衣架，就這麼站在店外看著（這個驚喜真的是買一送一）。

大概是我站得有點久，裡頭另一位店員對我說：「同學，要結帳嗎？」由於音量有些大，大到我相信應該是喊到第二或第三次了，因此我立刻收斂心神：「不好意思～請問不同顏色可以混搭嗎？」

「可以。」

這兩句交談將郁敏小姑娘的注意力引了過來，她立即認出我這位小而大的熟客，便對我笑了笑。我注意到她臉上有些不一樣，但又說不上來哪裡不同，只覺得比平常在餃子館中看到時更……怎麼說呢？更漂亮，更俏麗……對了——攎卡水，就是「攎卡水」，我承認自己的形容詞相當匱乏，語意雖然相通，但用台語來形容就表示非常、非常篤定的意思。

我隨便抓了兩支走進店內結帳，經過她身邊時對她點了點頭、順口聊了幾句，內容當下就忘了，但她搗著嘴的青春笑顏我卻可以記得很久很久。結帳時，隱約還聽到<u>文晴</u>說：「……這支就這支啦……還有這個也要！剛剛不就證明了……他都看呆了……」

我離開店門前又回望一眼，確定自己的背影還在她的視線內後，只得依依不捨地加快腳步離開。低頭一看錶，天啊～時間真快，沒時間等快可立了，去小7買兩罐茶裏王應急。新生已經提著兩袋滷味站在入口處等候，他將大袋的交給我表示自己吃小袋的就好，我瞥了一眼，他那包竟然全是

鳳爪，忍不住便說：「下禮拜期中考耶～吃雞腳不怕書念不好喔？」

「去～都快千禧年了，還迷信？」

（期中考的分數證明這真的是迷信，本寢只有<u>鄭秀文</u>一支獨「秀」，其餘哀鴻遍野）

《水世界》確實是我喜歡的題材，也是少數在《侏儸紀公園》後，讓我覺得進戲院觀影值回票價的科幻動作片。儘管是在二輪電影院，但劇情緊湊、畫面也很有臨場感，今晚的水世界真的有水、有夠水，而且多到讓我腦子進水，我幻想著要是坐在身邊的不是每10分鐘啃完一支雞爪的他而是「她」的話，不知能有多好！

等到大二時，中正樓大禮堂放映劇情、聲光效果更勝一籌的《星際終結者ID4》時，陪我排隊的依舊是新生，但我的水世界公主身邊已經有了護花使者，是心理系的新鮮人，而且還是社團裡的學弟。

滿諷刺的是，我大五畢業前最後一次入山寒訓時，那位學弟在晚間主動找我閒聊，才知道<u>鄒郁敏</u>畢業沒多久，他們就分手了；而在廟埕的石階上，他提到一種受視覺辨識影響、玄之又玄的「行為心理學」，但有趣歸有趣，畢竟隔行如隔山、有聽沒有懂。

等到我半年後在租屋處收拾打包，看到那一灰一黑、陪伴我大學四年加罰一年的日式活動夾衣架，就在一陣神馳遙想後，我才恍然大悟！——水世界那晚，郁敏小姑娘她就穿著灰色的無袖上衣和及膝的黑色裙裝，我想我當時一定在店外看了很久很久。

　　英文課爲了英文話劇，本寢爆發唯一一次內戰，分裂成三股勢力進行慘烈的廝殺。

　　由於教授迷信不同生活圈更能激盪出耀眼的火花這種鬼話，因此透過抽籤進行隨機分組，而火花迸現的同時，自然也摻雜著火藥味——

　　喇叭峰口中所稱的賣唱三人組（我、新生、土撥鼠）籤運最好，和班上其他五位同學經過討論，很早就鎖定中規中矩的路線，以《美國鼠譚》爲主線，將《小美人魚》、《仙履奇緣》和《阿拉丁神燈》的故事串接後，以穩定的進度執行各自的工作。但另外兩組就沒這麼順利了……

　　茲巴威和獅仔尾一組，但後者情傷遲遲未癒，基本上呈現放空加呆滯的狀態，好在人稱王導的茲巴威鬼頭鬼腦很會辦、又很能鑽門路，幾乎一手包辦，但不幸的是，他那組還有顆不定時炸彈莊不全；根據本系鐵律，有女生的地方必定會有莊不全，反之則不成立。

　　組員中沒有女生的事實連帶使戲路大大受限，讓「史提夫·王導」傷透腦筋，這下連要拍低成本的三級片都有問題，總不能拍《人狗情未了》吧（況且還是傷殘的狗）！然而，奇蹟發生了——

　　在X寢的486電腦裡，由於前一晚小法克同時約戰白石瞳、朝岡實嶺、鈴木麻奈美三位東瀛高手的緣故，即便他信誓旦旦的揚言：「妳們便是三人齊上，蕭某又有何懼？」但以一敵三的結果當然獨力難支，在油盡燈枯之際，揮一揮衣袖卻忘了將磁碟片帶走，這個疏忽讓同組喇叭峰和拉瑪控苦心孤詣、保密防諜所編排的劇本，隨著滿地衛生紙而提前曝

光。

好個王導，只用了短短兩天不到的工夫，加上莊不全在旁出些餿主意，兩人合力全面改寫這個改編自莎翁名劇《馬克白》的《麥靠北》，變成他口中高深莫測的Lion King海外流出版，亦卽《來自辛巴威的辛巴王子復仇記》是也。

喇叭峰知道後，對於不尊重智慧財產權的剽竊行徑大爲光火，表示畢業前再也不借茲巴威衛生紙、體育課再也不幫莊不全代跑，雙方還眞的斷交了整整四十八小時。

心中有愧的茲巴威到了隔天晚上，還是拉不下臉道歉，只好含情脈脈地看著斜對床的新生不發一語……對於程式語言精益求精的新生catch到這個訊號，於是便打圓場：「在下聽人家說王家衛導演最爲人所稱道的便是他邊拍邊導、邊導邊拍的天縱英才，不如你幫拉瑪控他們再寫一套量身訂做的劇本，你一人導兩部戲，如此方顯得出你的誠意和實力，同時最佳導演獎的得獎機率也提高一倍喔！」

一旁的小法克也幫敲邊鼓：「馬的法克，一開始其實就是我疏忽的啦，莊不全都請小澤圓道歉我了，要是拒人千里……唉～忠義難兩全，蕭某有何面目立足於天地之間？」

喇叭峰本是性情中人，立刻要小法克把小澤圓交出來，於此同時，獅仔尾就宣布今晚開伙：「講到愛的大復活，沒有什麼比酸菜白肉鍋更適合的了，只可惜我的愛再也不會……」一陣半眞半假的哽咽成功地轉移盤踞在寢室內的尷尬氣氛。

多才多藝的茲巴威當晚卽刻開工，邊喝著酸菜白肉鍋的湯底邊下筆，以口訴的方式，請新生幫忙打字在IBM筆電裡。他竟然以假亂眞地利用劇本被偷的情節，讓劇作家透

過月光寶盒穿越時空告御狀，結合電視劇《包青天之真假狀元》裡騙取功名的劇情一併法辦，在殺人不眨眼的原住民展昭嚴刑逼供，以及北宋第一牛郎公孫策美男計的引誘下，讓斷袖之癖的假狀元周勤俯首認罪。

　　大綱擬定，看來幾位室友是打算熬夜趕稿，我因為隔天還有打工便先睡了，隔天一早和喇叭峰出門晨跑前，瞄了一眼放在茲巴威桌上的筆電，整齣戲居然已經被他寫了七、八成出來，至今我都還記得這齣讓全系捧腹狂笑的驚世之作，最後一小段是這樣——

　　……
　　……

(The Bao put a moon-shape sticker on his forehead.)

Judge Bao:You're a fucking murderer, I'll kill you, any question逆啊?

Chou: Noooooo~~ You are really a god damn nigro, I'm a white man and my WIFE is a PRINCE, you can NOT kill me any more, nigro.

Judge Bao: I must kill a white man every episode, or I won't be happy, DO YOU UNDERSTAND逆啊?

Judge Bao: COME ON, Let's party. Give me the DRAGON KNIFE.

All:Yes, man~ Yes, man~ Go to hell, Chou.

(BGM: 那魯灣多伊呀那呀嘿伊呀嘿…… & everyone dancing)

【The End】

　　不過，畢竟是臨時開夜車趕出來的東西，好笑歸好笑，但在英文老師眼裡可不會只看表面，而放任現場觀眾的笑聲來幫他打期末成績。

　　關於大一下英文話劇的表演，我們這屆共有十三組，因為我跟新生這組有班花怡君坐鎮，加上同組的天志和書毅英文頗強，負責了正規的劇本撰寫和大量台詞，外加高中時擔任戲劇社副社長的典樺，指點頗多走位和發聲的臨場小撇步，以及熱衷於道具和服裝製作的咪咪，而我們賣唱三人組包辦《A Whole New World》、《Somewhere Out There》在內五首膾炙人口的原文歌曲，這些一時之選，讓《One Night Stand～ Let's Disney》得以毫無懸念獲頒最佳戲劇獎，還槓上開花拿下最佳配樂獎。

　　不過說來氣人，期中考完後，受邀在本系之夜表演的竟然不是我們冠軍組，而是由鬼才導演茲巴威掌鏡、獲得第五名吊車尾入圍的作品，前系學會長兼總召的洪公丙岳給出極具說服力的答案，他說：「很簡單，青春苦短，能搞笑的時候千萬別放過；更何況，我當然支持我弟啊！」

　　我對新生的記憶點大多是在合唱團，這也難怪。

　　回想起來，他是我們316寢中個性最靦腆、也最內向的，歌聲明明就不錯，約他唱歌不去（況且還有妹仔跟免費披薩）；系際盃拿季軍（還是重感冒抱病隨便打），和企管系女生的「黃金保齡球雙打聯誼」找他當槍手不去（雖然最後也沒約成）；因為媽媽長年在外跑業務，練就一身好廚藝，在外租屋的那幾年，我們幾位老室友最愛到他那邊聚餐（美其名幫忙試菜），但拉瑪控請一票美眉到自己的「後宮」狂歡找他幫忙辦桌，說不去就不去，還差點翻臉。

有一次在美而美跟姿伶閒聊，我問她本寢成員雖然全被她給打槍了好幾輪，但平心而論誰最接近成功的那條線？她撥撥頭髮，頗認真地想了想，接著搖搖頭說：「這還真不好說，不過那個文謅謅的絕對是離最遠的那一個，別說追我，他根本沒有踏出來過，連你這個湊熱鬧的都比他積極多了。」而新生他還真的成天抱著筆電窩在寢室，唯一會特地出門的除了去漫畫店打工外，就是和我去合唱團練唱了。

就說大四那年最後一次期中考考完，我跟新生受合唱團的學弟妹之邀，前往中央大學夜烤現場助拳，我們兩位使盡渾身解數獻唱了鄧雨賢前輩的《四月望雨(組曲)》、還加碼一首《丟丟銅》，未料反應不如預期，掌聲勉勉強強、稀稀落落，正當我們兩位老屁股打算講幾句往自個兒臉上貼金的場面話好滾下台之際，此時突然竄出兩位學妹獻花（還作勢獻吻），新生措手不及，情急之下居然躲到我背後跟「刺客」大玩母雞捉小雞，大夥兒當場笑成一團。

喧鬧過後，這群死沒良心的學弟妹才將原本該屬於我們的掌聲加尖叫聲歸還——原來，今天是送舊，而我跟新生是被整的主角。那長達近一分鐘的掌聲，或許比我年老時撒一泡尿的時間還要短，但幾乎是我這輩子親身承受的掌聲總和。在往後每一個失意的夜裡，得以沐浴其中再次自勉，它讓我青春永駐，這遠比鄭媽媽提供的任何保健食品有效多了。

🖈 　🖈 　🖈 　🖈 　🖈 　🖈 　🖈

不知為何，我感覺蕙珊這一回聽得特別用心；等我講到告一段落時，居然主動問我畢業後和新生互動的狀況。我想

了想，便說：「我延畢一年備上T大碩士班；而他由於扁平足，沒有兵役問題，明明碩一就考過Qualify得以直攻博班、還申請到公費出國留學可以說走就走，卻還猶豫要不要留在台灣，我叫他不要耍白癡，能出國念書是人生得來不易的機緣，該好好把握，說不定以後還可以留在他老媽美國的總公司開發新藥呢！怎麼？這麼在意他？」

「不是啦～只不過覺得他似乎有一種神祕和壓抑的特質，和其他幾位截然不同。」聽她這麼一說，我才想到印象中新生幾乎沒有大笑過，頂多就是微笑而已，嗯～嚴格來說，倒是有一次、也是唯一一次笑出聲音來，那是在機場。當時他要去紐奧良念書，希望我送他一程，我當然義不容辭，而拉瑪控正好要開車回台中老家就順道載我們。

新生逮到個拉瑪控去吸菸室吞雲吐霧的空檔突然問我：「室長，要不要……『和一下』？就在這裡。」那時聽了多少有點感傷，畢竟以後很難有機會了，便點頭說好。他破例開放點歌，我想了一下便道：「有始有終，『大小劍蘭』今日解散單飛，就唱我們的成名曲如何？」新生就在此時突然「哈哈哈哈」的笑著，笑聲持續到讓我此生不會忘記為止才逐漸停下。

還是由他發音擔綱主旋律，我做內聲部和音——

聽我把春水叫寒　看我把綠葉催黃
誰道秋下一心愁　煙波林野意幽幽

花落紅　花落紅　紅了楓　紅了楓
展翅任翔雙羽燕　我這薄衣過得殘冬

總歸是秋天　總歸是秋天
春走了　夏也去　秋意濃
秋去冬來美景不再　莫教好春逝匆匆
莫教好春逝匆匆

~《秋蟬》

雖然周遭依舊響起了為數不少的陌生掌聲，但平心而論，此次我們表現欠佳，因為兩副喉嚨都卡卡的……登機的時刻到了，新生先和拉瑪控拍拍肩膀抱了一下、在耳邊講了幾句，輪到我時，同樣的戲碼再重演一次；最後，他向我們揮揮手互道一聲珍重，然後轉身離開，隱沒在出境的那扇門後方。

我搭客運北返，拉瑪控繼續開車南下，分開前在機場一起吃了頓飯，席間聊起了新生的種種，拉瑪控說了句至今仍讓我覺得耐人尋味的話。兩年前在同學會遇到，和他重提此事，沒想到這老小子居然說他不記得了，真是氣人！

當時他分明是這樣說的——「有些事不知道比知道幸福，而知道比不知道快樂。」

蕙珊大妹子眨著她水汪汪的大眼睛瞅著我看，然後用比平常還要輕的聲音、有點遲疑地說：「大助……那個新生……他有沒有可能其實……」我等著她說下去，但她卻搖搖頭笑了一下轉移話題：「後來你跟他還有再見面嗎？」我告訴她，我和新生這屆是在千禧年畢業的，在我念碩士班和入伍期間我們還通過幾次信，退伍前我受傷住院，他還飛回台灣探過我一次，後來……

　　蕙珊等著我說下去，但我也學她搖搖頭笑了笑⋯⋯其實我已經說得夠多了，延畢一年、碩班兩年、當兵兩年，如果大妹子肯花點心思，就會知道2005年的紐奧良到底怎麼了。

　　直到現在，已經失智的鄭媽媽還認為心心念念的寶貝獨生子就是因為受夠了台灣的烏煙瘴氣，才選擇到國外落地生根，我每次只要聽到她這麼說，就會篤定地附和「一定是這樣沒錯！」而且他在居所後院一定種了很多很多有機蔬果維持身體各項機能無須您老人家擔心，在那個大院子裡，有花、有鳥、有最棒的陽光，還有一棵大樹，而樹上的蟬，一年四季都在歡唱，唱起歌來好聽極了。

　　高中待過校刊社的我自詡文筆當屬上乘水準，但比起新生，顯然還略遜半籌。大一下的國文老師曾要大家交一篇論述四季之美的報告，我和新生都被選為佳作，我洋洋灑灑寫了近5,000字，而他的字數差不多只有我的十分之一不到。之所以曉得，是有一次跟他借筆電查資料時無意中看見的（就是好奇嘛），轉景圓潤、擬物托情用得恰到好處又細膩獨特，真沒話說⋯⋯我記得文章的第一句和最後一句都是——**「美好，並不是因為短暫，而是美好的本質就是短暫的。」**

　　無論如何，我只願他在那個大院子裡可以開心做自己，不再壓抑；若有機會再相聚，我依舊樂意和他再次「和一下」。

　　「室長，其實我們不該唱《秋蟬》。」
　　「怎麼說？」
　　「蟬根本活不過秋天啊！唱這個會不會太感傷？」

　　「或許正因如此，所以他們很努力地在歌頌生命啊！」
　　「你確定要用這首歌來為我送行？」
　　「祝福你無需遭遇生命中困頓的寒冬，沒有比這更適合
的了。」

【奇人軼事又一章】　亂入無罪亂入有理

「你上次講到那個莊不全……發票對中20萬？真假？好扯……不過你們每人拿到2,000元分紅也不錯啦！」

「才不是！是全寢『一共』2,000元，當晚吃頓飯就去掉快一半了，剩下的就留在獅仔尾那當作火鍋基金，這老小子三不五時就過來吃免錢的，還振振有詞說自己也有入股。他哪那麼慷慨？」

「這麼說起來，他才真的死要錢，我這外號可得過戶給他。」

「哈哈～不過勸你別跟他沾上邊比較好。」

「對了，他老是給別人取外號，他自己這個渾名是怎麼回事？」

「還猜不出來？拜託～沒常識也要看電視，最近不是正在播《施公奇案》？」

「歹勢歹勢，我都在看日劇，這陣子剛好重播《長假》，沒注意到……你繼續。」

我告訴他，有一回上工程數學時莊不全嚴重遲到，教授在快下課時點名，點到莊君武的時候，他剛巧從後門一拐一拐進來被全班的目光牢牢鎖定。這傢伙老神在在，向講台上的老師拱手為禮，超白目地說啥學生有時會遲到，但是遲早會到……望老師垂憐，網開一面、疼惜傷殘人士。

工數老師是本系的系主任、人不錯，聽說每學期

只當10%而已，自然不會在這枝微末節為難他，但主任八成也是《施公奇案》的戲迷，當下隨即抱拳回禮：「豈敢豈敢，施大人遠道來訪，下官有失遠迎，還望恕罪。」讓台下笑成一片。

茲巴威逮到機會趁勢放槍：「施仕綸，萬歲爺開金口了，還不快謝恩哪～『微臣遵旨、微臣告退』。」讓笑聲又多持續了一陣。而下課鈴在笑聲後頭接力，鈴聲響完的同時，老師希望他能**承諾**期末前不再遲到，莊不全支支吾吾了好一會兒才開口：「我保證……」誰知耳熟能詳的主題曲恰如其分地從教室另一角飄出——

承諾你別說
只要此刻在乎我
明天的寂寞
明天再去躲
……

莊同學萬萬沒想到被會被貌似乖乖牌的新生補刀，從此莊不全成了本系人盡皆知的傳奇人物。搭配呵～呵～呵～的招牌笑聲，換作是演布袋戲，連出場的詩號我都幫他想好了——

「一兼二顧三殘四缺五不全、十賭九騙七情六慾真忘八！」

您聽聽，是不是如雷貫耳呢？

如果說，把力行宿舍比喻成監獄的話，那麼裡頭總有一種人，啥都可以弄到手，比方說：夢幻A片、超任

（或PS）遊戲破解版、考古題、黃金筆記、別校耶誕舞會的入場券……等等。而他似乎家境不錯，所以他的東西只換不賣，由於他不營利，沒去踩舍監的底線，而老許也睜隻眼閉隻眼地跟他互通有無。所以啊，「X寢」便成了力行宿舍的地下據點，像是天地會分舵一樣，小道消息找他就對了。例如：某某女生是不是死會了？舍監的貓怎麼死的？導生宴到哪吃？迎新時那個妹妹頭的學妹是某個老師的姪女？……諸如此類。

「這麼神奇！？這種人有機會我倒想認識認識，跟他資源共享一下。」

「你會後悔，他的好處可不是讓人白拿的。」

「該不是……他還會翻牌子要別人幫他『侍寢』？」

「別想歪，他有色無膽啦！他會……嗯～拿走你身上的運氣。FUCK！」說完我還用力地比了一下中指。

「鈞傑，你手指怎麼了？」

「昨天切青椒不小心剁到……欸欸～外送專線又在『ㄌㄧㄤ』了，你先幫忙接一下。」

隔不到半分鐘，就聽這位外號「死要錢」的高中同學在外頭一聲吆喝：「倒美樂，倒了沒？」然後就掛斷電話走了進來。

我早已見怪不怪：「又是那個『披薩爛、爛到家』？」

他雙手一攤：「沒事沒事……就例行公事，應付一下。」

「到底怎麼回事？」

於是他概述了一下兩位店長超幼稚的恩怨情仇，原來兩人本是同居的男女朋友，後來我方店長廖哥不小心放生了Vivian姊養了五年的鸚鵡，雙方大吵一場分手，Vivian姊離開時也把廖哥養了十年的烏龜順手海放，還故意跑到敵營新開的分店打對台，所以……

「所以？」

「這就是為什麼這半年多來互相電話騷擾的原因，上次外送等紅燈時和對方聊了幾句，人家工讀生也很無奈，講開了其實沒啥惡意……哈哈～」

過了一陣子，當我把星艦停在店門外準備上工時，「死要錢」剛好跑單回來，咱倆邊脫雨衣邊閒聊。

「欸欸——上次你說那個莊不全會偷別人身上的運氣，我想起有一集的《鬼話連篇》裡澎恰恰有講過，就降頭師鬥法那一集有沒有？莊不全他該不會在養小鬼吧？下次你去他寢室的時候，記得拿鏡子照他的床底看看。」

「我只知道他床底有一尊充氣娃娃啦！不過以結果論來看，事實又擺在眼前。」

「哇噻～『中壢靈異事件』耶……我下一單還要40分鐘，講一下講一下！」

はやく～

316之6
～小法克

小法克格言——

像我，有本名、眞名和綽號，但藍天、藍調和憂鬱的英文就都同一個字，搞什麼鬼？複雜和簡單，都嘛聽別人講，理他咧！

　　第二次的中原之約因外賓參訪，不得不順延一個多禮拜。話說回來，那真是個災難，由於事發突然，暑假期間所有的小助要嘛出國、要嘛人在偏鄉（最好是有那麼巧啦），剩俺孤家寡人一個，然後系辦告訴我隔天會來兩台幾近滿座的遊覽車（共76位新南向的快樂好夥伴），是要逼死誰？

　　幸虧養兵千日用在一時，薏珊大妹子發動她在系學會中的影響力，不但把本系夏令營隊原本預約的中學生參訪行程給硬生生錯開，自己也跳下來幫忙，還抓了兩位英文不錯的學弟過來協助導覽動線的分流，令我感動到老淚縱橫，不承她的情都不行。而往後準備室的冰箱有一層逐漸被她蠶食鯨吞成個人專屬的私用空間，我也只好睜隻眼閉隻眼了！

　　拉回到新實驗的模組測試這件事，其實就目前手邊擁有的資源來說，只要將測試過後的數據放在建好的雲端裡，再請對方下載後幫忙跑幾次模擬做比對分析即可；頂多，我是說「頂多」喔，用skype溝通一下（甚至還不用視訊）就綽綽有餘了，實在用不著再跑一趟。

　　這麼一想的話，不如直接取消比較乾脆，但之前答應對方在先，而對方又盛意拳拳，家昌學弟都打到準備室跟鈞傑大學長請安問好了兩次（一次問奶bar的店咖啡是否還對味？一次技巧性地探問大妹子的近況），我怎也該當一回人中俊傑，認清時務啊！

　　因此，在我保證必定會把上次那位留著波浪捲、外貌冷艷的黃同學帶過去後，聽到了一陣不假掩飾的歡呼（居然給我開擴音！本系男兒就是那麼可愛）；另一方面，薏珊自己也想去，真是一個巴掌拍不響。

俗話說「女大十八變」，依我看，最新的正解是女生每隔十八天就會換一個造型。我在T大校門口等她時，由於既設的印象之故，導致直到她拍了我的肩膀我才發現她已來到近前；只見兩天前還在的波浪捲不見了，取而代之的髮型是玉米鬚，給人冷豔感的眼線和嘴唇，用眉筆和唇膏修飾，加上有別於前次白衣黑裙的「口試戰袍」，今天改以一件無袖的水藍色洋裝，整體來說，更增添了嫵媚的女性意象。

「怎麼樣？」這是她上車後的第一句話。

這次不走台1線，走高速公路，由於接國道1號的匝道我常常開錯，因此在不能分心之餘，用字遣詞沒法太過講究，想到什麼就說什麼：「我需要擔心被錄音嗎？」果然，大妹子嘻嘻一笑，伸了伸舌頭：「Sorry～還真的忘了。」接著從提袋裡掏出手機對它說：「關閉錄音。」手機永遠比人聽話，立即遵照辦理：「錄音程式已關閉。」

我禁不住嘴角上揚，心想：「這小妮子還真的是……」

「怎麼樣？造型如何？」她又問了一次。

我促狹似的嘆了一口氣：「你這樣是逼我中原的學弟要絞盡腦汁想個合情合理的藉口邀約下一次耶～你信不信？我們來打賭。」

她挑了一下眉，算是滿意這個答覆，又說：「賭什麼？自從姐妹花香雞排在我大三那年結束營業後，已經沒有什麼可以吸引我了。」說完也誇張的嘆了一口氣，而我又贊同似的跟在後面「唉」了出來。

我們兩人都笑了——怪不得，上次學生會長選舉時，還有候選人用找回姐妹花感動的美味當政見哩！

就在回憶零錢投入的叮噹聲響、以及大塊厚實又酥脆的口感時，車子被我準確地開上中山高，而且是南下方向（謝

天謝地），心情一放鬆，靈感就來：「這樣吧，對方如果跟『我』約下一次，就我請客；如果只跟『你』約，就你請客。我們賭『一心蔥油餅』。」

「大助，你就那麼有把握？萬一他們都不問呢？」

「不可能～絕對不可能。我都敢拿『一心』跟你賭了……眞要如此，算我輸。」

「一心蔥油餅？好怪的名字？眞有那麼好吃？」大妹子這下笑得可是燦爛無比。

「讓你從此一心一意、死心踏地，再也不會三心兩意。」

「賭了。」

到了薄膜中心，看到一群西裝筆挺、一看就知道是專家學者的人剛好要離去，爲首一人我認出是本系的賴教授，當年修課時老賴便是以「敢言」聞名於當世，猶記得他一隻眼睛帶著眼罩，用獨眼龍的凌厲目光向全班掃射，大力抨擊校內選舉猶如兒戲：理學院的理虧在先、工學院的攻訐自家人不遺餘力、設計學院專門設計別人、商學院的只想撈好處卻智商堪虞，最後的結論是巴不得把自己另一隻眼睛也遮起來，來個眼不見爲淨……嚇得我們這些青年才俊冷汗直流（大人的世界既可怕又好笑）。

而眼前的賴老師除了頭髮花白了些，倒是沒太多變化，依舊聲若洪鐘、中氣十足；不過，眼罩都拿掉了，想必近年校內選舉的風氣已大幅改進，應該有令他老人家感到滿意才是。

　或許是曾被他當過兩次的緣故，我在大聲向他問好之際，還邊用揚起的右手半遮著臉，無奈仍被他「一眼」認了出來，大概是王教授已跟他打過招呼了吧！他朝我點點頭，表示已吩咐妥當，要我直接上樓，說完便領著人瑞們離開。

　家昌學弟那票人和我們相見歡，大家一回生、二回熟，很快地進入邊上工邊閒聊的模式，而再過一會兒，我逐漸感到打不進他們的話題圈了，畢竟青春是既客觀又現實的尺規，把每一個世代丈量得一清二楚，想混？沒門，而想賴卻也賴不掉。

　深有同感的我，慢慢地被晾在一邊，好在大妹子適時丟了句話頭過來：「大助，網格用Extremely fine還是Extra fine？」我把這個台階順勢接下：「這裡Extremely跑得動沒錯，但回我們實驗室恐怕行不通，Extra就很夠用了，跑一組設定也要3分鐘左右；你把我建好的模組叫出來，請家昌他們幫忙測一下槽高、真空度及濃度三個參數各組設定值的排列組合，看有沒有跑不出來的奇異點，回去我們再修正。」

　「呃～報告大學長，這要『不少』時間……」

　（這個訊號釋放得有夠明顯，我還不至於麻木不仁……）

　「薏珊，接下來就是等結果和記錄而已，你留在這邊幫忙注意，儘量多學一些，將來一定有幫助，我出去繞繞，順便找幾位朋友……」知情識趣的我再次榮獲學弟們讚揚的目光，學長幫你們也只能幫到這裡，剩下的得靠你們自己了。

　　我沿著新中北路踽踽獨行，往側門踱去，刻意忽視道旁對我招手的「不倒翁牛排館」，卻在無意間與那個十九歲的落寞身影交錯而過。

　　我出言輕聲安慰：「她沒來，你一定很失望吧？」他不出聲，還打起精神對著馬路對面的幾位室友強顏歡笑：「走啦！交誼廳的鮪魚厚片超讚的，今天教務處發薪水，我請客。」

　　我邊回想邊露出笑容，竟不自覺地往活動中心的社辦走去。社辦已經從四樓移到三樓，不變的是裡頭依舊放著永遠打不斷的木人樁，以及鐵櫃中有那套不知何年何月才會完結的《第一神拳》，記得以前還有一套《拳兒》和《刃牙》呢！看著牆上布告欄貼著幾張「逐鹿中原」的照片，往事一一浮現……

　　社辦門外是一片平台空地，那是社團的練功場。沒錯！國術社。像我這種文藝青年居然會加入國術社，想到就覺得很不可思議！

　　站在這裡，自然而然地就把腳放到女兒牆上拉筋，腦海中想起入社第一天自我介紹的窘況；身旁那位同伴氣凝丹田，朗聲喝道：「我到這來，是想和住在心裡的大俠聊聊天。」風趣的漢堡師兄說：「你最好確定他在。」同伴說：「鐵定在的啦，他是丐幫的頭目，很窮啊～所以沒錢搬走。」師兄弟們哄堂大笑。而她，郁敏小姑娘，也摀著嘴笑，我又見到她了，在「小而大餃子館」以外的地方，終於。

　　——和我一起入社的同伴正是小法克。

　　小法克，本名蕭中志，真名瓦歷古‧尤幹，動輒以《天

龍八部》裡的「蕭某」自居。這位在「新生」報到後的第五天、同時也是開學後的第一個禮拜天推開了聚賢莊的316號門。

　　這一開門，只見一位光頭聖僧在夕陽餘暉的映照下寶相莊嚴，令我等眾生自慚形穢，獅仔尾更下意識地將剛拿上檯面的肉片用青江菜蓋住；須知我等大專兵下成功嶺已然月餘，頭髮正努力成長中，而現在這位彷彿才剛剃度，我下意識地認定他是逃兵，不禁心頭為之一凜。

　　茲巴威開口就說：「欸！這位居士，你來晚了，莊不全已經出院，而且看來一時三刻還死不了，你要不要過陣子再來超渡他？宿舍大門進來右手邊第一間門上打叉叉的就是，謝謝！」這時寢室內的電話響起，我接了起來，剛好是舍監找我。在老許濃濃的鄉音中得知，眼前這位師父法號^上同^下學，是第六位來本寢掛單的施主。

　　我將消息跟室友們講，大家驚疑不定：「哪來的野和尚？搯出去。」恐怕是在場多數人的心聲，但他手中的住宿通知書卻不由得我們不信。既來之，則安之，他當下選了茲巴威當他的鄰居，便俐落地一個翻身，直接在往後一年的床位上安身立命。

　　——這一翻，大家看得目瞪口呆；也就是這一翻，翻出了力行宿舍的生活新標竿。之後他曾無數次地應別人要求表演（連老許和湯教官都曾特地過來觀摩），卽便後來也有不少人練成，但總比不上他的行雲流水、賞心悅目。

　　且讓我多說幾句，這個實在忍不住。力行宿舍當初的床鋪都是上鋪，上、下床都得靠梯子，一間寢室八個床位，而每間寢室只有3或4把鐵梯，而本寢得天獨厚，不知何故當初阿甘學長交接給我時就只有兩道梯子，因此我跟獅仔尾基

於私心，訂定其中一把必須固定放在我或他床邊的寢規，以確保優先上下床的特權（一方面也是由於我們的床位最靠裡邊、較不影響動線之故）。

未料這位身輕如燕的大師竟別開蹊徑，讓大夥兒開了眼界。在一片「安可」聲中，他示意觀眾肅靜，先翻下床來（大家又是「嘩」地一聲讚嘆），然後分解動作、詳加講解。

只見他站立在床下，背對床的側邊，像是成功嶺班長反手拉單槓一樣將身體拉離地面，隨後一挺腰，整個人倒掛金鉤似地一翻上床，下床則依樣畫葫蘆，將次序反過來操作。怎麼看都是帥！

當下喇叭峰和茲巴威就試了一下，喇叭峰有機會，卻在快成功時膝蓋撞到床緣而失敗，另一位則在空中展示了五、六回意義不明的「簡諧運動」後終告放棄；新生表示身體髮膚受之父母，做這事兒根本不知所謂，而正、副室長則自重身分，表示身為士農工商之首理應韜光養晦、藏鋒於拙。

這個翻身上下鋪的高難度體操動作，本寢除了小法克外，最後只有喇叭峰和土撥鼠勉強及格。總之，獅仔尾當晚即以「慶祝室友身負絕世武功，沒有什麼比沙茶豬肉鍋更適合的了」為由，做為合理開伙的名目。

由於已經開學，力行的住宿生幾乎都已回籠，因此這一鍋吃得斷斷續續，就在第四次跳電當下，大家才勉強吃到七分飽；此時，寢室房門傳來一陣心照不宣的撞擊節奏，然後便被「碰」地一聲推開，撞門的攻城槌乃是一根拐杖，不請自來的亂入者當然是莊不全。

他老兄一進門便是發出「呵～呵～呵～」的笑聲，熟門熟路地將綁在吊扇上垂下的手電筒擰亮，自顧自旁若無人地

拉來一張椅子坐了下來說：「我就知道。基本上，只要有新同學來，這裡肯定有美味的鍋底可以嚐鮮。別這樣嘛～對待殘疾人士要溫柔點，呵呵～我可不是空手來喔……」說完一揚手，一罐兩公升的芬達已經放在食櫥上，還冰的哩！

誇張的是，這位新來的酒肉和尚也從行李中拉出一瓶公賣局的「米酒頭」，面不改色地說：「法克，這樣子很爽喔～來來，這是我老家自己釀的，摻一起，一起喝超讚的啦！」其他人怎麼想我不清楚，但這盅生平頭一遭的「雞尾酒」滋味好到連周公都上了狗癮，大著舌頭糾纏不休，害我、茲巴威、喇叭峰、獅仔尾和亂入的傢伙全被放倒，隔天的早課自動取消（好在新生全程堅持只喝芬達，幫我們代簽），而據天生海量的私釀者事後聲稱，我們根本完全睡死，任憑他倆喊破喉嚨也毫無反應。

礙於深層記憶受到酒精的荼毒而有所殘缺，勞其心力將片片斷斷的光景續回後，依稀記得眾人酒過三巡，便開始盤問這箍「魯智深」，怎麼都已經開學了才來到我們水泊梁山？

原來，他大學聯考分數差一些些所以名落孫山，怨嘆之餘便去鄉公所申請提早入伍，而在「落髮」的第二天，家裡頭收到政府單位的通知，說是因為人為疏失，導致未註記他山地同胞的身分，而經過加分後，他大學聯考的總分得以吊車尾之姿進入本系，但因作業不及，於是讓他自由選擇，看是要保留學籍繼續服役、還是先回來念書待畢業後再回原部隊報到？

To be or Not to be～就看你怎麼想了，真要我選，我會選後者，而大家顯然都想得差不多。事實上，事後證明這是

明智的抉擇，因爲後來役期逐年縮短，等到我入伍時，兵役已經從兩年縮到一年八個月，足足少數100多顆饅頭，這是天壤之別哪！

　　順帶一提，當時「原住民」這個詞兒才剛冒出來，大家沒這麼文謅謅，仍是習慣用「山地同胞」來稱呼；老爸說更早以前是叫「生番」，後來混得比較熟以後（大概七分熟吧），就把「生」字去掉變成「番仔」，此乃自然而然的進程，並非有心歧視，至於原民會成立還是後來的事，那年我大二。

　　之所以記得那麼清楚，是因爲當時我和小法克同修一門叫做「中國民族史」的通識課，選它純粹是因爲該門課如同授課老師的名諱「李勉來」之故（台語唸看看就知道啦～他老人家上課不點名的），直到接近期末時講到南島語系對台灣原住民族的影響時，由於這是以前從沒聽過的部分，加上與當時的時事相結合，因此才有了那麼一咪咪的興致。

　　卽便如此，課程整體說來依舊八股，所以期末報告我只能用更八股的方式應付——跟老爸借邱氏宗親的族譜，把上自姜太公封邑於商丘，先後遭逢楚漢、三國、南北朝和五代十國的亂世，先人們一路且戰且走、避禍至現今廣東梅縣的流程，寫成縱橫八千里、上下兩千年，長達兩萬字的短篇章回小說，這疊宛若客家版的《桃花源記》，列印後絕對超過50頁（我還刻意採單面列印、2倍行高）、在這種以量取勝且粗鄙的文海戰術下，李老學究頗爲滿意地給了我88分。

　　反觀小法克，連最低門檻的5,000字都擠不出來跟我求

救，我看到新生手上正在翻黃玉郎的《天龍八部》，於是靈機一動，便以「以契丹人視角看《天龍八部》，我論民族主義與民粹之差異性」爲題，以口述訪談的方式，讓小法克一字一句的key在新生的IBM中。

報告的第一句引用原文破題——「陛下，蕭峰是契丹人，今日威迫陛下，成爲契丹的大罪人，此後有何面目立於天地之間？」而在接下來的論述中，雖然也穿插了一些小法克以前聽部落耆老說起的往事，但講直白點，根本是我的手筆，他眞正自己寫的（嗯～嚴格說來，應該是自己「抄」的）其實只有最後一句。

——「蕭峰眞的非死不可嗎？答案是肯定的，在兩股民粹的撞擊下，卽使武功天下第一又如何？」由於WORD左下角的字數顯示已經湊滿5,000個字，因此我嘴巴說到這邊便收工了。誰知他老兄在計中列印前，硬是加了最後一句：「畢竟——『以天下之大，竟無蕭某立足之地。』」

小法克隨卽將裝訂好的報告塞進牛皮紙袋裡，而繳交的最後期限已迫在眉睫，估計交到老師手上時還熱著呢！我立卽載著他往李勉來八德的住處一路狂飆，想趕在最後期限前及時送達。不料，我的星艦卻在這要命的當口爆胎！挖哩咧⋯⋯幹！我和他一起在前不著村、後不著店的龍岡兵營路邊拋錨，想起報告最後那句畫龍點睛所呈現的黑色幽默，簡直無語問蒼天，只能在一旁陪他「法克法克」地大聲幹罵。

就在這位蕭某感到卽將喪命於此的當下，神祕人再次出手相救——「這不是被『阿魯巴』兩次的邱鈞傑嗎？」一台紅色的必勝客機車停在路旁，我一看，登時大喜過望；眼前這位兄臺叫做施耀慶，綽號「死要錢」，是我高中隔壁班的同學，和他其實不算熟（但現在說什麼也要跟他很熟很熟才

行）。

　　「死要錢」為人其實滿海派的，印象中，只要跟校門口的黑輪伯買滷味時遇到他，這傢伙都會很熱情地幫老闆多夾兩塊豆干硬塞進來，說是「自己人，換帖的，多了兩片價格不變。」是說黑輪伯也不計較就是了。

　　一陣交待過後，原來他考上元智（依舊是在我隔壁），目前打工ing，正要外送披薩去八德，巧合既然都發生了，就儘量利用它吧！只見他不慌不忙地從行李箱拿出彈力繩把兩台機車相連接，然後這台急就章的摩托聯結車便搖搖晃晃地向前蠕動，歷經大約兩圈操場的距離後，「SUZUKI」的招牌終於出現在眼前！阿拉真主，我讚美祢～～

　　我正在想接下來該怎麼配置人力時，答案已經被安排好了──「死要錢」說他在店裡可能偷吃太多青椒，此刻肚子不舒服想要撇條，於是把身上制服一脫，連同鑰匙拋了過來，要我當一回「外賣仔」，回程再到這邊集合──既然都說順勢而為，看來也只好這樣啦！

　　由於外送遲到大不了送客人折價券了事，而報告遲交的話連最營養的3學分都會飛掉，還會淪為全系的笑柄；於是，我跟小法克饒有默契地公器私用又以私害公，即便如此，由於路不熟，送到李教授的太座手上時，我看了一下錶（21:06），靠夭～就差那麼一點點，已經過了Dead-line，師母直勾勾地盯著可疑的必勝客工讀生，火雞般的煙嗓朝屋內嚷嚷：「李勉來，你的天才學生叫送披薩的來交報告，收不收？我沒戴錶。」過半晌，老學究的聲音才斷斷續續地傳了出來：「呃～～剛好九點，家裡頭的鐘好像太快了，改天我再請人調一下。」就說嘛～這麼好的師長哪裡找？真不愧是「李勉來」。

　　隨後，客串一日披薩外送員時還發生一段小插曲，懸疑和趣味性兼具，這邊暫且表過不提；總之，幸虧處置得宜，不但使名義上的雇主對我頗為賞識，「死要錢」也連帶沾光，進而開啟我往後另一條生財途徑。

　　回到機車行，我的星艦已蓄勢待發，跟前同學道謝、互留聯絡方式後，總算完成這趟「超級任務」。結果，蕭某幾分你們猜？他居然拿到比我還高的96分，馬的沒天理啦！

　　　📌　　　📌　　　📌　　　📌　　　📌　　　📌　　　📌

　　場景拉回小法克初來乍到那一晚，大夥兒聽了這位新同學「不小心」落髮為僧的趣事都忍不住好笑，莊不全邊笑邊問：「那你的真名山地話怎麼唸啊？」他說了一遍，大夥兒不解好端端的幹嘛罵人？又問了一次「瓦歷古‧尤幹」的山地話怎講？

　　他又講了一次，而且放慢了tempo，但怎麼聽都像是「Fxxk you～e04」，加上「法克」兩個字確實是他常用的發語詞，於是莊不全就稱呼他「小法克」，喇叭峰奇道：「幹嘛加個『小』？他剛換褲子的時候，看起來～嗯～～也不小，頂多短我兩、三吋而已。」莊不全振振有詞地開釋：「糗他就好，糗他全家的話，萬一『老法克』一聲令下，全村來個大出草，咱們不就遭殃了。」眾人齊聲稱是。

　　小法克話不多且簡短，因為怕說太多別人會聽不懂、自己會記不住，而且有時候還故意學軍教片裡面的山地人班長，在句子後面故意加上「的啦」「的啦」逗大家笑；最經典的是在角板山迎新露營時講的那個笑話，雖然聽過的人不少，但從他口中說出來就特別好笑：「同學們，知道我老家

的貓怎麼叫嗎？你們一定不知道的啦，牠們會這樣喔——
『喵～的啦』，然後狗聽到也有樣學樣，牠們怎麼叫？」

「汪～的啦。」坐在草地上有不少人附和著。

「不是不是，還是『喵～的啦』，都說是有樣學樣了，
你們怎麼還是聽不明白的啦。」大家這才真正笑出來。

他講話的邏輯、節奏和發音如同他報告裡的標點符號位
置，跟一般我們這些平地仔不太一樣而別具風味，比如說：
「同學你們好，期中考完要不要和我們寢室一起聯誼，大家
去錢櫃唱歌，唱完去打保齡球？」要是讓他開口邀約，多半
會變成：「你們好哇同學，期中考完的啦，要不要去請鬼唱
歌，大家一起起漣漪，唱完了……然後……然後……法克，
我怎麼忘了？啊對，我們還可以去打打寶之林……」然後就
會被女生打槍，從此又多了一間把咱316列為拒絕往來戶的女
寢。

　　大一上期中考完的禮拜五下午，我照例去皇冠接新生
一起去中壢火車站，新生也照往例請我下午茶，由於站前肯
德基的座位全被外勞占領，因此新生提議去買隔壁巷弄內的
「一心蔥油餅」，說是BBS上有不少人說很好吃。

　　大概是有做出口碑吧！差不多也排了十幾個人，所幸老
闆快手快腳，沒多久我們前面的人龍就消化掉一半左右，這
時突然有一票外勞冒了出來，直接走到老闆旁邊就準備掏錢
要買，老闆比手畫腳的表示要他們排隊，手勢明顯到所有人
都看得出來，那群人還裝傻在那邊「盧」。

　　兩位六和高工的學生排在新生後面看不下去，便吆喝
了起來，好樣的！沒想到外勞中帶頭的那個竟然兇神惡煞地
回嗆，新生一聽，便對著那位外勞老兄「Hey」了一聲，然

後離開隊伍朝他走過去，用不卑不亢的語調跟他講道理，而且還用英文，我只聽懂第一句：Excuse me, get in line, please～

沒想到對方卻在他講到一半時猛力推他肩膀，我由於微積分考砸了，心情早就一整個不爽，看到這一幕哪受得了，當下便一個箭步衝過去將他推開，擋在他和新生之間；這時兩個外勞靠了過來跟我一陣拉扯，就在難分難解之際，一道身影衝過來雙掌齊出將那兩位推開，恰好跟後面又衝上來的兩、三位同伴撞在一塊，來者擋在對方和我之間，橫眉怒目、顧盼之際頗具威勢，不是小法克還有誰？

這群外勞共七、八個，這下子全部湧了過來，眼看即將上演全武行，一心的老闆大喝幾聲，雙方看了過去，雖然不知他在喊什麼，但只見老闆手中舀起一瓢滿滿的熱油，誰都不敢妄動。這時遠處哨音響起，兩個警察在做取締攤商的例行性巡邏，周遭攤販紛紛走避，而一心的老闆不但沒跑，還將同行掉在地上的「叭噗」撿了起來一個勁兒地狂按，「叭噗～叭噗～～」的聲響將警察引了過來。

外勞們不知何故拔腿就跑，其中一位年輕警察邊吹哨子邊追、速度快過草上飛，人民保母就是帥！最好把他們追追追……追到新幾內亞去，聽說那邊的食人族總是餓肚子呢！

另一位看起來比較資深，輪廓很像電影《跛豪》裡的「雷洛」，他在「案發現場」停了下來、慢條斯理地從身上掏出記事本和紅單本，旁觀眾人便你一言、我一語地主動幫忙將筆錄內容補足，接著資深警察左看看、右看看，將記事本放回胸前口袋，問一心老闆：「你有在賣叭噗？」老闆搖頭，這位「五億探長」頓了一下，便將仍未開張的紅單本也收進懷裡：「那就不要欺騙消費者。」接著又自顧自地說：

「下禮拜三中平這邊大掃蕩,連續四天,別不長眼啊!」然後便往同事的去向前進,看看新幾內亞那邊有沒有查獲不法情事。

＊　　＊　　＊　　＊　　＊　　＊

　　經過這場衝突,或許小法克有感於自身武學修為的不足,這才加入國術社也說不定。

　　總之,當他在活動中心樓梯口神祕兮兮地對我招手時,我正被金革唱片的推銷員纏住,那位話術高超的仁兄彷彿知道今天教務處剛把工讀的血汗錢發下去而急著分紅,因此不斷地向我兜售宛如錯過今日便抱憾終身的天籟CD,直到最後我終於掏錢買下一套「歐洲情歌」後,才暫時放過我,然後又拿起耳機要我試聽另一套水平更高的「世界風情畫」;幸虧這時小法克走了過來,我才得以脫身,說也奇怪,這位話術高手身上彷彿安裝了誰會買、誰不會買的感應雷達,跟小法克打了個照面,卻連提都不提,奇哉!

　　「親愛的室長,跟你報告報告好消息的啦!剛剛叫了你好幾聲,都不理我。」

　　「抱歉抱歉～沒注意到,你應該像上次那樣衝出來,直接一招『見龍在田』把我推開啊!」我看著手上這套原價800元(學生優惠專案現省200元、本日限定再折50元)的CD,這才想起家裡的CD音響去年故障都還沒修呢!

　　小法克一搖頭:「不行不行～那個威力太強,會把你震傷……別扯淡,跟你講好康A……」接著又把臉湊了過來。我一開始以為他又有什麼老家祕釀的好東西可以分享,也喜孜孜地靠向前去。

「蝦米！哩共蝦毀？真的嗎？」我頓時又驚又喜。

「當然真的。我昨晚在三樓廣場看到一群人在練拳，當下就覺得手癢，今天中午又拿到國術社招生的傳單，這必定天意，看來，上帝終於答應要傳我絕世武功……嘿嘿……」他喝了一口寶礦力先唱了兩句劉德華的《天意》，才又接著講：「然後啊，我就照傳單寫的找到社辦，結果結果……遇到那個小而大水餃美眉，她說師兄們剛好都不在，要我今晚來，馬上入社馬上練習，鐵定過癮的啦！」

「這種社團不是通常沒什麼人參加的嗎？你怎麼說？」

「當然OK啊～而且我還跟她說我會帶神祕嘉賓，就是室長你啦！」

以上就是我為什麼加入國術社的原因，顯然不是因為愛看武俠小說的緣故。不過想當然爾，像這種不純正的動機，當然不能讓師兄們知道、更不能讓料事如神的師父知道，否則輕則廢去武功逐出師門，重則立斃當場清理門戶，是說我也沒多少武功可以廢，損失不大，但這條命總要保住才行，不然這陣子和室友們惡整「克壞兄」的連場好戲不就白搭了嗎？

話說國術社清一色男生（嗯～幾乎啦），師兄們各個拳掌腿、刀槍棍地互有千秋，實在令我難以望其項背，只知道他們高深莫測，而且一個比一個會講笑話，前前任社長漢堡如此，前任社長馬子華也是如此，而現任的狸貓社長更是箇中翹楚，眼前他正為了四中賽上台致詞要講的笑話必須保密到家而憋得辛苦。

就讀醫工系二年級的凌毓清師姊是全社上下唯一的女俠，手底下一套「四象刀法」使得有模有樣、架式十足，人

稱「大玉兒」是也。而搞了老半天，被戲稱為「小玉兒」的
鄒郁敏其實是和我們共用社辦的慈暉社社員，只不過師兄們
練完拳後講的笑話真的太有才，讓天生愛笑的郁敏小姑娘三
不五時帶著兩、三盒水餃過來探班，換個一招半式防身術，
混久了便也熟了，算是半個社員。

　　有一次，笑話輪盤轉到我，我便拿之前高二時「死要
錢」胡扯過的經典——「『阿魯巴』和死刑的終極二選一」
來抵數，經典就是不同凡響，果然一舉跨越時空的隔閡而笑
果十足，馬子華師兄用力拍著我的肩膀，直誇我有擔任下屆
社長的潛力，要狸貓好好栽培。「小玉兒」一開始聽不懂，
後來被漢堡師兄鉅細靡遺的解釋後，果然摀著嘴笑得很是歡
暢。

　　我又注意到了，她那羞紅的臉，除了右頰的梨渦外，左
眼下還有顆可愛到極致的小黑痣。

　　趁著大夥兒情緒高昂，我問了一個笨問題：「諸位學長
師兄，請問咱們是什麼門派啊？」這顯然是新進社員們必定
提問的項目之一，包含我和小法克在內的六位新鮮人頓時露
出期待的眼神。

　　沒想到師兄們互看一眼、沒人答腔，最後只見現場最資
深的博班學長薛誌華略一點頭，大四的漢堡才說：「這和師
父的名字一樣，都是本門的祕密，以前是正式拜過師的人才
能知道，但現在時代潮流在變，傳統武術要走出新天地不能
墨守成規，好比現在你們只是社員、還沒拜師，卻已經互稱
師兄弟、師姊妹啦……OK～～耳朵都給我掏乾淨了，仔細聽
好來……」我下意識地摒住呼吸。

　　——「本門是堂堂名門正派，師父是一位奇人……」

　　那位住力行宿舍同一層，叫做雁龍的傢伙迫不及待地把我心裡轉了好幾回的話頭甩了出來：「師兄，您就別賣關子啦，我已經決定拜師了，我們到底是什麼門派啊？快說快說～」

　　狸貓社長深吸一口氣，又再重複一次：「本門是堂堂名門正派，師父是一位奇人……」在煞風景、卻又戲劇性的轉折後說——「華山派。你沒聽錯！就是那個『華山派』。所以，令狐沖是我們的大師兄，認真點說不定畢業前師父會親自傳你個一招半式，一招半式是謙虛的說法，要知道獨孤九劍有進無退，就算只學一招——撩、盪、破、落，四式合一，也是終身受用不盡……」

　　新社員們聽到這邊面面相覷，隔半晌，才有志一同地爆出一連串笑聲，師兄們果然是笑話高手，我和小法克這群新鮮人非常配合、也十分賣力地「哈哈哈哈～」大聲給他笑出來。

　　師兄們先讓我們足足笑了好一陣子，等到笑得差不多了，一旁不說話的誌華大學長才沉著嗓子道：「笑完了？」笑聲很識時務地又收斂幾分。

　　大學長再度開口：「沒笑夠的可以繼續笑沒關係。但——本門的派名就只准你們笑這麼一次，這是師父准的。他老人家說，拜金庸之賜，聽到這要人忍住不笑有違常理，所以准笑，但只准一次。還有人沒笑完嗎？」這時整個廣場都靜了下來。

　　但我可愛的室友對於這個難得的笑梗顯然不甘心不放手，愣愣地說：「華山派？我們是華山派？那師父不就是岳……」

　　「……越來越厲害。那是一定要的啊！哩嘛幫幫忙～」

我一把摀住小法克的嘴，大聲幫他把話補完。

　　然而，拜金庸之賜，大家顯然都知道被我消音掉的原文，連大學長都不禁莞爾，隨即面容一正，告訴我們：「本門派名是木字旁的『樺』，所以是樺山而不是你們心裡想的那個華山；此外，師父姓『諶』，左邊一個言語的言、右邊一個甚至的甚，這個字電腦打字用注音輸入法的話跟耳東陳的『陳』相同，但是唸出來的話要有邊讀邊，唸做『甚』，師父說這樣才有**必勝**的氣勢，至於他老人家的名諱我只說這一次，以後不會再提，就跟《神劍闖江湖》的主角一樣，叫做Kenshin。」

　　「劍心！？」另一位新社員建忠脫口而出。

　　「不是劍心，是『劍星』！」馬子華及時幫他訂正錯別字。

　　「喔～原來我們師父叫<u>諶劍星</u>，聽起來就很厲害。」小法克露出心嚮往之的神情。

　　狸貓社長在旁解說：「那當然。師父真是一位奇人，光是拳法兵刃就懂3,000多套以上，不光如此，他還會書法、推拿整復、中醫藥理和紫微斗數，師父禮拜天在中正紀念堂教拳，每個禮拜三會過來指導社團，今後能學到多少就看你們的福分了。」

　　我不由自主地伸了伸舌頭：「好厲害！」心裡頭卻這麼告訴自己：「哇哩咧～樺山派？如果告訴我是『飛天御劍流』還沒那麼好笑呢！以後別人問我，該怎麼答？『我樺山派……』怪不得這是本門的祕密，不能到處講，講了也沒人信。」

　　我資質平庸、又不太願意勤能補拙，週一有夜課沒話說（跑去商學院旁聽「商用日文」是我和土撥鼠的祕密）、週三要跟新生去「夜光合唱團」練唱、週五又要回台北，而週休兩天也懶得去中正廟補進度，三天打魚兩天曬網的結果，當然在武學造詣上敬陪末座。

　　人家小法克可就不同了。明明一起入門從十路潭腿學起，但我怎麼練就只能在復興拳、連步拳、功力拳打轉，畢業前才讓我摸到小虎雁、小八極的邊邊就練不上去了；反觀咱316這位「蕭某」，撇開悟性奇高不說、還練得勤咧！連在寢室念書念到一半都會站起來突然來個馬步旋風、或是比劃一些我從沒看過的套路。

　　這位大一時跟我同寢而眠的蕭某，升大二後更是勇猛精進，一路埋伏、二路埋伏、中虎雁、大八極……不斷升級進化，最後甚至學到摘盔、詠春和虎鶴雙形，後來聽說他在「第二次」入伍前，師父都已經打算將壓箱寶白鶴拳傳他了。

　　是說一物剋一物，此等人才為什麼連「流體化床」、「白努力方程式」這種基本概念，居然都三修了還岌岌可危，實在令人費解。

　　先別扯遠，就說校慶完沒多久，馬上面臨「四中賽」的考驗，當時我們這群大一社員被要求表演的團體項目，是一套號稱相當簡單的「六趟拳」，但我覺得一點都不簡單，等我想到找小法克一起練時，他已經被馬子華他們徵召去排練作為墊檔的個人項目。

　　我學了又忘、忘了又學，印象中，狸貓社長起碼帶著我練了30遍以上，連趴在廣場上方欄杆看熱鬧的慈暉社員們

都知道提醒我：「同學，弓步衝錘要進右腳啦」、「同學，
墊步採劈後改四六步往下帶、不是馬步喔」；尤其，不知為
何，我常常會弄到和帶拳的人手腳左右對稱（而且還轉換得
很自然）。搞到狸貓後來覺得我要嘛是屬於那種只重其意、
不重其形的天縱英才，要嘛說穿了根本是朽木一根的廢材，
而「教學相長」的兩人正為此傷透腦筋。

　　最後，狸貓不知哪根筋不對勁，居然讓他想到一個點子
──招手請「榮譽社員」小玉兒下樓指點我；說也奇怪，可
能是我一面對她，五感就變得異常敏銳、又或是雄性動物與
生俱來的個人英雄主義使然，我獨樹一格的「反六趟拳」效
果居然異常地好，不僅行雲流水、還一鏡到底沒忘招；打鐵
趁熱，為避免我這顆出類拔萃的「屎」壞了一整鍋粥，狸貓
社長乾脆讓其他大一社員表演前四路潭腿的團練，然後邀鄒
郁敏在四中賽一起和我上台以「鏡練」的方式表演雙打六趟
拳，這樣有噱頭、也比較吸睛，而她覺得很有趣，就笑著答
應了。

　　四中賽前一晚，那天是禮拜二，大概是秋老虎在今年
的臨別秋波吧！超悶、超熱。練完拳後，正想和小法克回力
行小木屋邊喝冰可樂、邊看《情定少林寺》，沒想到鄒郁
敏叫住了我，要我留下來和她再對一次六趟拳的腳步，師
兄們個個露出曖昧的神情要我「好好努力」、「機會是你
的」……，接著便結伴去祭五臟廟，打算去吃中源戲院轉角
那家汪媽排骨麵。

　　我一時鬼迷心竅，看著她對我笑，以為自己的春天終
於要來了，便也對著她笑，一顆心卻莫名其妙地自個兒砰砰
亂跳，暗想：萬一等下上演「情定思過崖」或是「煙鎖普仁
崗」該怎麼辦？我沒心理準備呀！

結果——想、太、多。原來，細心的她發現和我之間20公分的身高差距，在大約兩、三個踢腿後，彼此拉開的距離會破壞整個表演的美感，因此便想和我討論如何在每次跨步後維持間距。在知道自己會錯意的當下，雖然覺得鬆了一口氣，但很有點患得患失……

約莫兩柱香的一對一特訓，我們逐漸掌握了一種看似向前踢、實則縮小間距的獨特技巧，我笑著說這是文藝青年和神仙姊姊共創的「凌波微步」。果然——她摀著嘴笑了，我注意到她瀏海裡蓋著一條細細的疤，她說是她妹小時候偷玩老爸的齊眉棍，不小心K到她，害她長不高；這個自我調侃恰到好處，讓我有點想（不，是很想）摸著她的疤問她還疼不疼。

今晚這個「凌波微步」讓向來忘性驚人的我，和郁敏小姑娘始終維持前後一個弓步、左右一個四六步的距離——直到大學畢業。我多麼希望師父可以真的廢了我的武功，包含這想忘卻又忘不掉的心法。

時間一溜匆匆如輕煙，身法猶在青翼蝠王之上。才一轉眼，四中賽就已經是兩個多月前的事了，迎接大學生涯的第一次期末考，本寢唯有新生穩操勝券篤定all high pass，其餘成員有將近二分之一面臨「二一保衛戰」，有輸不得的壓力，我雖非其中之一，但也念到焦頭爛額、無名火起。

我至今依舊清楚記得，那天也是禮拜二，我在寢室裡被書K得心煩意亂，為了轉換心情，自己一個人離開宿舍出來走走。

中原的校園並不大，但我還是刻意避開了二一鐘，在微冷的一月向晚裡獨自漫遊。且聽，醫工館旁松林小徑的靜謐沁人、篤信樓前的偶爾笑語伴著草皮甜香；建築館爬滿藤蔓的幽寂，總在暗影深處不經意地擾獲我的思緒；今晚，就一如往常地在土木館的長階上坐看風起葉落吧！又或者，在莊敬樓前聆賞倦鳥在蟲鳴聲中歸巢應該也不錯……

倏地，一個嬌小的身影滑過眼簾，這不正是國貿系的鄒郁敏嗎？我在機械系館前的小橋流水處追上了她，只見她穿著一襲牛仔色系的連身裙、披著雪白的針織罩衫、還戴了頂卡其色毛線帽，散發無比的青春氣息，卻有別於平常看慣的模樣；路燈下不經意地一陣閒聊，居然讓我意外獲得和佳人共進晚餐的機會，也是唯一一次。

……

「你吃了嗎？」

「還沒，你呢？」

「我也是，要一起去美食街嗎？」

「好啊！」

（居然簡單到讓我來不及思索之前心裡排練無數次的夢幻台詞有哪些）

由於真的太猝不及防，因此當她說出：「那我們要吃什麼？除了水餃。」之時，我居然把心裡頭原本的盤算順口托出：「羊肉炒麵、炒劍筍和土虱湯。」而且還用台語發音，如同中年歐吉桑限定款的套餐。

「土虱湯？」郁敏小姑娘家中是典型的外省人，對台語的理解和我對日語的理解僅止於五十音一樣，但只因她拿湯匙淺嚐了一口後，發現好喝的不得了，為了讓她的發音更加

道地（如同中年歐吉桑），「土虱湯」三個字我們當晚講了不下五十次，害老闆頻頻回頭，以為我們要追加餐點。

羊肉炒麵不會死鹹還帶有沙茶的香氣、炒劍筍新鮮熱辣恰到好處，天啊～這麼好吃的晚餐萬一以後吃不到了怎麼辦？於是加點了今晚唯一的敗筆——筒仔米糕。別會錯意，快可立旁的那一家絕對好吃，BUT！人家小姑娘不吃香菜（原來世界上真有這種人）！雖然不知道這輩子還有沒有機會單獨和她一起用餐，但我想我會永遠記住她這個可愛的挑食壞習慣。

送女生回宿舍是必須的，然而對我來說，這個紳士禮儀卻是未經實習的頭一遭，那個禮拜二晚上恰好是滿月，我、月兒和鄒郁敏三者相伴同行，沿實踐路走到弘揚路時左轉，朝大一女生宿舍的方向緩緩移動，如果這條路能夠再長一點、再遠一些的話不知該有多好？

目的地終於抵達，也接近信望樓的門禁時間了，她先朝宿舍門口走了四步、然後又往回走兩步，視線微抬地看著我；而此刻，在女舍門口正上演著一幕幕「十八相送」，周遭氣氛膨脹了我的遐想與不安，鄒郁敏白裡透紅的臉龐讓我的心跳又莫名地急促起來……她開口問我：「你室友會去寒訓，你也會去嗎？」

我不置可否，前幾天小法克就跟我提過這件事，說是師父在寒暑假時的集訓會教一些「濕背秀」的啦，但我興趣不大就是了，於是反問：「那你這個榮譽社員去不去？」她頓了一下，對著方才高掛天邊與我們一路同行的夥伴說：「看你歡不歡迎囉～」

我還有選擇的餘地嗎？回答當然是肯定的，到時那個不解風情的蕭某要是還問我到底是肯定去？還是肯定不去？那

我就叫張宇唱給他聽，誰叫惹禍的月亮總是最美呢？

　　我捕捉到月兒凝望她的瞬間，正想找個話題做Ending，身邊一聲「Hey～你在這。」把我和她都嚇了一跳，原來是一位背著吉他的馬尾女，她朝我瞄了一眼，有點賊賊地對鄒郁敏說：「欸～我們不是說好要一起滯銷做期貨嗎？有人開始耐不住多空交戰了厚……」聽得我一頭霧水，但那邊廂的小姑娘俏臉稍稍一紅，隨即淡定如昔：「他叫邱鈞傑，是我社團的朋友；這是我室友，叫做文晴，快上櫃了，要逢低買進得趁早。」

　　雖然聽不懂，但我確信最後一句是在調侃她室友，於是還傻傻地配合演出：「上櫃？跟出櫃是一樣的意思嗎？」她們兩個笑得有夠……嗯～**有夠直接**，不過依舊是氣質美女兩枚無誤。

　　從今往後，對我來說，禮拜二還是禮拜二，而「那個禮拜二」就只有「那個禮拜二」了。今晚是如此美好，以至於那天之後，我在日記裡寫到鄒郁敏時，都用「Tues」來取代她那超級霹靂無敵多的姓名筆劃，這也算是月亮惹的禍之一吧！

　　社團的暑訓我從沒去過，倒是寒訓去過兩回，大一、大五各一次，頭一次是因為有她，而下一次則是確定沒有她，也算是有始有終。

　　今年的過年在寒假的尾巴，教務處的打工早已結束，

但我因爲一些事沒那麼快回台北，反而在中壢多待一個多禮拜，一方面幫新生看著皇冠賺外快、一方面打發時間等寒訓，寒訓結束剛好回家過年，整個316就只剩小法克、拉瑪控和我三人，別有一番愜意。

寒訓於寒假開始的第二週展開、爲期五天四夜，地點在內湖的碧山巖開漳聖王廟，我跟小法克一早搭漢堡學長的車一路北上，先到鄒郁敏家接她然後再前往目的地。

基於禮貌，我們把車停在巷口，留小法克看車，學長和我去接人。我注意到這是一個眷村，和我家附近的自立新村一樣，對陌生人都投以警戒的神色，我心想哪天要是抱著一束花站在巷口，一定站不到半小時就有警察過來關切；事實上我錯了，我在巷口的郵筒旁根本站不到十分鐘條子就來找我聊天、還一次四個，不過那是四年後的事。

當我按下標示著「鄒府」的電鈴時，心頭一陣異樣，很希望門一開就能看到她。不過開門的是另一個女生，看來便是那位曾用齊眉棍行兇，害小姑娘長不高自己卻長得頗高的兇手；表明來意後，她便朝裡面邊走邊喊：「大福～他們來了……男……那麼兇……」後面聽不太清楚。漢堡學長湊到我耳邊說：「你幹嘛瞪人家？」讓我愣了一下。

正待琢磨，一聲熟悉的嗓音「來了……」馬上吸引了我的注意力，她穿著我第一次在小而大餃子館見到她的那件深藍色毛衣，看著看著我都暖了起來。

師兄走在前頭先一步去將車子發動，我則幫她提著行李跟在後面，正想找個話題開口，身旁的鄒郁敏突然問道：「我姊說你的表情很嚇人，怎麼啦？心情不好？」

「蛤？我以爲她是你妹……」

「我妹怎麼了？」

「誰叫她以前用齊眉棍打你……呃～不好意思，我一個外人這樣講似乎有失厚道？歹勢歹勢……」

她好一陣子不說話，直到我把車尾彈開的行李箱蓋往上掀，巧妙地遮住了其他人的視線；幾乎於此同時，小姑娘跟我說了聲：「**謝謝**。」然後又在我闔上行李箱前輕聲地告訴我：「這件事，從小到大，只有你是**完全**站在我這邊的。」我很高興聽到她這麼說，即便我忘性驚人，但這句話我會記一輩子。

關於寒訓，我的記憶點其實不多。

一來，師父傳了什麼、有哪些教誨，這屬於本門機密而不便爲外人道也；二來，認識我的人也知道，別說時隔多年，我一下山就忘了六、七成，事後回想起來，令我印象深刻的，反倒是一些和拜師學藝毫不相干的事，譬如：早餐必定有的醃蘿蔔乾和麵筋超入味，光配這個我就可以扒下兩碗飯（小法克三碗）。

此外，善房的大通鋪眞的有夠大，大夥兒一整天不是練拳就是聽經，一躺下來便睡得橫七豎八，半夜上廁所撒個尿一來一回起碼得踩到三個人以上，以至於如何在熟睡之際用瓦楞掌同時護住褲襠和頭臉爲首要之務；而清晨五點就得起床，比成功嶺大專集訓還要精實。

對了，好像是第三或第四天晚上吧！誌華大學長特地從台中龍井開車上來，拿著龍井茶、龍井茶梅和龍井茶葉拌炒的花生米探班，一群人在廟前平台廣場伴著山下的萬家燈火煮茶乘涼、談天說地，讓原本應該冷到靠北的臘月都閃到一邊去。

　　還有還有……當時馬子華慫恿一位外校師兄打拳助興，這位外號「白色旋風」的師兄聽說爲人不苟言笑，這幾天相處也確實如此；不過由於學期結束前剛通過博班論文口試、今年終於能夠如願畢業，心情特好，便以茶代酒，來上一段平常絕不輕易示人的醉拳，還眞的有模有樣……他一邊扭來、晃去，小法克邊看邊比劃著，粗獷的嗓門還恰到好處的半誦半唱，先是狸貓，然後會唱的便一起唱了下去——

　　……
　　我顛顛又倒倒　　好比浪濤
　　有萬種的委屈　　付之一笑
　　我一下低　　我一下高　　搖搖晃晃不肯倒
　　酒裡乾坤我最知道
　　……

　　那位師兄收下他應得的掌聲後，便醉眼歪斜地指著我們這群大一社員半開玩笑地說：「這套拳向不外傳，你們之中還有幾個沒拜師的，要是按古時候的江湖規矩啊……個個都要挖去雙眼、挑斷腳筋，還笑！牙齒白是不是？好在師父很開明，現在只要是社員就沒關係了。」
　　不料「大玉兒」凌毓清指著身邊的「小玉兒」失聲說：「你完了～你這個榮譽社員還沒入社呢！」大家面面相覷，心想這下該如何是好？莫非眞要執行這種陋習不成？開什麼玩笑！
　　茶會的主辦人薛誌華大學長也很會逗人，當下沉聲喝道：「鄒姑娘，你偷窺本門武功，意欲何爲？待老夫廢去你一雙招子，再交由師尊論處。」幸好這位鄒姑娘太熟悉我們

這些人的調調，邊捂著嘴笑邊拱手作揖：「久聞樺山派英雄輩出，今日小女子不知有沒有榮幸加入貴社？」慈暉社的鄒同學在偷學本門武藝一個學期後，這才正式入社。就說嘛，事在人為，補習班都可以試聽了，開山立派當然要與時俱進啊！

　　不過我們一群大男生都很壞，顯然不打算輕易放過這位平時總是享受眾星拱月的新進小師妹，狸貓社長便以子虛烏有的社規為由，要求她當場打一套拳、講一個笑話和唱一首歌，還說這是每個新生入社必經的試煉。（見鬼了，哪有那回事？不過大家都笑嘻嘻地點頭贊同作壁上觀）

　　她倒是臨危不亂，先是不疾不徐地打了一套六趟拳（果然）、然後用既羞怯又頻頻笑場的不專業態度把那個「阿魯巴」的笑話給repeat了一遍，她在大家笑歪嘴巴的同時向我道歉，說是侵犯到我的智慧財產權，還問我有沒有什麼要補充的？（我連連搖手的窘態又換來一陣笑聲）

　　最後，她清唱了一首英文老歌《Will You Still Love Me Tomorrow》，歌聲似星空下浪漫飛行的夜鶯，在朦朧月色裡迂迴不去，如同爾後每一個想著她入眠的夢。

　　小師妹連過三關，保住了她在本門的席次，大家一致給予好評；倒是我耳尖，偷聽到醉拳師兄側著頭納悶地對另一位同門說：「她那六趟拳的踢腿怪怪的，收腿時還帶一點頓勾，反而有點像是我剛剛的醉步，他們中原是不是教錯了？還是我真的醉了……」

　　師兄～您當然沒醉，因為只有這樣子踢，才可以和我保持前後一個弓步、左右一個四六步的距離啊！而且，那是我與神仙姊姊的「凌波微步」，可不是您的「醉仙望月步」

哦～

　♩　　　♩　　　♩　　　♩　　　♩　　　♩　　　♩

　「室長，你託我的東西已經拿給小師妹了，你幹嘛不自己拿給她？」

　「人家順利畢業，我他媽要延畢一年，怎麼好意思？她有說什麼嗎？」

　「我搞不好要延畢兩年，我陪你。她說你怎麼知道她喜歡吃這種日式的草莓和菓子？」

　我笑了笑，不說話。

　「她還說，她要跟你說聲**謝謝**，因為她能夠正式入社，多虧你『身騎白馬啊～走三關』那三關都是因為你，才會那麼順利。」

　我輕閉雙眼，彷彿乘著清風，彈指間回到聖王廟那晚，月光下的款款旋律依暖了二月晚風，仍舊在我腦中繚繞，任我品嚐青春大福的酸甜與綿密。

　「小法克，我很高興能夠進入中原國術社，你呢？你有找到住在心裡的大俠嗎？」

　「師父說，武以止戈、俠以養仁，只要一心為眾人之仁，即便手無縛雞之力，還是可以行俠仗義的啦，我心裡的大俠不姓蕭、也不姓郭。我就是我。」

　「說得好。人生是一曲即興藍調，管它複雜還是簡單，都頂著同一片藍天啊！」

316之7
～土撥鼠

土撥鼠格言──

儀器分析就跟占卜沒兩樣，都是描述階段
性的狀態；如果把人生塞進光譜儀，我敢
說，19歲的我們此刻波長正介於420到440
奈米之間。

手機響起，是薏珊打來的。

她先確認實驗參數設定的幾個限制條件後，便告訴我，家昌他們訂了披薩和桶仔雞，要我回去和大家一起吃。我告訴她不用等我，並且要她多吃一點，這樣才會趕快長大、頭好壯壯；她「啐～」了一聲，抱怨忘了開錄音錄下來交給系評會，我笑著趕緊將通話切斷。

這一打岔，才注意到時間已近中午，肚子還真餓了，便把腳從練功場的女兒牆上收回，由於長時間只拉右腳的結果，造成走起路來有種長短腳的錯覺，呈現一拐一拐的樣貌，這連帶使我想起大一下的「逐鹿中原」。

寒訓回來後，樺山派群豪個個功力大增，為了準備社團一年一度的盛事大典，那陣子大家更是卯足全力，練得加倍勤奮，而我卻依然故我，還是抱持著「陪蕭某練拳」的心態，有一搭沒一搭地跟著——直到逐鹿的前三天。

那時我們這群大一生正在排練苗刀，我邊練邊揣摩該如何讓自己揮刀的英姿帥過電玩《侍魂》裡的牙神幻十郎！誰知，在我後方那位叫做銘悠的天兵大概是手汗吧！一個用力過猛，整把刀溜手飛出，砸到廣場旁的寄物櫃又反彈回來，然後在「幻十郎」的右膝重砍一刀。

我登時紅血應聲倒地，狸貓趕緊衝回社辦將師父親調的藥洗和金創藥拿下來，看著眾人七手八腳地為我療傷，我心中卻想著：「完了完了……我不要睡殘障寢室，我不要變成『邱不全』，我不要我不要……」之後送去敏盛照X光的結果雖無大礙，但短時間內要上台打拳是不可能了，社長也只好把我登出團練的先發名單，改為幫忙安排飲料茶點，以及協助燈光、音控、攝影……等等的板凳雜工。

　　所謂塞翁失馬焉知非福，我因傷之故，得以名正言順地偷懶，在台下欣賞同門師兄弟姊妹們演武的英姿；我的目光聚焦何處？我不講你也明白，就算抵賴你也不會信的。

　　在自由表演的時段，小法克刻意換穿一件有百步蛇圖騰的原住民服飾演繹八卦掌，那個力度與古樸的美感贏得連聲喝采；而「小玉兒」的三才劍原本就只學了半套，現場一緊張又忘了一半，耍不到十下，劍尖就定格在半空中、左手也捏著劍訣僵在當場，幸虧漢堡應變得宜，趕緊喊聲：「時間到。」才讓小師妹得以下台一鞠躬。

　　謝幕時，鄒郁敏自己還摀著嘴笑場，那靦腆的笑顏，讓她雙頰與肩頸之間白皙勝雪的肌膚透出月暈般的光華，我覺得很美，於是手指停在快門上卻放下了相機——我很清楚，這畫面將會永誌不忘，而我不想隔著鏡頭紀錄她。

　　我拾級而下，雙腿也逐漸恢復正常的行姿，又回到老是被「金革推銷員」糾纏之處。從前這邊是中原書城（文具部）的入口，有一次練完拳，我向還在跟師兄討教螳螂拳的小法克告辭，想先回力行宿舍沖澡，經過書城門口，看到土撥鼠一個人在裡頭不知道抬頭看著什麼，居然喊了他兩次才有反應。

　　我好奇心起，走進一瞧，原來是書城剛進了批電影海報，這些海報大小不等，有的捲起來裝了一大桶、有的則裱框後掛在牆上，我順著土撥鼠的目光看去，左手邊的一整面牆，已被大大小小的電影海報占據。他開口問我：「室長，你對哪一幅有感覺？」我開玩笑地說：「你要送我？」他則

笑了笑回我：「不是那個意思。我是說，如果你一定要買回家，而且身上的錢只夠買一幅，你怎麼選？」

　　我再次看向書城今日全新裝潢的海報牆，掛在最上面、版面最大的四幅馬上吸引了我的目光，由左至右，第一幅畫是一個男人在傾盆暴雨下張開雙手抬頭仰望，呈現強烈地明暗對比，令我有種也想像他那樣大聲吶喊的衝動；第二幅的整個畫面幾乎都是土黃色，也是一個男人，從穿著看來似乎是美國南北戰爭時期的土著，他背著一把槍往前衝鋒，展現「雖千萬人吾往矣」的勇氣。我把心裡的感覺告訴土撥鼠，但也表明我沒看過這兩部，他點點頭道：「沒關係，你先講完。」

　　第三幅我寒訓前才剛看過，中文片名叫做《梅爾吉勃遜之英雄本色》，高中母校的學弟送了我兩張電影欣賞會的票，當時是在台北西門町的中山堂放映，這是少數看完後男生哭得比女生還慘的電影，那聲響徹雲霄的FREEDOM～～令人熱血澎湃、意志昂揚；至於第四幅，我也沒看過，嗯～很奇妙且難以形容，還是個男人，他站在河道中央的大石上釣魚，鏡頭從後面拍過去，剛好捕捉到他將釣線甩出的一霎那，釣線在空中呈現不規則的弧線卻毫無違和感，而整個畫面透過水光倒影，調和出完美比例的藍綠色，跟前三幅比起來，視覺上並沒有那種單靠一個畫面就足以撼動人心的感覺，但卻是我最想走進去的場景。

　　土撥鼠聽完我不專業的講評後，拍了拍我肩膀說：「謝謝你幫我下定決心。」接著便喊了聲老闆，當場掏錢買下釣魚老兄（我的天啊！居然1,100元，足足是我一個禮拜的生活費，還沒跟人家殺價）。在老闆爬上A字梯到整幅電影海報連畫帶框交到顧客手上的這段期間，熱愛電影的土撥鼠對這

面海報牆上的電影和經典名句如數家珍，最後告訴我，他買的這幅叫做《大河戀》，印在海報上的那句翻成中文就是：「生命不需要你去了解，只需要你去愛。」

原本只看動作片和科幻片的我，自此以後，一直到大學畢業前，三不五時便會從土撥鼠推薦的片單中，想辦法去弄一些錄影帶或VCD來欣賞；甚至有幾次，我和他還一起去中壢市區的U2，只爲了某部遍尋不著的舊片，如：《萬花嬉春》、《似曾相識》、《十二怒漢》、《黃昏三鏢客》……等等，讓我的文藝青年養成之路又更上一層樓。

土撥鼠的姓頗爲偏冷，有誰認識姓「司」的朋友，麻煩舉個手讓我知道一下；他的本名很像藝名，叫「之學」，而酷愛唱歌、又彈了一手好吉他的前吉他社公關，也覺得將來說不定有機會出道，甚至想好了個人發行的第一張唱片，就用《之學》做爲同名專輯。

司同學在小法克報到後的隔天傍晚，和另一個傢伙同時敲響了力行316的房門。裡頭傳來一句很假掰的口吻：「本寢不煮火鍋、不打牌，全是品學兼優的好學生，閒人勿進。」

敲門聲猶豫了一下，又遲疑地再度敲了起來，裡頭換了一個不耐煩的聲音：「麥聽伊喇叭～本寢恪遵本校愛抽菸、愛喝酒、愛賭博、愛跳舞的『四愛規約』，非誠勿擾。」這下門外的敲門聲敲得益加熱切了。

「哩賣擱卡啦～本寢不招待莊不全和老許，其他人請進。」

兩位祕密客立即推門而入，前面一個戴著鴨舌帽、背著吉他，神色還有些慌張，另一位神神祕祕的，還沒看清楚他的長相，就返身離去，丟下一句：「我另有要事，隨便幫我

留張床。」

　　此時僅剩的兩個床位都緊臨吵雜的走廊，差別僅在於左右鄰兵；這位叫做司之學的新住戶，要嘛選擇左側文質彬彬的新生、右側玻璃窗，要嘛選擇左側玻璃窗、右側則像是殺人越獄遭官府通緝的酒肉和尚小法克，他當然選前者，可見得應該是身心正常之人。

　　大夥兒心頭為之一喜。

　　一問之下，原來這傢伙的老爸是高雄大寮那邊的「田僑仔」，一聽到自己寶貝的「一條根」考到咱中原，就立刻親自北上，在廣州路那邊相中一棟剛蓋完沒多久的房子，一出手就是用八位數字的現金，直接買下那個鬧中取靜、離塵不離城的邊間，而且還一買兩間：一間是土撥鼠做為家族中第一位大學生的賀禮、一間送給幼時就過繼給別人的自家老姊。

　　當時本寢大部分的人都還背著就學貸款，聽到年紀輕輕二十歲不到，平白多個三房兩廳兩衛一陽台的不動產，說有多羨慕就有多羨慕；土撥鼠卻大搖其頭，原來他那位打從童工開始就在分擔家計的老姑媽，從大社做到林園、又從林園做到大園，今年芳齡五十有四，卻仍是小姑獨處一人、空閨寂寞非常。

　　土撥鼠住了兩個禮拜就受不了而逃之夭夭。聽他訴苦，原來他姑媽有一票外勞姊妹，平時沒事就來打麻將，一桌變兩桌、兩桌變四桌，等到場地不敷使用時，便把腦筋動到這位新鮮人的姪子身上，一步步蠶食鯨吞、侵門踏戶的結果，最後變成連窩在自己房間裡彈吉他，擦著古怪香水味的阿姨們還會敲他房門，怪腔怪調地嚷著：「Hello～

Gentleman，安靜～小聲一尖尖，Thank you……睡睡泥。」

　　而只要一跟姑媽「溝通」，換來的是：「……（以上省略萬餘字）……我當年多歹命啊～才小學三年級就被你阿公送到別人工廠裡幫忙，我一邊揹著林老北，一邊還要幫百多位工人生火煮飯，熬了幾十年，艱苦的要死，嘛母敢結婚，現在好不容易有那麼一點點休閒小嗜好，卻要被人家嫌，挖看挖歸企死死Ａ卡快活……（以下再省略萬餘字）……」

　　駐紮在土撥鼠對門的阿姑，雖然三不五時會拿些具有南洋風味的土特產過來，但卻是土撥鼠下課回住處開門後才發現（顯然阿姑的牛仔褲袋內理所當然地有一副備用鑰匙）；而漂浮在屋子裡的古怪香味，加上對門那雙直勾勾盯著自己的眼神，試想，你要一個十九歲的有為青年怎麼辦？

　　於是，土撥鼠找系教官老湯幫忙，像是挖地道般地逃來本寢，順理成章地成為力行316的一員。後來升大二的暑假前，他姑媽隨老闆去柬埔寨設廠，把房子託他招租當二房東，危機才告解除；這間位於廣州路的住處剛好解決本寢一部分成員住的問題，他與小法克、茲巴威住自己那間，對門則租給姑媽公司的後輩，那群印尼姑娘乖得很——因為她們一致認為小法克長得很像某位從母國潛逃海外至今依然下落不明的槍擊要犯，茲巴威進一步暗示了這個可能性，而土撥鼠則不打算說實話。

　　順帶一提，喇叭峰後來續租他三哥在力行宿舍後方、鐵支仔路旁的「中原至尊」，拉瑪控和獅仔尾成了他的室友；新生則一開始就鎖定三和三街新開的那家「花蝶」為圓心進行深度搜索，最後在鄰近一棟頂樓加蓋的違章建築裡獨居。

至於我，身爲勞苦功高的寢室長，當然很「幸運」地中籤得以續住力行宿舍（連床位都不用搬），但我卻因爲一些緣故而決定搬去元智附近，這邊就先表過不提。

♗   ♗   ♗   ♗   ♗   ♗   ♗

由於司之學和施子緯發音相近，加上兩個人開局也都有女朋友，儘管前者低調得多，但住宿生活一開始，還是經常上演「施司有兩種」——捲舌、不捲舌傻傻分不清楚的戲碼，更甭說還有喇叭峰和茲巴威這種「噗攏共」的接線生（不知是不是故意的），鬧出不少笑料，諸如：

　　……

「小傻瓜～我們上個月不是才剛去過動物園嗎？怎麼又要我陪你去？」

　　……

「當然是你啊？壽山啊！什麼？木柵？等一下，你是不是念輔仁？蛤～什麼時候轉到淡江我怎麼不知道……」

（周遭一陣竊笑聲，電話早被另一位搶過）

又或者：

　　……

「八里的渡船頭比不上旗津？Honey～可是十三行的海岸線是我們的定情地耶……不會吧？我們在西子灣的蘿蔔墩一吻定情？」

　　……

「不對不對……我當然沒有記錯人，我當然愛你，可

是……天地爲鑑，我是說過要帶你到天涯海角沒有錯，但我們從來沒去過高雄……啊！我知道了。Shit……」

（背德的誤會要趕緊通知室友好好解釋，而周遭的竊笑卻越來越肆無忌憚……）

這種情形等到獅仔尾失戀後才略有改善，差不多有將近一個月的時間，室友們以「騎兵司」和「步兵施」來區分他倆，一個有馬子、一個沒馬子，有點毒、但卻簡單明瞭，但隨著司同學的女友在之後沒多久的聖誕派對缺席，遭到冷槍狙擊的騎兵團長也滾鞍墜馬，從此兩人編制於同一軍種的宿命，則持續糾纏至大學畢業。

當然，那是後話。

在司兄第三次又不小心與施兄交換女友，聊了好幾分鐘後，獅仔尾再也受不了了。剛好莊不全此時拄著拐杖亂入本寢，想要找人假日陪他去台北光華商場的地下市集，買什麼同級生田中美沙的海報和VCD，我們幾個北部人避之唯恐不及；獅仔尾逮到機會，要莊不全知恩圖報，幫這位司之學取一個響亮的綽號，免得擾亂視聽。

殘疾人士這回一時沒了主意，雙眼溜溜轉，看到司同學的衣櫃門上貼了一張小小的電影劇照，照片上全是英文，有一對狗男女和一口詭異的鐘，便順口問一聲，結果沒人答腔，接著便把它英文片名中的單字一個字母、一個字母拼出來──G、R、O、U、N、D、H、O、G，司之學眼看又沒有回應，嘆了一口氣便說：「『土撥鼠』啦！這部《今天，暫時停止》很好看而且寓意深遠，你們居然不知道……」

接著他便坐了下來，一邊無意識地撥弄著不知名的和弦，一邊把這部電影講了個梗概；題材確實滿新穎的，只可

惜那年上映的電影大家後來就只記得《侏儸紀公園》而已，我想好萊塢大概有一狗票的導演心裡覺得很幹吧！

站在他旁邊的準系學會長大力勾著他的肩膀說：「聽你在喇叭，我還以為阿兜仔拿港片去拍《暫時停止呼吸》的西洋版，干土撥鼠蝦米代誌逆啊？」莊不全打鼠隨棍上，便說：「很好～我喜歡。太好了！土撥鼠，你說得實在太好了。」

***

司之學的外號取得並不是太好了，而是太早了，要是晚兩個禮拜啊，一定是情歌王子、吉他貴公子之類的，我替他感到可惜，但他本人倒覺得無妨。

角板山迎新露營那一晚，就在救國團青年活動中心的大草皮上，當時薩克斯風的現場LIVE秀剛落幕，本系主持的學長在掌聲還沒完全停歇時，問我們這群新鮮人有沒有要表演的，果然不意外，大家都很謙虛，一個個把頭像是結實纍纍的稻穗般垂了下來，看看草地上有沒有誰不小心掉落的銅板。

「那麼，我唱首歌好了。」說話的是咱316的土撥鼠，只見他老練地將吉他取出，先調了調音，再來便是隨手亂彈一陣撩撥在場所有人雜沓的心思，等到大夥兒的注意力全集中過來之際，這才開口：「張宇，《責任》。」接著便自彈自唱——

我聽著你上了鎖　重重靠在門的背後
……

　　第一句剛下，我全身就起了雞皮疙瘩：「靠！這小子說要出唱片是玩真的，之前在寢室都只是隨便哼幾句而已……」

……
……

　　心裡的痛難受　選擇的路難走
　　我最愛的你連眼神都空洞
　　越在乎的溫柔　傷我傷的越重
　　得到和失去竟都在這個時候
……
……
　　心～裡的痛難受～喔喔
　　喔～喔～喔喔喔喔～～～～
　　(一陣令人忘記呼吸的Guitar solo)

　　已經盤旋到九重天外的音階，沒想到還可以往上再翻高一層──

　　心裡的痛難受選擇的路難走～喔喔～～～～

　　一曲唱罷，技驚四座！
　　把歌唱好是演唱者的責任，而不吝給予熱情掌聲則是聽眾的責任。然而，忘了鼓掌的豈止我而已，所有人──真的！整個草皮上所有的人，在呆了足足30秒後，才開始有人鼓掌、掌聲陸陸續續加入、然後狂飆、高潮尖叫、再慢慢沉寂的過程持續了好久好久，土撥鼠抬頭望向夜空、單手將吉

他對著穹蒼高舉著不發一語，好讓來自天外的「星探」將快門盡情按下，我想他應該相當享受，以至於他渾不在意地在此起彼落的「安可」聲中將吉他收起，讓今晚璀璨的星光和那部電影一樣，暫時停止。

    ✿   ✿   ✿   ✿   ✿   ✿   ✿

自行車社和直排輪社聯合主辦的「元旦升旗」是CYCU頗具特色的傳統活動，我大一到大五，除了最後一年備戰研究所而缺席外，可說是年年參加、無役不與，但印象最深刻的還是新鮮人初體驗。

那一次根本是趕鴨子上架。

12月31日，禮拜二，本來不是什麼特別的日子（千囍年以前，台灣還不時興跨年活動），而因應元旦假期，鎮源團長特地將團練提前一天，因此我和新生兩個人下午第九節上完圖學後，正準備去大仁五街一間新開的燒臘店嚐鮮，晚一點再到懷恩樓前和「夜光」的夥伴練唱。

我們經過系辦時被行政助理叫住。由於我在教務處打工，不時會送公文到系辦，因此跟系上教職員也比較熟；行政助理敏珍姊是本校國貿系剛畢業的學姊，而本人對國貿系向來有與生俱來的莫名好感，於是讓新生先走，自己隨她進了系辦。

敏珍姊問了幾個期末考衝堂考的排考問題，我知無不言，不瞭解的就答應元旦假期後幫她去課務組打聽打聽，她跟我道謝，又順手遞來一個牛皮紙袋，託我拿去懷恩207給一位叫做趙蕙羚的大學姊，還提醒我這一位同時也是本系新聘的實驗講師，嘴巴甜一點準沒錯，過完寒假就「相堵會

到」。由於順路，我便答應了。

　　這一耽擱就是半小時，燒臘店已不見新生蹤影，還居然破天荒地沒有龜在旁邊的新人類書店內，由於燒臘店折價券在他手上，只好改去隔壁的永川牛肉麵，湯頭香辣、肉有嚼勁，還可以免費加湯加麵一次，這個划算。

　　我畢竟受人之託，提早10分鐘動身，想先把敏珍姊交付的任務完成再說。誰知一到噴水池廣場就覺得不太尋常，心下暗忖：「哇～人好多，怎麼回事？」順手接過旁人遞來的宣傳單隨便瞄一眼，上面寫著啥「……共迎晨曦」當下也沒多看就收進口袋。

　　由於人不少，一時沒看到其他團員，沒關係～依照往例，稍後八點一到，淹沒在茫茫人海裡的團員會就地進行「啊～A～E～O～嗚」的發聲練習，一邊暖嗓、一邊練膽，同時還可以召喚同伴。

　　我拿著牛皮紙袋從中央樓梯直上二樓，軍訓課在203要向左轉，所以現在我向右轉；未料，懷恩207不知何故，人居然多到滿出來？

　　「啊！我知道了，一定又是那個什麼『大碩』的招生說明會，填填問卷就有附近店家的招待券可以領，敏珍姊對我不錯啊！」

　　一進教室，看到黑板上寫著「元旦升旗╳行前說明會」，我直覺感到不妙想溜，沒想到被後面湧進來的人潮給卡死而動彈不得，而時機稍縱即逝，倉皇間教室的前後門已饒有默契地被一同關上。

　　「時間應該差不多了，今晚的活動說明大家既然都已拿到手，那我們就開始吧！」一男一女像是綜藝節目主持人般

地站上講台。

　　接下來的時間裡，先是「請張校長簡單為我們講幾句話」講了十幾分鐘，期間窗外先後傳來兩次「啊～A～E～O～嗚」（第一次零零散散、第二次則集中多了），好不容易麥克風終於離開他那塗滿強力膠的手，然後──交給另一雙同樣黏度爆表的手，而老熊學務長的致詞同樣理性與感性兼具，只象徵性地略比校長提早三十秒交出麥克風，然後──又交到此次活動的贊助商手裡，一位童山濯濯的歐吉桑清了清喉嚨發出「嘿嘿嘿～」地笑聲：「校長、學務長和各位學弟妹大家好……想當年我在中原啊……」。

　　此時，來自外面的「啊～A～E～O～嗚」三度響起，齊聚團員之力的聲音渾厚而圓潤，幾乎蓋過歐吉桑贊助的笑聲，但我現在的處境……親愛的團員們，請原諒我沒有就地回應召喚的勇氣；只好自暴自棄地拉張椅子坐下來，因為按照團規，召喚三次沒現身的人下次要請所有人吃宵夜，當下有點自虐地等著聽聽今晚的創意是啥？

　　我的期待不久後有了回應，外邊一樓傳出整齊悠揚的曲調──

　　感恩的心　感謝有你
　　請我一餐　讓你有勇氣面對自己
　　感恩的心　感謝命運
　　從今以後　我依然會珍惜

　　夜～光～光～心～慌～慌～
　　邱～鈞～傑～謝～謝～你～

唉～～風吹雞蛋殼，財去人安樂。要破費了。

心思回到現場，致詞的長官和歐吉桑們都已經功成身退，台上的兩位主持人一搭一唱、滔滔不絕地講述這個活動的意義，與本校全人教育的理念是如此完美地契合，所以活動行程將會安排的非常用心且扎實。

我慢慢、慢慢地聽出一個梗概（如果沒有誤解的話）。

那就是本校的全人教育，允許一群瘋子（或傻子）在一年的最後一天徹夜不歸，動用警察、救護車等龐大社會資源，踩著腳踏車和溜冰鞋，從中壢出發沿著台1線一路向北（簡直有夠「靠北」），這段媲美全程馬拉松的距離，你必須在四個鐘頭內完成，如果沒有斷氣的話，可以幸運地在台北重慶南路書街的某幢平價旅館裡補眠一小時，然後參加總統府前的升旗典禮，一睹李總統登輝先生的絕世容顏。好你個邱邱的奇妙冒險，我話說完誰贊成誰反對？

——我反對！我在心裡如此大聲吶喊著。我一直以為「15000公尺迷你馬拉松」已經用光了我邱某人這輩子所有英雄氣概的quota，但我錯了，我笑他人太瘋癲，他人笑我看不穿啊！

此時中場休息來得正是時候，我趕緊上前跟那位男主持人打聽，請他幫忙問一下現場有沒有一位叫做趙蕙羚的學姊，只見他拿起後方褲袋的「拐拐」呼了起來：「前導小隊出發了嗎？207這邊有人要找蕙羚學姊。OVER」

「前導隊已經出發囉。OVER」他給了我一個無可奈何的眼神。

我暗怪自己早知道就直接過來了，還吃牛肉麵？好死不死，前幾天陪莊不全去光華商場，我的星艦因故損毀，還等

我這禮拜回台北老家取車呢！而幾個有車的室友今晚剛好都被喇叭峰他哥拉去「中原至尊」打麻將，現在這個要命的節骨眼……想到跟莊不全借那台殘障機車招搖上路不如一槍打死我！

　　牛皮紙袋裡搞不好有人家的隱私或是啥機密文件，可不能隨便託人，真是千金難買早知道。好在學長剛轉過身，他掛在屁股後面的無線電又傳出聲響：「總指揮通知，社辦來電，第二停留點有廟會陣頭delay，前導隊處理中，估計要花兩到三個小時。OVER」

　　我立即洽詢，狀況令主辦單位大皺眉頭，但卻讓我喜上心頭。

　　第二停留點是桃園火車站附近的一間媽祖廟，那裡我知道，每個禮拜五騎車都會經過，在振聲中學旁邊；前導隊因為要排除場地問題，會在那邊耽擱好～長一段時間，如果運氣好的話，說不定我只要騎三分之一不到的路程就可以完成敏珍姊交辦的任務，到時當場來個華麗的180度轉身掉頭，才不陪這群人瘋呢！

　　想通此點，就近找一位車社的社員現場報名，排我前面的那個人恰好回過頭來，跟我打個照面，居然是室友土撥鼠，他寫完系級學號後站在旁邊等我，受理報名的學姊核對完以後將學生證還給我們，不但沒跟我們收報名費，還說等下會發放物資，叫我們不要走開馬上回來。

　　🖈　　🖈　　🖈　　🖈　　🖈　　🖈　　🖈

　　我們依然走開，我先下到一樓噴水池畔跟團員夥伴say sorry。他們正在喝水休息，土撥鼠跟他的「枕邊人」在旁邊

聊天，我向鎮源團長表示今晚陰錯陽差、得開小差，希望從輕發落；他聽了以後拍拍我肩膀表示自己大二時也參加過一次，**相當有意思**，要我今晚就甭練了，好好養精蓄銳，**安心地去吧！**還有，雞排不能賴帳，除非我願意擔任下任團長，嚇得我拍胸脯保證在期末考前一定清償。

回頭看土撥鼠跟新生還聊個沒完，我便湊過去聽——

「……也不知道怎麼一回事啊！」土撥鼠的臉色頗爲無奈。

新生沉吟了一下便說：「在下其實有察覺耶～聖誕派對前的兩個禮拜，你女朋友打電話到寢室的頻率還有你們通話的時間都……你懂我意思吧，雖然我不知道她說什麼，但從你的回答，大致可以推測內容應該都很公式化，感覺像是交作業一樣，獅仔尾當步兵前差不多就那樣子，你回想一下就知道了。」

土撥鼠看向我這邊說：「所以我今晚就要騎到輔大，明天一早和她好好把話講清楚。」

我和新生異口同聲：「你幹嘛不騎機車？」

土撥鼠的回答很絕：「拉瑪控約網友出來談聯誼的事情，他說他的車在保養還沒回來，所以跟我借車，何況…誰叫上次室長和獅仔尾騎去淡水追查眞相，結果就『ㄘㄟˋ』了啊……這樣我會有心理障礙。」

（馬的～像這種天方夜譚我也有連帶責任，去它的口琴魔咒）

合唱團卽將開始今晚最後一輪的練習了，新生要我們好好從長計議，於是我向團員們揮手byebye，和土撥鼠重回懷恩207。

212 / 力行宿舍 316

　　一進教室，主辦方的工作人員已穿上反光背心正在逐一唱名，車隊聲勢浩大，我和土撥鼠一起被編到第5小隊，每個人都被分到一瓶礦泉水、兩片吐司和一件白色長袖T-shirt（左胸上有「共迎晨曦」的LOGO、還不錯看）。這時聽到窗外傳入費玉清的《晚安曲》，我不用看錶就知道現在一定十點鐘了，不知道今天有沒有誰落拍走音讓宵夜基金持續茁壯？

　　不知為何，今天居然有安可曲——這是「夜光」的傳統，只要在《晚安曲》後，有人表示願意自掏腰包請吃今晚宵夜，那麼便有權點歌當「一曲團長」，由於不常碰到，因此我格外留神……

　　　愛是恆久忍耐又有恩慈
　　　愛是不嫉妒
　　　愛是不自誇不張狂
　　　不做害羞的事
　　　……
　　　……

　　「搞什麼？」我一頭霧水，坐我身邊的土撥鼠倒是震動了一下、罵了句：「靠夭咧～」我問他怎麼了？他叫我以後有機會去問問輔大的朋友就知道了，但我偏偏就一直交不到來自「140點136」夢工廠的美少女，這個梗直到我二十年後聽到念輔大的太座泡溫泉時哼了出來，一問下去才懂（滿搞笑的）；當時不明就裡，便（誤打誤撞）出言安慰：「基督天主兩校一家親，不會有事的，大不了我陪你一起雙輪鐵馬遠征輔大，等下跟小隊長報備，你我二人一到輔大就自行脫

隊，咱倆就不去旅館QK了。」他把白眼翻到半天高也點了頭。

嗯～看來今晚計畫有變，預定路程從原本的三分之一追加到三分之二，算啦！捨命陪室友，結束後乾脆直接騎回家，就不陪李總統他老人家升旗了。

由於距離出發還有將近兩個小時，擔任總指揮的大四學長要大家先就地把握機會休息，尤其是第一次參加的人，真的睡不著的話，就再一次檢查裝備，要打氣、調座椅、換剎車的趕快牽過來，專業人才和家私今晚這邊應有盡有，歡迎妥善利用。

講到這，不得不介紹一下此行任務最重要的item——我的愛駒「綠寶石號」，它是我到教務處第一天打工時，花了350元跟前一任工讀生買的，咱們校園雖然不大，但是送公文和考試清單時，有台腳踏車代步確實能夠省下不少腳程。

「綠寶石號」其實是一台寶藍色的淑女車，只不過有一次落鏈時，被我無意中發現坐墊下方寫著發音近似「KAKYOIN」的平假名，趁著旁聽「商用日文」時問了一下，阿鑾老師說應該是一個姓氏，漢字大概可以寫成「花京院」吧！我決定這麼稱呼它，無非是期望它有朝一日會被我踩得飛快，而有朝一日就在今朝！

當我把「綠寶石號」從行政大樓的車棚騎過來時，土撥鼠也剛好牽著他的坐騎和我並轡而行，他騎的是一台鐵灰色的腳踏車，相當陽春，同樣沒有變速功能，當我倆這兩台一亮相、和其他「名車」一字排開時，立即引發一陣小小的騷動，「同學，你們確定嗎？」這句話聽了不下十遍，土撥鼠自嘲說原子小金剛才不需要變速功能那種東西，還臭蓋說自己跟這台車情投意合、去年在高雄就是靠它一路騎上壽山動

物園、順利『ㄆㄚˇ』到現在的女朋友，因此今晚的艱巨任務非它莫屬，聽得我熱血沸騰！

打氣時，小隊長和總隊長還特別走過來幫我們兩人打氣：「祝你們及時追上前導隊啊！」我趁機報備半途將執行為愛脫隊的計畫，總隊長阿莎力地表示他完全明白——「青春嘛～人不痴狂枉少年。」還直接把我們從第5小隊調到第1小隊。

小隊長有點遲疑地說：「可是學長……到輔大的話，不是會經過……」總隊長則一揮手，當著兩位新手的面，報以很燦爛的陽光表情：「那不是～相當有意思嗎？」

晚上11點50分，包含土撥鼠和我在內的100多個瘋子齊聚在「m」校門前（哈～麥當勞普仁店）高唱校歌，說實在話，校歌真的會唱的沒幾個，一群人不知道在high什麼！只知道一股腦兒地發出歇斯底里的聲響；終於，迎來倒數時刻——「……十、九、八、七、六、五、四、三、二、一、出發！GO！」快樂的隊伍在一片掌聲加尖叫聲歡送下，猶如出閘猛虎般地騎向征途。

我們一出校門往前直騎，到實踐路左轉，美食街那邊有不少還沒打烊的店家，將一些熟食、冷飲隨機分配在不透明的塑膠袋裡，以50、100元的超值價碼向沿途停等紅燈的騎士們拋售，儼然已是十年後「得來速」和「福袋」的雛型；直行至環中東路左轉，在警察交通管制下，隊伍的行進速度才逐漸加快。

　　夜色微涼，銀白的月光有種單純的美感，令人不由得審視內在與自己對話。我想了很多，想著已經逝去的歲月和更早之前的孩提時代、想著今後的大學生涯以及更久之後未知的未來，當然，我也想了鄒郁敏，而且邊想邊笑，我想我嘴角一定上揚了，跟傻瓜一樣。

　　我再次抬頭，望向夜空中像是對我摀著嘴微笑的下弦月，第一次感受到「今人不見古時月，今月曾經照古人」的情懷──要不是今天種種巧合，往常的我此刻早已酣睡夢鄉，哪有機會體悟這種「天涯共此時」？

　　經過元智附近時，有零星的單車愛好者加入，即便素昧平生，雙方仍彼此歡呼給予精神贊助。過平交道後右轉，轉進台1線沒多久便抵達第一停留點。

　　第一停留點是中油的加油站，休息時，大家精神亢奮地聊天打屁或補充熱量，只有我跟土撥鼠是真的在休息，這是以勤奮的雙腿代替變速功能的結果；我一邊休息、一邊注意車社幹部的無線電通訊狀況，聽起來前導隊已排除困難，正在第二停留點休息。

　　我摸了摸手上的牛皮紙袋，覺得答應人家的事情早辦早了；估計了一下時間，覺得不容再耽擱，站起身的同時剛好總隊長吹了集結哨，不一會兒，第1小隊便已啟程。

　　我跟土撥鼠幾乎騎在隊伍的最前端、腳下踩得飛快，也不理會幹部們要大夥兒保持體力的忠告，一路飛馳，率先抵達第二停留點「慈護宮」，未料還是慢了一步，問了廟方才知道前導隊5分鐘前已經動身前往下一站了。

　　我看了土撥鼠一眼，他表示體力還行，因此我倆決定不休息，繼續追擊前導隊；這時，幾位幹部都勸我們不要衝動，因為……然而，年輕人就是年輕人，太衝動了──兩台

　　沒有變速功能的腳踏車，載著兩位沒有自知之明的單車騎士，正面對決整整七公里的連續緩升坡。

　　這段路一開始還好，但後來卻覺得踏板怎麼越來越重？我們甚至在自強東路那間麥當勞買了可樂，坐在店外補充能量外加休息，還順便外帶兩份大薯。

　　接下來的兩公里絕不輕鬆，回過神來，才發覺夥伴和自己已經好一陣子沒有說話，而且汗流浹背、氣喘如牛；土撥鼠以他身為歌手的尊嚴與鐵肺肺活量死命頂住，我也咬緊牙關苦苦支撐，「綠寶石號」一吋一吋的證明自己新臺幣350元的身價。

　　「是不是相當有意思？」後方傳來一聲大吼，是總隊長。原來大部隊已經後來居上，我們就在那一瞬間被超過去了。這群可愛的瘋子，經過我身邊時，還不忘跟我豎起大拇指為我加油打氣，我注意到他們的車子都「附掛」了幾位溜直排輪的傢伙，於是我擔心……

　　這時看到身邊那台鐵灰色的「土撥鼠號」居然加速起來，原來有4位直排輪社的社員伸出援手，反過來成為了他的輔助動力，有一位還是復旦國小的小英雄哩！

　　看著一條條的「貪食蛇」從身旁超車，我正想投降輸一半、請求支援時，後方及時傳來一股推力，心裡真是感動無比，連忙回頭道謝：「雖然我不認識你，但是我謝謝你。」

　　背光擋住了不知名仁兄的表情、卻掩蓋不了那句帥氣的回答：「第一次參加齁？我被人拉了兩年，今年回推一把沒什麼，禮尚往來嘛～有上坡就有下坡，有苦有樂，跟人生一樣，加油～堅持下去！」

　　第三停留點是位於爬坡頂端的加油站，基於安全，已有為數不等的小發財車蓄勢待發，將一群群比單車騎士還要瘋

的直排輪勇者載下山；而當我跟土撥鼠氣喘吁吁地騎進加油站時，更響起了不少掌聲。

　　不過，趙學姐的前導隊已經先走一步，我理所當然地又撲了個空。放眼望去，不少騎士把單車斜斜一放、人便呈現「大」字形癱倒在地，更有人向加油站買那種大瓶的礦泉水，直接從頭來個醍醐灌頂、一淋便是大半瓶。車社幹部們見怪不怪，只專注在前方路況的回報，總隊長過來關切土撥鼠和我的狀況，又說了一次：「『鐵腿』了沒？是不是相當有意思？」我們倆也只能苦笑了。

　　我忍住搭便車下山的慾望，上完洗手間後向一位看起來有點「兩光」的小隊長表明「非得在輔大前追上趙學姊才行」的意圖，於是……

　　「蕙羚蕙羚，收到請回答。OVER」

　　「……(吱吱喳喳)……到請說……們要出發……嗎？OVER」

　　「第三停留點有位學弟說一定要追上你，有東西要交給你。OVER」

　　「……(吱吱喳喳) ……誰？……要追我？請重發。OVER」

　　（大概是距離太遠、收訊不良，這樣聽起來好像怪怪的……土撥鼠還在一旁邊揉腳邊偷笑）

　　「你學弟說有東西要給你，要在輔仁大學前追上你。OVER」小隊長又說了一次。

　　「……(吱吱喳喳)……什麼～學弟愛我？還要在輔大校門前上我？好狂……膽子！……在……等他……到時別……縮頭烏龜。OUT」

　　這時不只土撥鼠，旁邊一群人都在狂笑，兩光小隊長

一臉無辜地對我說：「對不起，害到你。等一下你自己解釋。」接著又像是想到什麼，轉頭補了一句：「其實……學姊她不愛聽解釋，比較愛吃薯條。她的最愛此刻就在你們的手上，留一份下來等於留下腦袋，比千言萬語都有效。」

集結哨再度響起，騎士們有點不甘不願的跨上鐵馬準備上路。這次出發很不一樣，由於前方是長達五公里的連續下坡，必須充分拉開車距；因此有別於以往一小隊、一小隊整團集體啟程，而是打破各小隊建制，每二十秒左右，一個、一個地放人騎下山，然後在第四停留點，也就是迴龍那邊的一處加油站集合。

總隊長交代完畢，就朝我跟土撥鼠走來，說：「等一下你們兩位下山後不要停，就直接騎到輔大，蕙羚學姊是急性子，別讓她等太久，不然到時別說薯條了，你們搞不好還會被做成薯條喔～」

排下山序位時，不知何故，眾人目光一致向我看過來，我則謹遵課務組謝主任聚餐時告誡的「老二哲學」，把「綠寶石號」移開，將**追愛急先鋒**的位置讓給土撥鼠那台鐵灰色腳踏車，上啊！兄弟。

土撥鼠當仁不讓，立起身子踩動踏板的當下，還哼起這幾天寢室裡常聽到的那首《說走就走》，他唱得可不比黎沸揮差——

你說走就走　一去不再回頭
讓我在這裡　癡癡等候

我以為這一次你只不過是說說而已

……

……

　　我衷心地希望此行的結果不是如此。但屬於我的哨音已然響起，此時已無暇顧及其他，我踩動綠寶石的踏板，接著便順勢滑翔，速度越來越快……

　　一開始我繃緊神經、小心翼翼地控制剎車，避免英年早逝、車毀人亡，過了一會兒，感官逐漸習慣了這樣的動態後才逐漸放鬆，現在是凌晨兩點、萬籟俱寂，只飛輪如梭的呼呼風聲與我親密接觸，伴著山道間沁入心脾的芬芳，前後都沒有來車，周遭一片靜默、無人同行，而我，恰若天外的飛客，從幾千、幾萬光年電掣而來，像一顆孤單的流星，獨自尋覓宿命中的種種邂逅。

　　在夢土上的航道御風直行，在沒有極限的加速過程裡，我真的覺得大地被我踩在腳下，而這世界只餘了一個我，只要願意，我甚至可以幻化成睥睨一切、主宰世間的造物者之鷹……

　　——快哉此風！「真的相當有意思啊～」我將心扉完全敞開，在風中如此呼喊著。

　　這段「龜山坡」平常騎機車來來去去不覺得怎樣，但這回真的覺得很不一樣；上坡時用下坡的颯爽策勵自己，下坡時勿忘上坡的艱辛，騎個單車也能悟出人生哲理，好你個全人教育。而我的「綠寶石號」更在它有限生命中達到極速噴射的頂峰，一口氣把全世界的鐘打停，換成那張永存我腦海

深處的畫面。今天，暫時停止。

　　　　　　　　　　　　　　　　　　　　　　　　　　　　　　

　　我經過加油站卻過站不停，如同惡質的公車司機，而土撥鼠在更前面一點的便利超商門口等我，兩人會合後，繼續向前行。

　　由於大學姊在等，我希望待會**好好解釋**時，周遭不要有太多好奇人士圍觀，畢竟攸關下學期實驗課的印象分數，因此雙腳一上一下賣力地將速度打上三檔；而三更半夜到女友校園埋伏的土撥鼠，或許也開始意識到自己的行為充滿矛盾與不合理，因此隨著距離的拉近，面色也漸漸凝重起來。

　　愛情啊～像是光譜中不藍不紫的曖昧區段，視矛盾為必然，而不合理和合理就是恆等式兩端等重的砝碼。簡直豈有此理！

　　兩人在月光下各懷心事，沒多久，輔大校門口的那根一柱擎天便出現在眼前。

　　趙大學姊將她那台號稱上過合歡山武嶺、騎遍東引及烏坵以外各離島、環繞全台海岸線兩圈半、價值5萬元的究極名車（只差不會變成鋼彈而已）直接打橫停在半夜三點的省道上堵我。

　　——堵我的還有一群警察。

　　託無線電大力放送之福，她隔著老遠就招手要我和土撥鼠靠邊停，一時間哨音四起，波麗士們笑容可掬地引導我，一位站在學姊身邊啦咧的警察大哥笑咪咪地對我說：「來來來，風流小騎士，很帶種嘛～明目張膽、公然劫色，還預告作案地點……有創意喔。」土撥鼠還在一旁「打納涼」：

「室長～你這個妨害風化的未遂犯，人家報警處理了。你慘啊哩⋯⋯」

　　我立刻知道趙蕙羚就是那一位。

　　在教務處打工期間，我遊走於行政大樓各組之間，有時也會被借調到計中、會計室或體育館等其他單位，算是頗為好用的工具人，而眼前這位大學姊由於前陣子經常穿著本系系服到校友室洽公被我遇過幾次、加上長得頗像內田有紀，因此便對她有了印象，卻不知她有沒有把我認出來？

　　順帶一提，當時日劇正流行，朋友間彼此常會用東洋影星或扮演的角色來形容誰長得很像某某某；像我有陣子常常穿件草綠色的外套進進出出，當時茲巴威就說我有《大搜查線》裡青島刑事的神韻、而拉瑪控和吉田榮作則是公認的相似，至於莊不全賤笑時的猥褻表情則跟癡漢界的霸主山本龍二沒兩樣（這也是公認的）⋯⋯諸如此類。而我個人認為美而美的姿伶很像藤原紀香，身材也是（sorry～我就是那麼膚淺）；至於郁敏小姑娘嘛⋯⋯她就是她，誰都不像。

　　車一停妥，我便立刻獻上微溫的麥當勞薯條，佐以友善的眼神和誠摯的聲調解釋這個可大可小的誤會，土撥鼠一邊幫忙緩頰，一邊也稍微提了一下此行目的，三人就這麼在輔大門口聊著，直到身邊條子的數量和學姊手上的薯條同時歸零為止。

　　「下次要拿糖醋醬。」這位大學姊向來不按常理出牌，這就是她跟我說的第一句話。

　　「蛤？我們又沒買麥克雞塊？」土撥鼠實話實說。

　　「你們可以一個人先進店裡買好薯條，另一個人再進去

直接抓另一個店員說『剛剛買的雞塊裡面怎麼沒有糖醋醬』不就結了？多動動腦，你們的腦袋是『拉瑪控』，可不是『孔固力』啊！」誰知我們倆異口同聲地說：「『拉瑪控』不是我！」學姊奇道：「該不會你們這屆有人綽號真的叫『拉瑪控』啊？下學期指認給我看。」

學姊盯著我看了幾秒鐘，然後「喔～」了一聲：「這不是……本系的百分百英雄邱鈞傑嗎？你是校友室那個工讀生對不對？」她還是把我給認了出來，這種媲美800 Terabyte記憶體的腦容量，想必讓她未來的老公吃足了苦頭。

在講完這句話的同時朝我伸出了手，我連忙將行囊裡的牛皮紙袋雙手呈上；學姊她打量著我和「綠寶石號」，又看了土撥鼠以及他的鐵灰色腳踏車，然後有些讚許地說：「嗯～不錯不錯，算你們有心；實驗課要是也有這種精神，高分過關沒問題。」兩位學弟相視一笑。

土撥鼠打過招呼、一個轉身便要去辦「正事」，學姊攤了攤手說：「Up to you～這種事強求不來，順其自然就好。」我這個跟屁蟲才剛調轉車身，上衣後領就被她給牢牢揪住，她用剛好只有我聽得到的音量、在我耳邊很快地說：「給我站住！想一想待會的場面，往好的發展你是電燈泡、往壞的發展以後你跟室友心裡頭難免有疙瘩……這是人家的隱私，局外人攪進去幹嘛？」

我想起自從那次陪獅仔尾跑了一趟淡水，後來幾次和他獨處，兩人都刻意閉口不談此事，有夠彆扭……因此立即醒悟，隔著省道朝他大喊：「加油啊兄弟！我挺你～明天……不！今天中午12點整在這集合，沒出現的話，換我報警處理囉！」他頭也不回地跟我比了中指。

然而一旁的趙學姊卻對我比了大拇指：「讚喔～人情

義理和法律良知面面俱到，不愧是寢室長，看來阿甘眼光不錯、後繼有人。」我想起當時交接的情景，自是點滴在心頭了。

此時，後方的大部隊呼嘯而過，人人對我抱以幸災樂禍的眼神，大學姊也準備動身，她看著我瀕臨解體的淑女車說：「你剛不是說你家住廟街？前面右轉就到了，今晚你就先回去休息吧！工欲善其事，必先利其器，明年換台車再來挑戰。」

我看著她消失在夜色的背影，覺得工學院的女生和商學院的女生各擅勝場、難分軒輊；而往後三年的元旦升旗我全程參與，只是換了一台中規中矩的變速車，但最難忘的反倒是這三分之二路程就中途棄權的「共迎晨曦」，以及再也沒能回到中壢主場的「綠寶石號」，我讓它風光引退，在居家附近和公園之間徐徐緩行、安享天年。

隔不到幾個小時，我便騎著修好的星艦回到輔大校門。在那擎天一柱下，有對男女對我揮手，土撥鼠立即上前介紹：「琪雅，我們寢室的室長就是他，邱鈞傑，之前他也有接過你電話；室長，她是我女友，嗯～再12分鐘就變成**前女友**了。」

「**前女友**？」我注意到此時天空開始飄雨，很應景。

那位女生倒也幽默：「我姓**錢**沒錯，我跟之學約定好了，今天中午12點整和平分手，所以**現在**我們還是男女朋友。」

我這創意十足的室友搔了搔頭，對我說：「誰叫我之前

答應過要介紹我女朋友給你認識，現在這樣應該不算唬爛你吧！」

「你們……這個……」我苦著臉搖頭卻不知該說些什麼。

兩位當事人倒是很看得開，還你一言我一語──

「怎麼感覺起來～好像跟你分手的是他不是我？」

「欸～同學，你還好嗎？之學跟我都談妥了，你千萬千萬不要自責喔～」

「對啊對啊～現在輕鬆多了。室長，這不是你的錯。」

OH～My God──這是在演哪齣？

一陣剎車聲傳來，只見一台白色金龜車在引人側目地迴轉後停在我們旁邊，從駕駛座走出一個身材苗條的女子，年約二十四、五歲左右，戴著墨鏡、打扮頗為時髦，墨鏡一拿下，正是本系的大學姊趙蕙羚。

她劈頭第一句話就是：「全部都在，沒有晃點我。很好～」當她知道事態最新發展後，瞅了我一眼（意思是「就跟你說吧」），便對他們倆說：「這樣其實也不賴，好聚好散。差不多還剩八分鐘半，剛好是陽光照射到地球所需的時間，在這最後的溫存裡，看有沒有什麼未了的心願，趁還是對方另一半的時候，盡情撒嬌沒關係哦！」

這位即將變成前女友的錢女友毫不客氣地挽著土撥鼠的手說：「我想去故宮，你答應過的，今天我們一起去好不好？」我想就算是鐵石心腸的人都不能拒絕了，更何況是超想對今天按下暫停鍵的土撥鼠呢？

由於雨勢變大，我先把騎來的摩托車牽到天橋下暫放，在趙學姐的鼓吹下，兩男兩女此刻擠在金龜車裡向故宮博物

院前進；一路上，土撥鼠剛開始默默無語，反倒是立志將來當記者的錢琪雅同學，不住採訪他對於前女友的種種任性行為有何看法？笑彈連發，把車內的低氣壓沖淡不少。

所謂觸景傷情，而反過來想似乎也說得通；車子經過士林官邸時雨勢漸停，在中影文化城那邊停等紅燈時，車內開始有了笑聲，從此就沒斷過，而在故宮停車場下車時，天空居然放晴了。

蕙羚學姊家住基隆，和我都算是「泛台北人」，而故宮從小到大少說也逛過五、六遍，因此過程不值一提，倒是已經解除男女朋友制約的兩位興致盎然，我注意到他們雖然已經刻意不去牽對方的手，但彼此間的互動口吻和肢體語言卻是那麼自然；相較之下，想到自己面對鄒郁敏時的胡言亂語、手足無措，就覺得可笑。

——「這就叫做習慣哪～」學姊當然也看出來了，朝著前方兩位一指，又對我說：「當愛已成習慣，不如當朋友，把愛情的火苗留下來當火種，說不定哪一天感覺對了，又會重新愛上對方也說不定……看你一臉茫然，也對啦，這麼微妙的理論，對你這個情竇初開的小大一來說確實勉強了點。」

我自然難以反駁，但還是訥訥地回了句：「又不是每個新鮮人經驗值都趨近於零，像我有個室友啊～他可是號稱情場浪子的西屯種馬哩！」

「誰啊？又是你們剛剛在車上一直提的那個『拉瑪控』？」

「您真內行！」

「他引起我的興趣了，下學期走著瞧。」

　　我們走馬看花、一路隨興，反倒是在出口處停留最久；因為這對前情侶決定挑一件紀念品，做為戀情終結的信物。由於前陣子頻頻上新聞的羅浮宮特展才剛結束，因此販售處裡頭的品項琳瑯滿目、多不勝數，兩人正為此猶豫不決；而當他們走過來找我時，喊了兩聲，我才發現自己居然盯著一幅畫出神了好一會兒。

　　我毫不猶豫地推薦了「靜泉．摩特楓丹的回憶」，這是Corot在1864年用油彩畫筆捕捉到的一個瞬間，讓平靜祥和的兒時回憶、連同湖光水色及翠峰倒影，隨著大樹的枝葉不斷繁衍、延伸，最後長駐在5,785平方公分的複製畫紙上──這也是我唯一想買回家掛起來的紀念品，可惜我沒錢。

　　他們竟買下了它，令我有點驚訝。更令我訝異的是，在回程時，他們經過討論，居然決定將畫交給我保管，理由是讓欣賞畫的人得到畫的本身，而畫作所象徵的美好時光就讓曾經在一起的人往後個別追憶吧！

　　趙學姊雙手扶著方向盤，用車窗前方的雨刷代替她不斷鼓掌：「不錯啊！這樣子皆大歡喜，也算是Happy Ending；邱鈞傑，你就是他們專屬的記憶銀行專員，可得好好保管，說不定哪一天他們來個愛的大復活，你還得付利息呢！」一行四人最後在輔大門口的一柱擎天下，用笑聲分道揚鑣。

　　蕙羚學姊可是皇帝嘴，金口一開、鐵口直斷。大學畢業後十年，土撥鼠和錢前女友各自男婚女嫁，我堂而皇之地將這幅客戶的「公共財」據為己有；再過十年，這兩位歡喜冤家一位離婚、一位喪偶，命中註定成為彼此的第二春，我花了一筆利息錢將畫裱框，放在會場他倆婚紗照旁。

　　多虧趙學姊超人一等的記憶力，致詞時將二十年前共遊故宮的舊事重提了一遍，修補不少我腦海中的空白斷片——儘管青春流逝，但回憶仍是那麼一塵不染、歲月依舊靜好，等我仔細品味。

　　　　📌　　　📌　　　📌　　　📌　　　📌　　　📌　　　📌

　　「室長，你當時為什麼會對這幅『靜泉之憶』特別有感覺？」

　　「跟你當初決定把那張『釣魚哥』帶回家的理由差不多。」

　　「哦～說看看。」

　　「可是我比較想聽你說。」

　　「我在想，如果生命能夠停留在最棒的那一刻該有多好？有時候，只是一個畫面，卻可以讓我們記得很久、很深。就像那次元旦升旗的俯衝～真他媽超爽的！多希望沒有盡頭，但不可能，所以才會想按下『暫停』啊！那個時候你在想什麼？是不是也有一個畫面是你想停留的？」

　　「怎麼辦？我有選擇障礙，因為閃過的畫面不只一個耶！」

　　「靠！什麼選擇障礙，你那叫做『人生跑馬燈』啊！」

【奇人軼事見真章】　三人行必有亂入者

　　莊不全那老小子是彰化人，大概是久仰盛名吧！常常放假就要我們幾個住台北的室友陪他去光華商場朝聖，要嘛給電腦升級、要嘛跟其他玩家交易PC game，不過最主要的目的還是去「補貨」。

　　「補貨？」施耀慶心領神會的露出笑意，我亦同一時間的微微頷首。

　　誰不知道光華商場根本是台北男人的後宮？在那個歲月靜好的純情年代，舉凡：A片、A漫、A寫真、A卡通、A小說、A月曆……，只要在前面可以被冠上「A」的名詞，這邊統統找得到，無怪乎莊不全趨之若鶩，屢屢從中壢發動北伐──「我來、我見、我征服！」操他奶奶個熊。

　　而多次北伐的結果根本勞民傷財，令獅仔尾、茲巴威和我大喊吃不消。

　　頭一次茲巴威載他去漫畫街，就重慶北路圓環那邊，車子明明停在殘障車位旁，出來卻發現被人莫名挪到殘障車格裡被拖吊了。後來輪到我落難，當時莊不全都已經自己騎車上來了，還要我陪他去光華買啥DRAM和燒錄機，回程牽車時看到騎樓的招牌垮下來、不偏不倚地把我摩托車的後照鏡砸個稀巴爛，而他的車緊鄰在旁卻毫髮無傷。又有一次，獅仔尾用新車載他去光華商場買PS的震動搖桿，車子沒被拖吊、沒被砸、也沒吃紅單，因為──**被偷了！**過了快兩個禮拜才在外雙溪找回來，兩個輪子還不翼而飛。

　　還有還有……他這人只要開始走楣運，就會自我反省、想辦法檢討改進……

　　「等等！運氣不佳還能夠反省改進？」

　　「我不說你不知道，不過說了你也不相信，你聽好了……」

　　當莊不全對你好的時候，你得小心……因爲他老兄正在幫自己補運、補財庫，跟「吸星大法」一樣，把你的運氣吸光光！有一次他主動拿學長的筆記給我抄，還分我半根熱油條，說是提前幫我慶祝十九歲生日，當時覺得他還滿上道的，殊不知……

　　「怎麼啦？」

　　「……」

　　「你幹嘛？賣關子也用不著停頓那麼久吧？」

　　「往事且莫再提、莫再講，就說近一點的好了；上禮拜不是幫你代班送披薩嗎？回程順路載他去內壢火車站，我一路上還特別小心，他人平安下車時請我吃了一片黃箭，當時還暗自慶幸平安下莊，沒想到卻在離店不到50公尺等鐵路平交道時，他媽的遇到恍神的糊塗司機暴衝，幸虧機警閃得快，不料輾過水坑把路過的歐巴桑濺了一身髒水，道歉之餘，一整天的辛苦錢也賠光了，我能怪誰？

　　還有一事不得不提，由於大一上種下的禍根，期中考前還不知死活地和新生跑去看電影，人家高分過關，我卻慘不忍睹，好在後來期末考力挽狂瀾，勉強「活當」而得以修習大二的工程數學，因此在升大三的那年暑假，還得跟家裡頭找藉口返校重修微積分。在懷恩102

的暑修課堂上，外頭走廊一陣熟悉的怪聲響起，咖搭咖搭……我暗叫不妙，踏進教室後門的不是莊不全還有誰？

　　當時施耀慶找我一起學開車（就是用這個理由糊弄老爸老媽的），那個莊不全也興沖沖地跑來報名。每天清晨六點到七點，在太子駕訓班的車場裡，除了費心記熟教練傳授的口訣，並留意各處記號外，還得不時提防莊不全隨興所至的三段直線加速追撞、無預警的上坡起步S形滑落……等等，簡直開足了眼界，對於日後應付馬路三寶可說是得心應手。

　　該來的逃不掉，考照前一天教練要我們三個同車見習，「死要錢」開沒事、我開也沒事，就他娘的莊不全開會出事——在倒車入庫時一個蝦子噴射，不但撞凹了安全桿，連被當作「右打一圈半起始點」的小樹都攔腰折斷，才剛丟下我們跑去摸魚吃早餐的教練聞聲趕來，看到的當下飆罵了不少國、台、客、英四語夾雜的粗口。

　　經告知，依車場布告欄的行情「前、後安全桿：新臺幣3,000元」，這足以使人悶悶不樂但還不至於愁眉苦臉，但問題是，那棵小樹叫做南洋鐵杉，是駕訓班老闆遠從海外弄來的稀有品種，在當時一株要價起碼30萬起跳，就算莊不全再中一次發票頭獎也不夠賠，何況他早花了個精光，而督導不周的何教練勢必難辭其咎，更聽說老闆有認識北聯幫的兄弟，所以——師徒四人面面相覷。

　　好在老闆人在國外，下禮拜才會回來，畢竟虎毒不食子，教練立刻要我們到維修場拿家私，由殘障人士把

風，他處理教練場的監視器畫面，我和「死要錢」則鋸樹、搬樹搞了個滿頭大汗，連早8的暑修都翹掉了（還好沒點名），最後載著身價起碼15萬的半截南洋鐵杉，師徒四人**以道路駕駛見習之名，行南崁溪畔棄屍之實。**

只是老闆回國後勢必問罪，但事到如今，也只能走一步算一步；所幸上天有好生之德，過沒幾天颱風過境，教練場的樹倒了不少，因此災損清單中多一株、少一株問題不大，剛好蒙混過關。

不過安全桿的賠款卻無論如何難以善了。「死要錢」由於事發時位在副駕沒踩煞車，被要求負起一半的責任；而我則是先前實驗課打破回流管，當時積欠莊不全的銀兩還差1,500元，幸虧小法克指引一條明路，找我去當時正籌備開幕的家樂福做通宵清潔工，一連三晚、苦不堪言，才總算度過這個劫難。

若干年後，我在某顧問公司辦的工程研討會裡遇到了施耀慶，會後在居酒屋小酌兩杯又聊到了莊不全，這廝真是罄竹難書，害我們話匣子一開就停不了……

「死要錢，我們剛聊那麼多，你不覺得很嘔嗎？」

「靠～當然嘔啊！好不容易快忘記了，你還讓我想起來。最嘔的是，後來我們不是一起拚研究所嗎？記得那個時候K書K到快厭世才勉強摸得上邊；而他，筆記全看我們的，結果居然讓他備到國立大學，考運都被他吸光啦！」

「可不是嗎？」

おわり

316之8
～拉瑪控

拉瑪控格言──

人生跟實驗課沒兩樣,只有try and error
才是真理,其他全是屁!要嘛紅到發紫、
要嘛失敗放棄,還都得趁早,人一過四十
歲就沒用了。

我坐在不倒翁牛排館裡看著menu怔怔出神。

上頭的「牛雞雙拼190元」提醒著我現在是2018年，二十年前的價格大約只有現在的一半左右，即便如此，對當時經常阮囊羞澀的我而言，如此高CP值的美食依舊無福消受，尤其，在「那一次」之後。

如果我沒老年癡呆的話，自「那一次」後，就沒再進來過了，而上次坐在這裡看菜單的畫面此刻卻清晰到靠北⋯⋯316全寢到齊不說，連姿伶都被喇叭峰拉過來湊熱鬧，這群人在店外探頭探腦、蠢蠢欲動，七嘴八舌地搶著要當我的堅強後盾——原因無他，因為我終於鼓起勇氣約了鄒郁敏一起吃午餐，打算正式告白後，把她介紹給室友們認識。

大約是在「逐鹿中原」後的一個禮拜左右吧！我決定在一字頭的最後一個生日來點不一樣的，讓自己畢生難忘，而我辦到了。

事發前三天，我在美而美思之再三後，向姿伶軍師提出心中的夢幻作戰計畫，她先是停頓了四分之一拍、笑了笑才說：「我以為你還沒死心，才有點小緊張，原來⋯⋯那好吧！其實你太小家子氣，你應該⋯⋯brabrabra⋯⋯」接著便把我剛剛說的幾乎全盤推翻，重新來過。

而此時拉瑪控碰巧來買鐵板麵外帶，就拉了張椅子坐下來旁聽，後來索性外帶改內用，以參謀長自居，加上店長老哥不時湊上幾句，三位戀愛理論大師源源不絕地為我灌頂加持，令我一時之間覺得想失敗都是難事！

我春風滿面地走回宿舍著手準備，不時揚起自得其樂的嘴角，於華燈初上時行動，依幕僚們私相授受的錦囊妙計行事——

【第一步】你必須保持你的神祕感

　　我買了新口味的三色豆花來到信望宿舍，撥通了「望116」的寢室電話，直接把文晴給請了下來；她認出了我，有點訝異，我要她稍安勿躁，接著便將計畫坦誠相告懇求她的幫忙，還問了一些情報，她覺得有趣也欣然同意配合，但不保證結果。而結果則是——一位不願具名的仰慕者A，未見其人、卻留下四杯三色豆花後飄然離去的神祕事件。此為「故布疑陣」之計也。

【第二步】你必須勾起她的好奇心

　　一連三天，這位不願具名的仰慕者A持續造訪女寢「望116」。室友甲在隔天收到三碗甜而不膩的綠豆杏仁露，但神祕人留下的紙條中沒有文晴，文晴一臉悵然若失；隔天的隔天，室友乙則收到兩份滋味清爽的潤餅捲，而神祕人的紙條中不但沒有文晴、也沒有室友甲，此二人狀甚遺憾。由於身邊的據點一一陷落，因此到了第三天，當郁敏小姑娘從女舍舍監手中接過指名給她、還得用上雙手來拿的神祕贈禮之際，內心深處的好奇想必達到頂點。此為「減灶退兵」之計也。

【第三步】你要展現自己無與倫比的誠意和魅力

　　這點頗難，但我盡力而為。那一晚，姓名筆劃甚多的鄒郁敏同學收到了11朵白色山茶花、一封文情並茂卻署名「知名不具」的情書（我字跡力求工整、撕掉重寫了不下11遍），以及一份熱騰騰的宵夜——沒有香菜攪局的筒仔米糕。我想，這幾件東西應該足以表達我既真誠又澎湃的情感了吧？總之，我在信末約她明天，也就是我十九歲生日當天

在不倒翁牛排館共進午餐。

　　由於姿伶認為女方有可能攜伴同行，因此建議我從室友中挑個兩、三位，在店外待命備而不用，務求人數對等；人選上，我像是要決定季後賽名單的總教練而沉吟未決，首席智囊隨即發揮她的價值，幫我決定了勝利方程式：「白面書生最合適，不過他可能沒興趣，浮誇的絕對不能帶，還有『法克法克』也不恰當，依我看，貴精不貴多，就吉他王子和另一個失戀的就好，頂多再加上喜歡瞎掰的那個。」

　　果然，新生表示只想看熱鬧，如果要親自上陣則沒意願，於是土撥鼠、獅仔尾和茲巴威雀屏中選，而如此盛大莊嚴的事情當然得由壽星請客買單才行！未料消息走漏，最後居然一票人集體在不倒翁外邊的牛棚熱身待命，馬的連莊不全都來了，天～我有不好的預感！但如今已是箭在弦上不得不發，還是得鼓足勇氣登板，便依信上所言，前往指定地點等候我心裡獨一無二的小姑娘──「Tues」。

　　那一天，很巧合的又是禮拜二。藉著教務處打工之便，得知她在篤信201上國文課，而我提早了將近一個小時。

　　如果說，在她走到我面前的等待是甜美的，那麼我不介意讓甜美的滋味更久一些；回想與她初識至今，這七個多月來的互動情形，我認為自己是有機會的，因此心裡滿懷著信心與希望。

　　隨著時間的逼近，才發覺呼吸竟也漸漸加快、加重……心跳聲與電學大樓穿堂牆上的滴答聲串聯又並聯，消磨著我那極有可能是莫須有的信心；而當二一鐘響過後，別說信心，連希望也被啃噬得所剩無幾，只餘下最後一絲維繫著地

心引力對我的宰制。

　　——「同學，不好意思，讓你久等了。」一聲悅耳的嗓音讓我重回地面，在我面前的是文晴，以及……沒有了～旁邊沒人，來的只有文晴。

　　文晴有些吞吞吐吐地說：「呃～抱歉！郁敏要我跟你說她今天不會來，要你別等了，她還說……她不喜歡這樣子。」傳完話後，文晴朝我聳聳肩，又說：「別問我原因，我說過不保證結果的……」

　　「可以給我一些合理的推測嗎？」

　　「女人心海底針，我覺得你直接找她問清楚吧！」

　　但我的勇氣已經消耗殆盡（不僅如此，而且超量預支），有些心不在焉地跟文晴說了些自己事後根本想不起來的場面話，然後呢？

　　然後……沒有然後了。

　　等回過神來，竟然已經往回朝不倒翁走了好一段路，天～牛排還吃嗎？我去不倒翁幹嘛？鬼才知道我想幹嘛！此時聽到室友們隔著馬路不知在叫啥嚷啥……我定了定神，只得對他們強顏歡笑：「靠夭喔～我們316被放鳥又不是第一次了，惦惦啦！」接著像是為了驅趕壓在胸口的那股鬱悶與窒痛，我吸了口氣喊出聲來：「本寢的優良傳統要維持住啊！我現在突然不想吃牛排了～～走啦！交誼廳的鮪魚厚片超讚的，今天發薪水，我請客。」

　　交誼廳的鮪魚厚片確實美味，我只記得往後好幾年只要想起那黯然銷魂的滋味，世界便為之寂靜，而淚水就會緩緩從眼角滑落……那該死的鮪魚厚片，真靠北好吃、靠北難忘～

「到底還是漲價了啊……」終於在相隔20年後坐在相同位置的我，點了當年未及享用的餐點，難免滴咕了幾句～（雖說以現今來說仍是物超所值就是了）

冒著熱氣的鐵板終於端上桌放在我面前，既然追尋佳人倩影已是枉然，就專心享受美食吧！嗯～八分熟，這樣的熟度堪稱經典，適合此刻的我。

──「哥嚼的不只是牛排，而是回憶。」

手機再次響起，還是薏珊。她說data都已經好了等我驗收，還「嘿嘿」兩聲給我語帶威脅：「大助，你再這樣扔下我自己開小差，不怕我跟我老闆告狀？」俺當然不怕，不過還是告訴她我人在附近，這就回去。

我好整以暇地將最後兩口鐵板麵扒完，買完單後還補了一次飲料，冰涼的橘子汽水令人暑氣全消，離開時，站在不倒翁的門口回望，擱淺多時的難解習題再次浮上心頭：「要是……她來了，又會怎樣呢？」留在平行宇宙的另一個自己給出了肯定的答案：「那絕對讓你二十年後想起來都會笑啊！」

一進研究室，大妹子就咕噥了一句：「終於捨得回來啦？」我朝她點點頭、又指了指自己的嘴角說聲：「胡椒鹽。」她連忙伸手去擦，發現自己被耍後，看著我笑納她的白眼。

模擬已全部跑完，數據和圖確實收得相當完整，薏珊還做了索引表，節省我後續批閱學生報告的時間，我由衷地給

予誇獎，還問她開學後要不要過來當助教，也可順便賺生活費？原以爲她會一口答應，但沒想到我又見識到「女人心海底針」這句至理名言。

　　我忙問爲什麼，她酷酷地笑笑，不說話，我也沒輒；兩年後，她碩班畢業，我也因課綱整併而被迫重回業界，只比她晚三天離開T大；當時差不多也是七月底的這個時候吧！大妹子到準備室凹我最後一罐飲料（我也剛好留著最後一罐沒讓她失望），我問她這兩年幹嘛不當小助幫我，非要在外面兼五個家教累死自己？

　　「這樣你才會知道我是『眞的』幫你，何況……聽一些當過小助的人說，你好像滿獨裁的。」

　　「我獨裁？」

　　薏珊先是「嗯哼」一聲當著我的面點點頭，又加了句：「不過有時還不賴啦！」

　　我們兩人邊收拾、邊準備閃人，畢竟早上聽學弟們說這幾天都下午後雷陣雨，我心知中壢這邊的天氣一日數變，很有機會在一天之中見識到除了下雪和龍捲風以外的所有氣象景觀；以雨爲例，有時可以是令人捨不得撐傘的綿綿雨絲，像情人般地貼著臉對你呢喃，但也許一頓飯還沒吃完，就卯起來傾盆而下，跟瘋婆子狂奔九條街追砍負心漢沒兩樣。

　　上洗手間時，家昌學弟也剛好跟進，隔著一個小便斗跟我客套了幾句後問道：「大學長，最近忙嗎？」

　　「忙啊。」我的手抖了抖，卻回答得很乾脆。

　　「……呃～我是想說……能不能請你……」

　　（我等他說下去，已經做了輸掉這次賭注的心理準備）

　　只見他將白努力定律活學活用，刻意放慢了尿速，像是

在思索著什麼，我看要不是基於衛生，他大概還會想伸手搔搔頭吧～

　　濕、搓、沖、捧、擦……我慢條斯理地邊洗手邊等著，未料沒下文，只見他訕訕一笑，默默地繼續灌溉。不知為何，我似乎瞭解他的思緒，於是暗嘆一聲，對他說：「女人心海底針，理論上，她們敏銳的洞察力絕對比男生高出一截，所以過多的拐彎抹角和試探都是徒勞無功，與其讓自己的笨拙藏頭露尾，不如清楚坦誠的一兩句話，那比什麼都強！你參考看看吧。我跟黃同學差不多再五分鐘離開。」

　　這回輪到他抖了好幾抖，驚訝地看著我，過半晌才如釋重負地笑出嘴形來：「大學長～謝啦！這麼挺學弟，為我指點迷津……」

　　看著他掬了滿手冷水，朝自個兒面頰猛拍……接著一個果決地轉身、快步走出，迎向他生命中的那塊牛排。上啊～學弟！學長幫你也只能幫到這裡，剩下的得靠你自己了。

　　我刻意在中庭欣賞論文海報比賽的作品，逗留了約莫十多分鐘才走進儀器分析室。只見蕙珊剛收住了笑聲，神色儘可能如常卻又有點粗紅、作勢地把問號丟了過來，我也裝模作樣地把手一攤：「沒辦法，人到中年就是這樣，腸胃老是鬧脾氣。」

　　瞥見家昌學弟在她身後藏不住地一臉笑意，我不由自主地笑了，而大妹子也跟著笑。雖然我們三人笑的原因不盡相同，但快樂的心情並無二致。

　　「你跟家昌說什麼？」車門一關，蕙珊馬上就問了。

　　「家昌跟你說什麼？」如同往常每次實驗結束後與學生們的問答攻防，以題答題乃本人強項是也。

「大助～現在是怎樣？又到了QA time啦？我先問的耶～～」大妹子很刻意地貌似語帶嬌羞，令我不禁想起之前這傢伙跟我抬槓時的種種趣事（讓她贏一次也罷）。

「他說他的人生遇到了瓶頸，要我這個賢拜指點一條明路，我說人不痴狂枉少年，不如勇往直前。」我向來實話實說，right？

「我看不只吧～你剛剛幹嘛笑得那麼開心？」

「因為等下有人要請我吃一心蔥油餅啦！你還沒回答我的問題。」

「夠囉～都請你吃下午茶了，別得了便宜還賣乖～～」大妹子刻意撥了撥玉米鬚，企圖遮掩她逐漸紅潤的側臉。

「也對啦～畢竟我不像某人以後『常常』有機會吃到一心，確實該好好珍惜、知所進退才是。」

「……」

看來，身邊這根玉米好像被我煮熟了。我覺得。

❦　　❦　　❦　　❦　　❦　　❦　　❦

我們是下午兩點多離開的，但人算不如天算，回程的中山高發生交通事故，加上雨勢不小，最低速限60公里的國道此時堪比被過多膽固醇堵塞的腦血管，才剛上交流道沒多久，便深陷其間動彈不得，讓我得以很幸運地騰出雙手，一心一意品嚐久違的燙、香、酥三重享受，啊～記憶中的口感從不曾走味，只因她的保存期限是「無限」。

蕙珊精神正好，任憑雨刷在擋風玻璃上來來回回始終無法將她催眠，閒著也是閒著，便將今天有關小法克和土撥鼠的回憶跟她說了（還加油添醋哩），原本擔心講不完，沒想

到一個小時過去，故事都說完了雨還在下，而車子才剛到林口附近而已。藉著地勢遠眺，只見車車相連到天邊，再這麼耽擱下去，難保不會碰上尖峰時刻更要命的車潮，我當機立斷，方向燈一打，切下交流道。

　　她在副駕上突然露出頑皮的神情，故意指著窗外偌大的摩鐵看板、用很害怕的口吻說：「這位叔叔……你要把我載到哪裡去？」這句話觸發了我另一段記憶，自己都覺得好笑，而她自己也跟著笑場：「你笑什麼？」我搖搖頭不答腔，等經過長庚門口後，車頭向右一轉，指著前面的黃金拱門說：「休息一下吧！我有大薯買一送一的甜心卡。」

　　大妹子點點頭不說話（又再裝酷），等我停好車才出聲：「謝啦！大助，你怎麼知道我想上洗手間？」我愣了一下，這才醒悟過來，原來本人誤打誤撞地「又」當了一回體貼的紳士。

　　於是，當兩杯可樂和一堆熱騰騰的薯條堆在面前時，像我這種美食當前腦波就弱的中年大叔，被她又追問了一次後，心想都說那麼多了，索性將那段「想當年」的青春底事全數清倉。

　　這就不得不提拉瑪控了。

　　記不記得和土撥鼠一起敲門進來的另一位？就是要我們幫他隨便留個床位的那個？他就是拉瑪控。

　　其實他也沒得選啦！當晚他一進316，就注定了他和瓦歷古‧尤幹長達一年「相看兩不厭，唯有法克尤」的孽緣；瞧他戴著耳機、額頭上掛著風鏡，一副吊兒郎當，好像對什麼

事都不在乎的屌樣，對他的第一眼印象不是太好，有點想給他「ㄇㄠ」下去！我就直說了。

後來有一次在「中原至尊」打麻將閒聊時，才知道以貌取人的不只我一人，幾位室友都有同感；獅仔尾說：「如果哪天有人來我們學校一哭二鬧三上吊，他八成脫不了關係。」拉瑪控為自己喊冤，說這種以偏概全的心態很可議，喇叭峰則說出了大家共同的心聲：「賣聽伊喇叭，這款人直接蓋布袋啦！」

茲巴威更妙，居然表揚他是「史上最稱職的護花使者」，因為不管歹徒是什麼來路或有什麼訴求，看到他就只會想針對他，而身旁佳人便可倖免於難。

本寢的最後一位住客果然是壓軸之作，瞧他那一身白T恤搭配牛仔褲、拎著皮外套的造型，以及187公分媲美流川楓的身高，根本是從時裝雜誌走出來的idol，不得不說這一位真的很帥（天～我真不想承認）；尤其是他聽著旁人長篇大論、眉間微蹙的不耐煩神情，像極了日本影星吉田榮作，然而他在BBS的暱稱卻是「柏原匆匆的蟲蟲」。

這位「柏原蟲」本名江貴生（英文話劇時投影片上的字幕顯示Johnson），當晚和之後無數個夜晚一樣，回來時他身上的香水味、草莓印、抓痕……均指證歷歷，在在透露此人剛從「犯罪現場」脫身的可疑氣味，即便是當時仍為騎兵團正、副司令的獅仔尾和土撥鼠都難以忽視，更不用說我們這票光棍步兵嘴裡的那顆葡萄有多酸了。

而各式各樣酸言酸語的洗禮則堪比按摩SPA，被他當做是上天恩賜的喝采，有時嫌不夠酸，還主動幫忙加料，好讓我們集火射擊——

「說我遊戲人間不專情？不是我愛說你，獅仔尾，像你這樣把馬子當個寶，成天捧在手掌心，被她呼之即來、揮之即去，她根本不把你當一回事好不好？依我看，你們遲早會『ㄅㄟˋ』～～」

「聽你一天到晚在那邊喇叭喇叭，你知道那是什麼感覺嗎？我告訴你，就打個冷顫而已啦！不信喔？所以我說你才喇叭咧～～」

諸如此類，能夠跟他唇槍舌劍的，大概也只有茲巴威了。

這老小子自有一套似是而非的「達爾文理論」，聽了包準你想揍人，不信喔？聽聽——

……本來嘛～我就說廣播電台裡跟陶子嗆聲的那個才真的有掌握到事情的精髓，生命的意義就在於「繁衍」啊！優勢物種之所以強盛，就是因為它擁有支配權，支配什麼呢？答案就是繁殖下一代的權力，所以說囉……男人類要力爭上游成為人上人，還真的就要一直上、一直上不同的女人類，確保自己的基因不會遭到滅絕的威脅，要想成為之中的佼佼者，就必定要認知這一點的同時痛下苦功，這樣才符合自然界對「生物多樣性」的需求，依我看，你們把男女交往這件事都想得太淺了……

火大了對吧？聽著聽著媽的拳頭都硬了。

俗話說「狡兔有三窟」，這傢伙的的確確是不折不扣的狡猾兔子，據我所知，他雖在咱316安營紮寨，但外面應該還有一、兩處「砲房」（按小法克有次無意間撞見後的不客氣

說法），加上身高超過180的先天殘缺，連莊不全的X寢都被他睡了，算是他半個室友。

沒多久莊不全便露了口風，原來這位高個兒「肢障」會來住力行，就是因為他和一位清雲妹在某間「行宮」兩情相悅時，被當時一位自認為是正宮娘娘的女伴查獲，兩女爭風吃醋耗時甚久，以至於行程控管上出了紕漏，因此當第三、第四位正宮娘娘相繼出現時，場面失控的當下逃來力行避禍。

誰知他死性不改，裝乖了兩個禮拜後又開始不安於室；有一晚，快凌晨還不見那傢伙蹤影，寢室才剛熄燈門就被人連敲好幾下，土撥鼠開了門後，只見莊不全抱著椰棕床墊進來說要打地鋪借宿一宿，大夥兒不禁納悶，趕忙追問原因。

只見他神神祕祕地露出那種招牌猥褻表情說：「呃……他在我門把上掛黃雨傘耶～之前就約定過……基本上，那代表裡頭現在活色生香，有人正在……嗯～四肢交纏攪那個……就那種『拉瑪控』啊……我這樣講還不夠明白嗎？」說完還賊忒兮兮發出「呵～呵～」的噁心笑聲，從此這位家住台中的西屯種馬便有了全新的綽號。

當然不夠，眾人要知道更多的**細節**；於是，除了行動不便的人和品行端正的新生外，其餘好事之徒秉持求知若渴的態度，暗夜突襲不肖業者的預拌混凝程序現場欲直擊非法行為；在走廊樓梯潛行之際，茲巴威和喇叭峰不約而同地唱起──

夜色茫茫……星月無光……只有砲聲四野迴盪……

「恬恬啦！老許還沒睡，你要他來晚點名是不是？」
「那要改唱我愛中華啦！我們可以在旁邊幫忙發音。」

「拉瑪控舉手答『有』的時候，小弟弟搞不好還可以立正站好、精神答數喔！」

我發覺室友們的嘴巴其實都滿毒舌的，不像本人心地善良且純正，只默默地關注田野調查的進度而專心趕路。

（挺進在漆黑的原野上）

這場別開生面的午夜seminar效益不如預期，在距離X寢一個砲聲的距離，靈敏的嗅覺就告訴我已經到了「事後菸的檢討階段」，眾人蹲在門外只聽到——

「……痛是還好……可是……好深喔……」

「……感覺很怪……被人聽到……」

「（一陣愉悅的輕笑）……你變態喔……」

「……對啦對啦……呵～等下載我回楊梅哦……」

女主角的幾句台詞就是這場黑暗Live秀的全部，而男主角全程默不吭聲；可惡！慢了一步，友軍若不是提早繳械，就是失職的莊不全自己先看到「啊嘶啊嘶」的階段後才上來通報安全士官。

眾人又等了一陣，裡頭再沒任何動靜。看來，友軍要嘛為稍晚轉移陣地而保留實力、要嘛再起不能，如今也只好鳴金收兵回寢室睡覺；也罷～反正春夢了無痕，年輕人想像力都很豐富，自己腦補一下劇情不是難事，就那麼回事。

諸如此類的花叢韻事三不五時就來那麼一下，316寢淪為他用來躲避大量愛慕者的棲息地之一，身為寢室長的我，在不告密揭發、出賣袍澤的前提下，就必須換位思考、逆向操作，反過來利用這位金牌男公關謀求全寢福祉，相信突破口琴魔咒指日可待。

因此，「寢聯」的重責大任由他出面接洽是在合理不過的了，而他也自信滿滿；但說也奇怪，儘管他自己的私人行

程無往不利，但只要是以「力行宿舍316」爲名的寢室聯誼，無論是校內、校外，方圓五十公里之內的各公私立大專院校，包含四中、萬能、清雲、元智、長庚、健行、南亞、銘傳……能試的全試了，卻無一豁免、全數槓龜。

　　倒不是拉瑪控辦事不力，而是每次都會有莫名奇妙的事情來攪局（信不信由你，最扯的一次還因爲前往集合點的途中下起冰雹不得不喊停），以至於聯誼雙方的約定無疾而終；升大二後各分東西，但大家一償宿願的念頭卻無時或忘，畢業前林林總總、夯不啷噹加起來幾連敗您猜猜？不蓋你，一共37次，要是加上我爲了牽制莊不全而自願留宿X寢徹夜陪他玩PS的兩次，喵的咧～單以機率而論，腐敗的滿清都快被推翻四次了。

　　這對拉瑪控而言無疑是沉重的打擊，顯然他奇特的基因理論在「口琴魔咒」的作祟下一把輸個精光，每念及此，總讓我在失望之餘獲得一絲反高潮的快慰與救贖。

　　「我Johnson縱橫情場二十年，從沒遇過這種鳥事——上上次被國立的攔胡就算了，上次女方說有人被花盆砸到頭要改期，這『ㄊㄨㄚ』更扯，都已經要出門了，老許的貓居然死在寢室門口，要我們配合調查，看！會不會太離譜……」

　　對此，拉瑪控始終耿耿於懷，而在無奈之餘，也只能化悲憤爲食量，把新生從家中帶來的諸多保健食品當成壯陽藥，一古腦兒地加倍服用，以積極正面的實質作爲，迎接命運下一次的嘲弄。

248 /

室友中，拉瑪控算是跟我交集比較少的一位，這或許跟床位與我相距最遠有關，抑或是他那「生物學中所有雄性都是競爭者」的調調跟我不對盤；有印象的記憶點只有兩個：中壢大舞場以及信望宿舍。

先說前者。

大一上的聖誕節，當年民風純樸的CYCU不像人家輔大、淡大舉辦一票難求的舞會，而本寢在獲知夜企的妹子被學長們約去好樂迪決定捨棄我們後，正當大夥兒準備玩通宵拱豬發洩苦悶之際，前任寢室長阿甘熟門熟路地拎著八塊雞排、一罐冰雪碧來「探監」，看來他完全掌握本寢目前遭遇的困境，還意有所指地對我說：「酒肉穿腸過，佛祖心中留。人命由天不由人，學弟啊～我看你頗有慧根，彌勒三寶度一切苦厄亦度有緣人，有空來道場坐坐啊！」我一揚手中雞排，表示自己根基尚淺、來日方長，好意留待他日再來領受。

送阿甘學長出力行後，正待轉身，卻看到拉瑪控對我喊聲，並揮手示意要我先跳上他的機車後座再說，我屁股還沒坐穩，他那台紅白相間的追風已疾如箭矢般地射了出去。

車快到中壢市區時，我總算弄明白了。原來這位大情聖參加了學校的國標舞社，社團指導者可是這個行當裡名氣與實力兼具的大師級人物——蔡輝煌是也，而他旗下的舞團每年聖誕節前都會開趴，今年辦在中壢大舞場，對於認識異性可是千載難逢的良機，But……

「Why me？」我當然不解，而且心裡隱隱還有點彆扭……畢竟心裡已經有了那位綁著兩條短辮的嬌小倩影，寢聯也就罷了，但現在……

　　拉瑪控像是洞悉了我的想法，立刻「嘖」地一聲，批判我不成熟的思想：「想太多。人家鄒同學說不定現在也跟男生跳舞狂歡ing，有時候機關算盡兩頭空，即興一點反而容易成功……我剛是不是有押韻？」

　　他透過後照鏡看我點了個頭，又接著說：「其實我打算找今晚第一個碰面的室友一起去，剛好遇到你，就決定是你了！」

　　我一來覺得好笑、二來覺得新鮮，就這麼去了。當晚的一切只覺得轟轟轟轟地浮光掠影而過，而自國小畢業後，生平和異性的第一次牽手就這麼糊里糊塗地交了出去，給了一位姓甚名誰不知道、事後也想不起長相的女孩。坦白說，當下有點暗爽，但事後卻頗為失落；拉瑪控則語重心長地向我祝賀，恭喜我朝食物鏈的頂端又爬了一層，並表示失落是正常的，填補失落的唯一處方則是儘可能地去無視它、麻痺它，而我則覺得自己開始被他帶壞了。

　　再來說說女生宿舍吧！

　　放眼偉哉中原，我邱某人是極少數、極少數有機會堂而皇之入住信望樓睡上一宿的人。話說大一上考完期末，幾位室友像是候鳥過冬一樣，急匆匆地返家過節，我由於微積分實在有點危機，想在學校等成績，必要時看有沒有機會提前攔截成績單；此外，也跟小法克說好一起等社團寒訓，準備入山向世外高人修習上乘武學心法。

　　拉瑪控則神祕兮兮地跟我們耗在316不知所謂何事。小法克一度懷疑他是不是想利用寢室「辦事」，但當事人表示他做人有基本的道義，力行316是道德的最後底線，並保證絕對、絕對不會玷汙我們的聖堂，請室友們放一百二十個心。

聽他言之鑿鑿，總之我是信了。

微積分成績一公布，新生和拉瑪控毫無懸念，喇叭峰和小法克則是另一種形式的毫無懸念，其他人則在活當和死當的夾縫中徘徊；我透過教務處工讀之便（數學系的助教和我也有點交情），得以成功找到教授並與其面對面懇談20分鐘，由於本人先天上人畜無害的友善眼神，加上後天栽培的氣勢（差點使出「猛虎落地勢」），最後下學期得以續命一次。

我懷抱感謝造物主的慈悲之心走出理學大樓時，已是晚餐時間，剛巧碰上拉瑪控迎面走來，說要去後門的「黑洲」採買東西。

「黑洲？那間雜貨店改名了嗎？」

「我改的。誰叫它又讓我買到過期的餅乾。」說完兩人會心一笑。

「那你還去？」我有點好奇，畢竟此人不能以常理度之，新生帶回來的保健食品有一半幾乎是他一個人嗑掉的，前輩子搞不好還是神農大帝轉世啲！

「算啦～跟你說也沒關係。信望宿舍寒假期間出借外賓做選手村，我朋友是網球種子選手，找我今晚過去串門子，要不要一起來？機會難得喔！」我想了一想，便決定去一探究竟。看來，我是真的被他帶壞了。

號稱全年無休的黑洲今晚居然破天荒地沒開，串門子又怎好意思雙手空空兩串蕉？便去旁邊的華華包了好大一份黑白切，走到信望樓門外時他朝我伸出了手，由於剛好沒有1元銅板又捨不得給他5元，因此便將皮夾裡的電話卡交給他。

只見他一邊按鍵、一邊嘀咕著：「原來喔～你們在女生宿舍外頭打電話進去就是這種感覺，滿新奇的耶～」害我不

由自主地動了殺心，要不是剛才答應微積分之神往後必定與人為善、初一十五吃齋還願，早就……

　　過不多時，一位身材黝黑勻稱、在電話裡被他叫做阿榮的傢伙將我們領了進去，由於阿榮住「信209」，因此一行三人直上二樓參觀了一下寢室；房間比力行略小，有六個床位（咦～我一直以為只住四個，看來鄒郁敏她們沒住滿）。

　　拉瑪控「欸」了一聲，把我們的目光引了過去，只見他從書架上拿起一支長約40公分、頗具厚度卻無刻度的半透明塑膠尺，問說：「這啥鬼？」

　　由於昨晚窩在力行小木屋看了四分之三的「第七感抓財神」，這時不假思索地說：「看來這位寢室長位高權重，違反住宿規定者會被打腳底板。」

　　「同學你想像力也太豐富了吧？那這本電話簿又怎麼說，該不會是要拿來墊胸口再拿榔頭敲？」阿榮兄居然吐我槽。

　　拉瑪控則提出了全新見解：「不對喔……這邊還有三支，該不會～這群女生在寢室打麻將吧？真帶種。」雖始終不知真相為何，但年輕人倒是頗能接受各種天馬行空的論點。

　　在眾人瞎扯淡的同時，肚子也開始抗議了，於是三人在寢室外的交誼廳坐定，拉瑪控從提袋裡拿出一口熟悉的鍋子和一些瓶瓶罐罐（當然是跟獅仔尾「借」來的），而我則下到一樓找飲水機裝水。

　　繞了一下才找到目標，注水時瞄到旁邊的寢室門牌是「望104」，登時心念一動，便忍不住向前多走幾步，再拐了個彎；我在「望116」的門前佇立，想像郁敏小姑娘此時此刻對我打招呼、淺淺笑著的畫面，我承認這樣有點病態，但不

知爲何心裡頭卻覺得有些甜甜的，打算過幾天寒訓時，把今天的「奇遇」跟她分享，如果有機會的話。

上樓回到交誼廳，只見黑白切已經倒滿兩大盤，阿榮又加碼貢獻了一包五木拉麵和龍鳳四大天王，當透明的鍋蓋掀起，咕嚕咕嚕的誘惑美聲頻頻冒出聲響之際，三人便迫不及待地開吃。

好個阿榮，居然還準備了一手啤酒，此時不喝更待何時？在這寒冷的冬夜，居然能夠在女生宿舍喝酒、吃火鍋，三個大男生風花雪月地聊著，好不快活！而血氣方剛的年輕人，幾杯黃湯下肚，能聊的話題也就相當有限。

果然，拉瑪控果然聊到了姿伶。我仗著酒意，試探性地問這位平時不是太熟的室友，爲何那麼快就放棄美而美的大美女？

「……照理講，像你這樣的大情聖，不是應該把她被列爲非到手不可的頭號目標嗎？」

「嘿嘿……眞正的情聖是不會有所謂『頭號目標』的，OK？好啦，認眞回你，姿伶確實是天生尤物沒錯，但她是那種一旦愛上就會犧牲一切成全另一半的女人；她也知道這一點，所以不會輕易把自己給出去。對我來說，這樣的感情太濃烈、讓人窒息……我也給不起，別看我這樣，其實我還滿樂於當個小男人的……聽不懂對不對？唉～講了也是白講……」

談笑間，滿桌已是杯盤狼藉，東西全被稀哩呼嚕地吃個盤底朝天，但也只夠三位爺兒們堪堪半飽而已。

「歹勢啦～沒有算到你的量。」阿榮看著我聳了聳肩膀，表示無奈。

如今也只剩啤酒了，但青年才俊們的發育不能等啊～

怎麼辦？拉瑪控環顧四周，突然站起身來走到交誼廳的冰箱前，端詳起它貼在身上的標語「偷吃會肥死」。

他先確認了我們尾隨其後的熱切眼神，隨即鬆開了冰箱女士的前襟——空的；而在還來不及失望之際，又先一步扯下冷凍庫小姐的束縛——一包卡好大水餃應聲滾落，身為網壇種子的阿榮選手一個下腰、便將這記差點成為「愛司」的扣殺，在落地前反手救起。

「……唔～保存期限是在去年6月耶！」阿榮有點擔心。

「機車咧～沒想到學姊的贈禮居然是人性的考驗。」

「可是，丟掉的話似乎卻之不恭……」

三人的理智和節節上升的飢火做劇烈鬥爭，或許是酒精作祟、也或許是想梭哈豪賭的感官刺激，拉瑪控將過期近八個月的冷凍水餃一把搶過，撲通撲通地全部All-in入鍋，飄著辣油和香菜的湯面登時咕嘟嘟地冒出一陣浮沫，沒多久，引人遐想的肉香撲鼻而來……

然而，煮熟是一回事，吃下肚又是另一回事，拉瑪控看我夾著水餃一副欲迎還拒的孬樣，罵了聲：「看！不是聽說你在小而大和喇叭峰PK多勇多豪洨，妹仔不在旁邊你就龜起來了～怕三小！吃死沒賠啦！」說完飛快地殲滅兩顆，我跟阿榮立即跟上。

扮豪氣的下場好壞參半，惟結果確實替生醫藥理留下不可磨滅的臨床案例——當天夜裡阿榮拉到脫肛，隔天的賽事軟手軟腳、輸得一踢糊塗，證明了只服用運功散是不夠的；拉瑪控渾然沒拉，證明了鄭媽媽的保健食品已徹底改變他身為地球人的DNA；至於我邱某人的肚皮則仿如「薛丁格的貓箱」，介於拉與不拉之間，在寢室和廁所兩端來回跑動數十回卻一事無成，證明了半吊子最可悲是顛撲不破的真理。

顯然，我已經完全被他帶壞了。

✦　　✦　　✦　　✦　　✦　　✦　　✦

　　本系的實驗課多到靠北，除了大四下網開一面以外，各種玲瑯滿目的實驗可說是打從大一就如影隨形；根據洪公丙岳的說法「畢業前要做滿一百零八個實驗」，由於這和佛教故事中的人世煩惱數目相符，當時茲巴威還建議系學會乾脆做成畢業佛珠，每顆珠子刻上實驗名稱當做等級練滿的修業證明，這樣不是很有特色嗎？兩年後我參加禪學營時，跟已經跑到中央念博班的阿甘學長提了一下，他直呼這個有創意、夠噱頭，怪自己當初怎麼沒想到？我眞是心有戚戚焉。

　　斯斯有兩種，讀理工的學生也有兩種，一種是喜歡做實驗的、另一種則是不喜歡做實驗的，我自然屬於後者；實驗前有預報、實驗後還要交結報，器材老舊不說（弄壞要賠，很坑人），一不小心搞錯步驟還得重來，做到天荒地老是家常便飯，而且只有一學分（略高於體育，有如施捨），投資報酬率可說是相當不划算。

　　但我很快就進入狀況，跟不少同學一樣，發展出一套妥善利用各種資源並加以整合的流程，來讓自己好過那麼一點點；過來人都知道，有些事只能意會不可言傳，操作得宜的話，幾乎可以在開機前就把實驗成果完成個十之六七，箇中奧妙自是不足爲外人道也。

　　照理講，跟我同組應該很快就可以收工下班才對，實則不然，因爲當組員中如果有像拉瑪控這種人的話就另當別論——這傢伙超喜歡做實驗，明明我結報都已經寫得差不多了，講更直白一點，只要把儀器打開，將我從眾多參考文獻

中精挑細選的Golden Parameter輸入，就可以收到不會偏差太多的結果。

　　但他老兄就偏要當自己是白紙一張，說什麼從零開始摸索才有樂趣，因此當別組已經開始收拾實驗器材之際，我們這組往往才做到一半，看著其他室友對我大聲說再見、嘻嘻哈哈地熱烈討論如何祭拜五臟廟時，只能很哀怨地看著拉瑪控面帶微笑地操控各項器材。

　　但一切的一切，在寒假過後的下學期全變了調，大一下遭遇的實驗講師正是上學期末有過幾面之緣的大學姊趙蕙羚，所謂人不可貌相，依先前在元旦升旗相處的經驗推測，原以為是像日劇「熱力十七歲」裡那位大喇喇的直爽大姊，但……很可惜的，並、不、是！平時看似有幾分柔美氣質的趙大學姊，一穿上實驗衣根本就換了一個人格，說是索命厲鬼也不為過。

　　這位新科講師的課程，表面上雖是承接實驗(一)的實驗(二)，但她將以往不少形同虛設的實驗室規定充分落實並徹底執行，同時更新了全部實驗的「問題與討論」，並不定期改動設備的參數設定，而「大翻修」的結果導致之前那套便宜行事的手法完全行不通；更要命的是，她把修課成績很大的比例放在實驗當天的Q&A，這樣一來，沒有認真準備的人就別肖想可以打馬虎眼、蒙混過關了。

　　透過獅仔尾不負責任的統計顯示，**「操作錯誤。扣分。報學號。」**、**「聽你在鬼扯。給我重做。」**這是她在實驗室裡最常說的兩句話，我們這屆真的被整慘了，聽土撥鼠說，趙大學姊帶的另一門課還把好幾位過來修輔系的外系生電到退選。

　　所幸，我又抽到和拉瑪控同組，而上學期被強迫矯正的

實驗態度發揮了功效，進度上雖仍是慢到每次都要留下來打掃，但卻也學到不少東西，尤其在學理印證和假設上，啟蒙了我未來投考研究所的念頭；但畢竟那是後話，而每次實驗做完當下總有股氣力放盡的空靈感。

　　或許有人覺得慶幸，「趕羚羊的實驗課」並沒有在本系代代相傳，大學姊只教了兩年就離開學校，離職原因即便當事人三緘其口，但我猜可能多少跟拉瑪控有關。

　　記得是在梅雨季的某個週末吧！由於我這組實驗重做太多次，最後大學姊乾脆挑個全體組員都沒課的禮拜六到實驗室找她報到，要我們把積欠的三個實驗「畢其功於一役」；於是，她先將安全注意事項布達完，接著盯了一陣子確保咱這群活寶不致亂來後便暫時離場，我們四位從早上八點開始，足足鏖戰到傍晚六點多才大功告成，大家累到不成人形，而自願擔任一日組長的拉瑪控則要我們先走，由他負責斷後向講師進行成果彙報。

　　我和同組的Ace、澎澎趕緊扯乎，走到半路突然覺得自己也太不夠義氣，雖說Q&A是組長的責任，但今天一口氣三連戰，留他一人獨自面對短髮魔女刁鑽的靈魂拷問似乎有失厚道，再怎麼說那傢伙好歹也是咱力行316的一員啊！要知道蕙羚學姊的鬼之meeting可是出了名的，實驗做完是一回事，但問答中若無法達成「魔女的條件」還是得待在實驗室乾耗著……莊不全和小法克就曾一度被問到懷疑人生，後者甚至還跑去買國中理化課本再三重讀。

　　心意已定，旋即向兩位同伴告辭後折返，此時陰霾霾的天空突然下起傾盆大雨，我三步併作兩步地跑向系館，隔著老遠隱約看見有道身影推開實驗室的門，像是蕙羚學姊，過不多時，裡邊的燈竟一盞盞地熄了——我下意識地站定，等

了一下卻沒看到有人出來，正待走近幾步查看，門再度被推開一條縫，一隻手伸出、將一把熟悉的大黃傘斜斜地靠在門外，又悄然將門關上。

我無意探究本日第四個實驗的具體內容，而淅瀝瀝的滂沱雨聲令我提不起高唱夜襲的雅興；總之，拉瑪控在隔年剛升大三沒多久便辦了休學，原因無人知曉，就這麼人間蒸發將近一年，直到我們大四時他才校正回歸。然後在那場唯一一次成功的聯誼中，他利用等美眉們來的空檔跟大家宣布一項沒頭沒尾的天大喜訊——**他當爸爸了！**今天是老婆大人特別恩准，出來放風陪我們。

眾人一籮筐的問題紛至沓來，他概不回應，只說：「時候到了再跟你們講。」這一等又沒消沒息，三年後，就在我碩班口試通過沒多久，才猝不及防地收到一枚遲來的紅色炸彈，本寢除人在紐奧良的新生趕不回來，只好錄製影片託我幫他遙相祝賀外，其餘全員到齊，連號稱316外圍老大的莊不全都來湊熱鬧。

謎底揭曉，即便喜帖上印的不是這個名字，但拉瑪控的太座不是別人，正是大一那年把我們整得死去活來的趙蕙羚學姊，眾人驚詫之餘，改口叫嫂子之際難免有些吞吞吐吐，而望向這對璧人的神情裡更冒出了無數問號，卻被前講師的犀利眼神與詞鋒再度震懾：「怎麼？你們現在是要跟我QA嗎？」有如此的「妻管嚴」，這個情場浪子的婚姻生活一定……嗯～很美滿，對他不由得多了幾分敬意（及憐憫），他也似心有所感地微微笑著。

「好你個性愛理論大師達爾文，這下摸魚摸到大白鯊了吧？」我心下暗笑。

散場拍照時，學姊不經意地問我：「我記得～帶你們這

屆時，你和Johnson同組沒錯吧？」

「對啊對啊。」我不疑有他。

「有次你們週末來實驗室補了一整天實驗，有沒有印象？」

「這麼慘痛的教訓想忘掉也很難吧……怎麼？」

嫂子冷不防地靠了過來，在我耳邊說：「對～那天傍晚後來下起大雷雨，我看到你去而復返，還跟Johnson在裡面賭你會不會敲門探問或在外邊鬼頭鬼腦，他跟我斬釘截鐵地 say NO，Why？」我笑而不答，反問：「結果學姊你輸了什麼？」這位貌似內田有紀的新娘，將已然留長的秀髮一撥，極力掩飾那抹不易察覺的羞赧，一語雙關地說：「還好啦！就今晚這頓飯啊！」

   📌   📌   📌   📌   📌   📌   📌

話題拉回那次有如神助的「長庚八美聯誼記」，真的——機關算盡兩頭空，即興一點反而容易成功，還真的是無心插柳柳成蔭；在這次偉大的行動中，本寢有四分之一的成員終結單身，換算成打擊率的話是差強人意的兩成五，但由於打點幾乎全集中在大學生涯的九局下半，因此彌足珍貴，對得起本寢的「地基主」了。

出發前，正當我哀莫大於心死之際，幾個床位離我比較近的室友總算還有那麼一絲天良，不枉我當年待他們不薄，喇叭峰發出正義之聲：「麥安奈啦～這樣室長太可憐了，你們要害伊怨嘆一世人逆啊？照規矩抽鎖匙啦！」聽得我虎目含淚。

而抽籤的結果令原本淚眼汪汪的人差點當場痛哭失聲

──

　　「Shit～我的鑰匙沒人抽是怎樣？」我抬頭望天，卻無語問蒼天。

　　人殘心不殘的莊不全，不知道什麼時候把他那台「南極1號」的鑰匙圈換成粉紅色Hello Kitty？心機有夠深，擾亂視聽，其心可誅！看他眉開眼笑地載走染了一頭棕髮、綁著高馬尾的Irena，活脫是他二次元女神田中美沙的3D版，馬的我看他可以瞑目了。

　　眾人歡天喜地一人一車載走一個又一個的正妹，只見力行宿舍316的寢室長搥胸頓足於天地之間，心中高漲著反社會的情懷……而最後一位女生是跟我同為主辦人的春芳，刻正翹首等待今日專屬學伴的現身，本已打算接受這個無奈的事實，就在這個moment，拉瑪控快步走過來把放在安全帽中那串孤零零的鑰匙拿在手裡，背對著春芳微一努嘴，對我說：「這個最正。個人觀點，僅供參考。」然後就擅自開走俺的老星艦，把他全新的奔騰留給我。

　　看著這位前室友的背影，一年不見，向來不按常理出牌的他竟然從良，直接跳級升格為人父，搞不好口琴魔咒就這麼被他給破了；無論如何，莎翁不是說了嗎？**結果是好的，就是好的。**

　　通往滿月圓的車程，春芳與我一路上說說笑笑、風光旖旎，目的地是何時抵達的都沒留意到；接下來，烤肉、切水果、故事接龍、講笑話、猜謎……一群大四老人跟大一新鮮人沒兩樣，玩到渾然忘我、不亦爽乎；至於怎麼Ending？還用說嗎？當然是土撥鼠的自彈自唱囉……那是一定要的啊！你嘛幫幫忙～

　　他唱了首沒人聽過的歌，是自己作詞作曲，收錄在始終

未能發行的同名專輯裡，很好聽，就叫做《Ours》；記憶久遠，旋律多已遺忘，但只要淙淙的吉他聲響起，我想我應該能接著哼下去。

回程發生一段小插曲，由於載到小波的獅仔尾率先發難（莊不全立即表態附議且立場異常堅決），因此大家決定不換車持續深化彼此友誼；可能氣氛太過歡樂，駕駛和乘客都過度專注，同時拉瑪控這台前導車也未克盡職守，後面一整串欠缺方向感的路痴們竟然陸陸續續地脫隊。

事後檢討，當天除了新生準時將女伴送回長庚宿舍外，其餘眾人均饒有默契地一一開小差續攤；這在手機功能只有通話、簡訊和貪食蛇的年代，無疑是勇氣與運氣的雙重考驗——小法克最扯，他是真的迷路，把人家載到烏來山區附近晃來轉去，不巧被臨檢的波麗士大人攔下，以為他是人蛇集團的車手被帶回派出所做筆錄，偵訊後0元交保，警車開道原路遣返；喇叭峰也不遑多讓，他老兄不小心騎上國道，幾乎尻了半圈台北盆地才下交流道，還趕在拉瑪控的前頭回到林口，據他聲稱，沿途所有砂石車司機都奉送超大的喇叭聲向他致敬。

而本人又是另一個原因，我向來車速不快，黃昏彩霞的美景加上涼風徐徐，從身後飄來的幽香若有似無地從沒停過，我一個閃神不小心騎錯了一小段路，好在看見往大溪的告示牌後就及時修正行車路線；只不過，春芳聊著聊著居然靠在我背上睡著了……我不由得將車速放慢再放慢，在逐漸昏暗的天光中，儘可能地避開柏油路上所有的坑坑疤疤。

好不容易上到林口台地，天色已經完全黑了，然而此時月光下的霓虹把夜色襯托得恰到好處，實在令人不忍心太快結束，剛好我也有些尿急，於是大著膽子直接將車停在長庚

附近的麥當勞外，對著酣睡方醒的春芳說：「同學，不好意思，我路不熟，耽擱不少時間，今天你也辛苦了，要不要一起吃頓飯？」

透過後照鏡，看到她偷偷伸了個懶腰開口婉拒：「不行耶～因為我現在比較想吃炸雞。」這種拒絕我當然樂於接受，席間她還問我怎麼知道她想上洗手間，我笑了笑，只說這是身為gentleman應有的風度。

離她宿舍還有一段距離時，遠遠地看到小波等在那邊東張西望，春芳停下腳步轉過身對我說，今天是她護校五年來最棒的一次聯誼，我說我也有同感，她接著道：「難得大家這麼有得聊，你室友人都不錯，要是有看對眼的，跟我講，一定幫忙牽線……偷偷告訴你，今天的女生除了我以外，都還單身哦！嗯～你有覺得很可惜嗎？」

基於禮貌，我告訴她：「當然可惜啊……不過，強摘的果子不會甜，能夠共度那麼開心的一天就該知足了，我的真命天女一定還在這個世界的某個角落等著與我相遇，我要讓自己更棒才行！」

我對著春芳的背影揮手，然而卻有點心不在焉，不知何故，當下占據腦海的，是另一個同樣也是名花有主的女孩，那嬌小的身影在舞台上摀嘴而笑、笑看自己的忘性大於記性、笑著謝幕、笑著看向人叢中的我，儘管事過境遷，卻依舊令我怦然心動……

「室長，偷偷告訴你，當時姿伶也不覺得她會來，還說

我很壞，幹嘛推你去當砲灰？」

「你怎麼說？」

「我說如果不讓你痛這麼一次，你又怎麼能記一輩子？」

「靠！你眞的很壞。姿伶她有說什麼嗎？」

「她說她覺得你心意已決，與其讓你忐忑不安、扭扭捏捏地被人看笑話，不如滿懷希望的當一次唐吉訶德，至少讓對方記住生命中曾經有這麼一個人爲自己瘋過、傻過……嗯～信不信由你，她還說你神采飛揚走出店門的背影很帥氣，讓她有那麼一點點動心……」

「眞的假的？」

「騙你的。」

尾聲

　　我們重新上路北返。

　　薏珊從手袋裡掏出兩根棒棒糖遞了一根給我，我笑著搖搖頭敬謝不敏，她又把引以為傲的高智慧手機放在儀表板前幫忙導航，熟門熟路的我說不用，但熱心的副駕駛除了把路線設定為避走高速公路外，還開啟語音指引，好避開螢幕上紅通通的塞車路線，以及藏匿路邊企圖偷拍的測速照相機，嗯～科技始終來自於人性，想到上個月被開的紅單還夾在頭頂遮陽板捨不得繳，這個好意就卻之不恭了。

　　離開麥當勞時，雨已漸停漸歇，陽光終於在「好事989」的聲聲催促下探出頭來。從林口台地蜿蜒下行，此時擋風玻璃上的氤氳水氣早已乾了大半，將雨刷按停的同時向前望去，蔥鬱山色被洗得一塵不染，而已經夠美的視野更在天邊被追加一道七彩拱門，迎接歸向四方的匆匆行腳。

　　虹橋上光采流轉，只見執著、奔放、孤高、隱澀、豪情、矛盾與神祕各自繽紛、相互渲染，好似搶著為今日落款，亦不吝於輝映彼此交織的喧鬧，層次既鮮明又調和，連結於可見與不可見之間。

　　「大助……」
　　「嗯？」
　　「你追過彩虹嗎？」
　　「你說的是紅橙黃綠藍靛紫的大氣現象還是意有所指？」

「我說的是一種渴望擁有卻又無法企及的美好……你笑什麼？」

其實在我念大學的年代，關於彩虹，曾經有此一說——**「看見彩虹的瞬間，頭一個想到的人也會剛好想到你。」**但這麼沒有科學根據的說法，我並不打算告訴她。

「我笑你怎麼自己含著棒棒糖卻問旁人滋味如何。」

「嗯？」

我們在最後一段車程中有一搭沒一搭地聊著。往事歷歷，一時三刻又豈能道盡？大一下那年的6月27日，是全寢共聚力行316的最後一天。我邱某人之所以記得那麼清楚，全是拜那群不肖室友所賜，屢屢讓我在多年後想起仍舊暗罵一聲「馬了個巴子」地記憶猶新，而事出必有因……

♪　　♪　　♪　　♪　　♪　　♪　　♪　　♪

大一下那年的6月27日，是全寢共聚力行316的最後一天。

衆人早在期末考前就已經找好大二的新居，而這幾天行李也陸陸續續地撤得差不多，但在分道揚鑣前，還是習慣湊在住了快一年的寢室裡一起吃飯聊天，儘管它擁擠、吵雜、又充滿了男人間的MAN味，但畢竟澡堂裡蓮蓬頭嘩啦嘩啦的強大水壓可是貨真價實，就是有股說不出的暢快爽感！

前一晚，同居睡寢的最後一夜，大夥兒照慣例開伙，就在「火鍋到底該不該加芋頭」的爭論不休中，嗑完了離情依依的天香回味鍋；獅仔尾照慣例邊聽常春藤邊保養他的鍋

具、新生照慣例換上睡袍盤腿坐在床上翻看不知道是哪部港漫的第一集、小法克照慣例直接挺腰後空翻上床雙手在空中比劃著新學的招式、茲巴威照慣例跟自詡情聖「范倫鐵諾」的傢伙鬥嘴抬槓雙方流彈四射而殃及無辜、喇叭峰照慣例邊幹罵邊做一百下伏地挺身、土撥鼠照慣例自顧自地彈唱一些莫名的曲調、而我則照慣例在隆隆砲火和戰地琴聲中書寫除了自己根本沒人會看的室長日誌⋯⋯

——「⋯⋯還有更多花蕊等著我灌溉，不跟你啦咧了～寢室熄燈！」拉瑪控一把關掉電源，而突如其來的黑暗照慣例帶來幾句抱怨，及伴隨其後的一陣安靜。

不過，今夜大家卻沒有照慣例地逐一睡去。

「欸！那箍喇叭峰怎麼還沒『開戰車』？平常不是很會『ㄍㄡˊ』？」

「看片看那麼兇⋯⋯室長你要不要探一探他的鼻息，搞不好他終於倒陽、精盡人亡了。」

「誰在搓林北ㄟ胸坎，到底肖想多久逆啊？靠夭～小法克你什麼時候爬過來的？」

「我在想，應該姿伶喜歡我的啦，我有拿勇氣答應讓她變成我山下唯一女朋友，之後她都有對我笑，一直啊。」

「睏蒙睏，麥眠夢。」

「之學，怎麼你今天沒唱費玉清那首？」

「還不是你們每次都說要掐死我？不然大家一起到走廊合唱『茼蒿』怎麼樣？」

「你們是不是不想睡？」我終於忍不住開口。

（那就乾脆別睡了吧）

誰知心裡頭的話音剛落，新生立即catch到我發出的訊號，將綁在吊扇上的手電筒按開，垂放到平常摸黑挑燈夜戰的高度，逕自代我轉譯：「室長說，今晚是早餐盃拱豬的總冠軍戰，Anybody play one？」

結果當然是廝殺到天亮，最後由獅仔尾在與新生的雙雄對決中爆冷勝出，清點後發現，彩金累積的數目竟然一塊不多、一塊不少，剛剛好是新臺幣316元整，我相信所有人都跟我一樣覺得這個巧合來得實在有夠巧。

原本還在盤算早餐想吃啥、該指派誰去跑腿的獅仔尾，這當口也不必考慮了，看著我說：「最後的早餐當然有請德高望重的寢室長來替大家服務，我話說完誰贊成誰反對？」結果當然是七比一多數輾壓少數了，Damn～

我拿著室友們開出來的願望清單，走在清晨的新中北路上，此時微微霧濛的天光中下起稀稀落落的小雨，這才意識到剛剛獅仔尾說的「最後的早餐」而有點感慨……說巧不巧，就在唐老鴨旁的豆漿店遇到了早起用餐的國文老師，而這次碰面解開了纏繞心頭一個多月的謎團。

📌　　📌　　📌　　📌　　📌　　📌　　📌

當時我剛過十九歲生日沒多久，正因「不倒翁事件」而每日強顏歡笑著，這群反賊膽大包天，為了轉移我的注意力，竟然瞞著我共同策劃一樁奸謀……

國文課時，老師在課堂上用趣味接龍的方式教大家寫情詩，並要我們下禮拜把個人作品交上來、今古不拘，作品除了情詩本體外，還得佐以短文為內容注釋；重點來了，情詩的部分全部會在系辦外牆上公開閱覽，並讓修課學生進行票

選，選票採記名制且須寫上理由；而男、女生各選一名票數最高者，在課堂上朗讀對方的作品（包含短文），並公開自己這一票投給誰。

寫作對我來說不是難事，在悵然若失的當下，便把對郁敏小姑娘的念想化做文字，寫了首《潘朵拉的過錯》聊以抒懷，注釋方面則一半心聲、一半耍帥地只寫了一句：**「我的心不必妳懂，只願擁有自在的從容。」**

大概是之前我曾無意中在寢室打屁時露了口風吧！有一次，我們這夥無聊男子對本系的同屆女生進行著完全不客觀的評論，結果是甲、乙兩班的班花怡君和書晴戰成三比三平手，由於新生棄權投廢票，於是我在眾人狐疑的目光中闡述了個人的淺見：「你們……難道不覺得咪咪是與眾不同的清秀小佳人嗎？」

「聽你在叭噗，清秀小佳人？還清蒸小蝦仁咧！」當初某位打我槍的不肖室友想必是此案主謀匪首。

結果我竟意外地以壓倒性的票數獲得最高票！其他同學我是不清楚啦，但怎麼可能連新生都只把夏宇《甜蜜的復仇》抄了一遍就交卷？雖然不明就裡，但有機會出出風頭也不賴；此外，跟我同榜的女生赫然是許盈琇（得票數也是異常的懸殊），亦即文靜內向、話聲如貓叫，號稱一天說話不超過三句的咪咪，這回為了寫詩倒是多了一句——

《避著雨想你》

紅樓藍雨咖啡杯

　　欲飲小滿夏至催
　　對對雁影窗前過
　　頁頁思君詩幾回

　　我一唸完，不必看注釋就知道這是仿古詩轉化而來，寫得頗佳，不枉我投下神聖一票；由於英文話劇時，咪咪和我巧扮男女主角，穿梭在各個迪士尼故事中的印象才相距不遠，此時台下已經有竊竊私語聲傳了出來，等到老師把我選票中的理由公布時，我才開始意識到思慮欠周的部分——
　　「詩如其人，愛上一首詩是不需要理由的！」底下開始嗡嗡嗡地編織各種彷彿身歷其境的故事情節。

　　換她朗讀了，但她開始臉紅，而且語速越來越慢、音量越來越小，以至於老師將麥克風越「督」越近，等到她唸到最後三句——

　　……
　　……
　　灰姑娘的鐘聲已響
　　不過這回可沒留下玻璃鞋
　　王子的心也碎了

　　什麼叫百口莫辯？這就是了。底下的陣陣起鬨連老師都快壓不住，而咪咪的臉實在太紅，紅到連我都跟著五分熟、七分熟地持續加熱中，當她翻到背面的「注釋」時，她用兩秒鐘飛快看完，然後突然搶過老師手中自己的那張選票，頂著一顆熟透的大番茄快步走回自己的座位坐下，接著整堂課

除了搖頭再也不說任何一個字，好不容易勉強下莊的我，當然不可能拆自己的台。

　　　　　　　　　　　　　　　　　　　　　　　　

　　「你叫<u>邱鈞傑</u>沒錯吧？有情人終成眷屬了沒？聽說你們小倆口還登上系刊『風雲人物』呢～年輕真好！我也有出一份力哪！」

　　「蛤？出一份力？」

　　於是國文老師邊吃小籠包、邊告訴我一個驚天祕密，原來，有將近八成的同學在選票背面聯名向老師請願，希望讓邱許二人這對苦命鴛鴦有同台互訴情衷的機會。

　　「後來我看你們倆寫得也確實不差，就順勢而為啦！所謂窈窕淑女，君子好逑嘛～呵呵……同學們既然為你發聲，難道我為人夫子的會置若罔聞嗎？君子當有成人之美也。」

　　這下案情終於大白，害我跟咪咪兩人那陣子被糗得東躲西藏，算他們「賊星該敗」，瞧我還不把握「最後的早餐」把這群猶大全部毒死。

　　提著早餐回到力行宿舍，經過一樓中庭時，「身殘不露」的莊不全剛好拄著拐杖迎面而來，跟我打個照面的同時還不知死活地虧我：「呵～呵～呵～這不是變心跑票的百分百英雄<u>邱鈞傑</u>嗎？還特地帶早餐給我啊，那怎麼好意思呢？」

　　「好說好說……什麼事都喜歡參『一腳』play one對吧？」

　　「本座向來是不客氣的。」

「所以囉～本系前些時日『苦命鴛鴦同台訴情衷』的風雲人物大票選你當然也play one了，我有沒有冤枉你？嗯？」

「呃……這個嘛……基本上……」突然——這傢伙動作靈活起來、堪比《天龍八部》裡的延慶太子，一個滴溜溜地轉到我身後用拐杖架住我，扯開喉嚨對三樓示警：「喇叭峰，他知道了、他知道了，你們快落跑哇……不對不對，先救救我呀！」

我一來猝不及防、二來手裡提著早餐，著實費了一番手腳才擺脫這廝的糾纏，衝到寢室只見人去樓空，但他們能躲到哪裡去？住了一年，能躲的地方我會不知道嗎？

他媽的果然在頂樓！

門一推開，迎面而來的是陣陣怪叫聲，以及終於捨得撒落一地的初夏晨曦；只見獅仔尾、喇叭峰、茲巴威、新生、小法克、土撥鼠、拉瑪控，七個不肖室友一個不少，全被我一網打盡。

刁民們當然死不承認、相互推諉，眾人在嘻笑怒罵中，不知何時人人手裡都被塞了一罐啤酒，而且還是冰的！季後賽總冠軍的成員手握啤酒要幹嘛？管它三七二十一，先噴先贏啦……

一陣追趕跑跳碰後，雨也停了，我呈大字形躺在天台的地上，仰望此生勢將難以復刻的光景；空氣中瀰漫著啤酒味和沁入心脾的喧鬧聲，透過指縫仔細調整陽光入射瞳孔的通量，我半瞇著眼，把突然現身的彩虹逮個正著，像是方向盤般地穩穩握住，有點恍惚地自言自語著……

「未來啊未來……這兩個字還眞貼切，就給我儘管來呀！」

搬去「中原至尊」的三位室友前腳剛走，土撥鼠就帶著另兩位前往他廣州路名下終於實至名歸的不動產定居，平常擁擠的寢室頓時空曠到有回音。

「新生，我以爲你會寫一首很棒的情詩出來，害我有點期待……你怎麼會跟他們一起鬧我？」

他頓了好幾拍：「呃嗯……一來有趣，二來我是眞的～眞的想把夏宇的那首交上去。」接著推了推眼鏡又說：「你咧？老許不是說今天中午前要給他答覆，還繼續住力行？」

我想了想，還是舉棋不定，只好先聳聳肩。

新生笑了笑：「沒關係，想看漫畫就來找我。」說完拉著一只行李箱喀滋喀滋地沿著長廊走向中央樓梯，下樓梯前還回頭朝我揮了揮手。

我放下揮了快十秒鐘的手，突然覺得這群奇葩眞是可愛到無以復加、簡直萬中選七，回想這一年發生的種種，我何其有幸能夠參與其中！環顧空蕩蕩的寢室，心中感慨萬千……於是，**我決定將這段獨一無二的日子就此封存，因爲它值得。**

「死要錢，上次幫你送披薩差點雷殘，現在要跟你討人情了，你那還有沒有空房？對啦對啦……要找你開房間啦！爽了吧！」得到肯定的答覆後掛斷電話，接下來只剩最後一件事，而且簡單得多。

我打開床板下方的夾層，看了一眼那個其內裝有口琴的

淺綠色小紙盒，此刻依舊冷冰冰地躺在暗格之中，它會在兩個月後交到某位不知名的幸運學弟手上；接著把放在旁邊的那支銀色奇異筆給摸了出來輕輕用嘴咬住，然後以虔誠的心情告辭，最後一次從我的床鋪前空翻下地（sorry～我只學會半套，往上翻眞的有難度）。

　　此時校園傳來靜謐的鐘聲，我跟隨青春的跫音走到門邊，拔開筆蓋，在寢室門板的左上角不起眼處，愼重地寫下三個字，沒啥大不了，但卻是我們曾經共同持有的印信——

　　「奧爾斯」，是的，ALL　FOR　OURS

【全文完】
～本書爲博君一笑，部分人設、劇情偶有荒誕乃創作之必然，情節上如有雷同，純屬巧合，絕無影射之意，切莫對號入座～

【Ours後記】
於虹逝前再次完滿

　　對我來說，寫作就像開時光機，樂趣在於原本以為已經遺忘的事情，會隨著筆耕的進度不時浮現。我在《力行宿舍316》敲下的最後一個字是英文字母「S」，在振臂歡呼之際，突然想起當時有一位室友對Super Supau情有獨鍾；運動完喝涼舒跑可補充流失的電解質、感冒時把舒跑溫著喝能夠加速代謝、考前熬夜用冰鎮舒跑提神醒腦……彷彿舒跑是僅次於盤尼西林的偉大發明，而這位室友便是書中「新生」一角的原型。

　　諸如此類的靈光一閃多不勝數，而無數道閃電的光芒此起彼落，最後則串接成一片光明，引領我飛越長達二十年的時光孔道，抵達目標設定的「那一年」；那一年，主人翁是年方十九歲的弱冠青年，正體會著無與倫比的團體生活，而長達近一年的住宿歲月，除非是軍人等特殊職業例外，一般人終其一生怕是很難有體驗的機會。而我和諸多曾經（或正在）的住宿生一樣，是何其有幸的躬逢其盛啊！

　　相較於前作《青春半熟・記憶微溫》，本書嘗試了一些改變。《青半》是鎖定年代來書寫，而《316》則是鎖定場域（中原大學）進行創作，因此在年代的設定上不如前者嚴謹，而存在著一些模糊，諸如：歌曲、電影的時序問題等等，畢竟小說在本質上不是論文，考據的門檻應該不宜過高才是（笑）。

　　當然，凡相異者必有相似之處。本書的「紀傳體」呈現手法純度更高，這固然是個人比較習慣的書寫方式，但這種允許多線並進的方式有好有壞；好處是靈感枯竭時，不妨先另起爐灶，待靈光閃現，便有機會回到原先的故事線接續創作，至於缺點則是維持人設的成本較高，必須隨時翻閱其他章節進行比對。因此，較難採用部分作家「先以六、七成力快速地寫完整個故事梗概再來調整潤飾」的技巧，而必須採取精雕細琢的方式緩緩推進；當然，這跟作者本人的寫作功力有絕對的關係，在下不過是個三流業餘小說家，這一點自知之明總是有的，就不再大放厥詞啦！

　　我一直深信作品本身是有靈魂的，如果說《青半》是中二生，那麼《316》就是不折不扣的大學生了；這體現在故事結局尤為明顯，前者充滿無限可能的可塑性，後者則必須試著和現實妥協。因此，當主人翁在宿舍頂樓仰望著已過魚肚白的天空，告訴自己這將是此生難以復刻的光景之際，行文至此，故事就真的結束了，也難以保留其他結局的餘裕。

　　唯一僅能寄情於若干年後，或許機緣巧合、或許午夜夢迴，希冀憑藉著故地重遊時腦海深處的幾點星光遙想了；然而，此情此景彷若星子相逐於昨日，豈可再得？

　　──可以的。

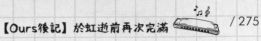

　　往昔縈繞於心，所以追虹；一道彩虹，兩地情衷，勾勒
出印象與現實的晴雨交替，也連結了二十餘年的時空。弱冠
十九歲的第二樂章，宛若四手聯彈的青春協奏曲，於虹逝前
再次完滿。

　　　　～心之所向，如鵬鳥之扶搖，其翼若垂天之雲

新聞台讀者留言板

瞧瞧這群奇葩台長，個個可愛到無以復加……

明知道你很正經的在寫年少的青春情懷，但我真的看到嘴角失守耶（果然是玉樹臨風的整人專家XD）……還有，前言裡的那句幹話「必須要有一個畫面與現實……」我也是略懂略懂，文中的「邱大助」讓我聯想到曲博（曲建仲）耶……哈～

【PChome 個人新聞台】秋天@今天，暫時停止

開車不喝酒～喝酒不開車^^
CC～所以開車時不能看彩虹？

【PChome 個人新聞台】無言@K80年代

看到不倒翁，就想到同樣屹立不搖的米老鼠和唐老鴨，哈哈……還有中原正門那條小巷裡的租屋，跟半夜老是喜歡騎著改裝車的學生

【PChome 個人新聞台】浪跡者@五月的雨季是念想

很久沒看到這麼認真寫的青春小說了（理工科的學生之愛啊），害我也掉進了青春無敵的回憶中。記得有一回和別校聯誼，我只不過和一位有共同興趣的女生多聊兩句，就被同學們「送做堆」，失去和其他女生交流的機會，哈哈哈……

【PChome 個人新聞台】路痕@與文字造愛

皇后先生要點梅子綠半糖少冰才對！他家梅子綠真夠味，但我不吃蔥包，哈哈……越看越懷念以前當工讀生跑中原的日子，簡直美食吃爽爽……

【PChome 個人新聞台】浪跡者@五月的雨季是念想

涼風有信，秋月無邊，虧我思嬌的情緒好比度日如年……女主角原來叫鄔郁敏啊！不知道她吃了粥會不會過敏？哈？一次55顆水餃，然後你還有點餓是吧？還不來人伺候室長吃餅……

【PChome 個人新聞台】秋天@今天，暫時停止

真是精采，我也跑了幾年馬拉松，所以這段特別有感。對學生來說，一萬五真的很不容易呀！年少就是輕狂，為了心儀的對象，可以不顧一切地往前衝……

【PChome 個人新聞台】路痕@與文字造愛

（逆阿、逆阿）南部ㄟ口音，我馬上聯想到「頑童」的《辣台妹》^^.
想不聽都不行呢～

【PChome 個人新聞台】藍心@無關風月

我莫名喜歡喇叭峰耶！你說他長得像馮淬帆……但我心裡他應該比較像周文健才對，你居然沒有幫他牽個紅線？我覺得敏妹的室友文晴滿適合的，野獸與文青的搭配有著另類反差感啊啊啊！

【PChome 個人新聞台】秋天@今天，暫時停止

感覺「新生」是扮豬吃老虎耶，那句「細堋，不要再躲了，烏鴉要我告訴你……」覺得真是神來一筆，有笑到……另，鄔郁敏是小而大餃子館的如煙姑娘吧？
（OS：這些醉翁之意不在酒的，你們不煩我都煩了）XD

【PChome 個人新聞台】秋天@今天，暫時停止

等等！我以前運動會怎麼沒想到衝上台去搞這些有的沒的？哈哈哈哈……

【PChome 個人新聞台】浪跡者@五月的雨季是念想

你的文筆很好耶！而且應該看過很多武俠小說或是港片，故事雅俗共賞，唯一吃虧的點在於讀者群是曾經歷過那年代的人，現代的小朋友大概很難接到你的球。

【PChome 個人新聞台】Camille@生活的所在

「看來我不應該來。」「現在才知道太晚了。」「留下點劇透行不行。」「我不要劇透，要的話留下你的回應。」作者寫到快瘋，讀者笑到快瘋。最後，洩漏年齡也要說（但麻煩小聲點）——《力行宿舍316》根本就是《最佳室友閨情關》嘛！

【PChome 個人新聞台】秋天@今天，暫時停止

念念不忘，必有迴響……姿伶這角色越來越吸引我耶！要給姿伶一個特別的結局喔！不然本姑娘就只好自己寫囉（因為她值得）。對了，茲巴咸的「那一次」理論有戳到我（遠目），發現你每次都會放個讓人小小觸動的彩蛋耶（深不可測啊）。一句話，I服了U～

【PChome 個人新聞台】秋天@今天，暫時停止

我一直在想26減23的算術問題，除了你們兩個不安好心眼的，另一個……唉～不會是林投姐吧？

【PChome 個人新聞台】路痕@與文字造愛

你還真的幫「新生」加了很多戲耶～這篇感覺有點特別，依然詼諧搞笑卻莫名有股正經，像是同時播放著《東成西就》和《東邪西毒》……

【PChome 個人新聞台】秋天@今天，暫時停止

看到你為那些「保健品」取的名字，讓我五體投地……讀你的小說讓我很有共鳴，整個跌回了懷念不已的時空中。我雖沒住校過，但卻因你的小說而體會了住宿生的日常和樂趣，你細膩的文思和幽默的文筆真是令人無法不喝采！最後的「正經」也很令人對新生這個角色生起了無限懷念和幽情，很有fu……（遠望）

【PChome 個人新聞台】路痕@與文字造愛

「大小劍蘭」虧你想得出來（準是賤男無誤……XD），而保健品的部分我和路痕姐長一樣，佩服得五體投地，所謂「滔滔江水連綿不絕……」懂的就懂。還有，男女主角還沒開始就結束了這樣正常嗎？妙的是，配角文晴每次出現的時間和台詞都很耐人尋味耶～（笑）

【PChome 個人新聞台】秋天@今天，暫時停止

我很容易被配角吸引到。「新生」這角色讓我聯想到電影《心靈捕手》的班艾佛列克，整部電影最後十分鐘的幾句台詞，成為我當時觀影後心中最大的漣漪——
「若十年後你選還我們一樣在這裡，我會恨你。」
再簡短寫一下文晴，我覺得這角色可能影響郁敏的愛情選擇，是沒有要發展百合情節啦（笑），感覺她可甜可鹽，可以是《還珠》的晴兒，希望不要是《甄嬛》的安陵容，哈哈……

【PChome 個人新聞台】秋天@今天，暫時停止

重看一次「新生」，感覺有種後座力的感動在心中湧played，像是那種溫柔日和的日本小品電影；結局時，不是反轉，而是呈現另一個面向。在主角隱隱約約、或不知道的時空，原來，其實，還有無法言說的故事線。就像你寫的——有些事不知道比知道幸福，而知道比不知道快樂。

【PChome 個人新聞台】秋天@今天，暫時停止

嗯～終於知道，為什麼連載都是在禮拜二晚上更新了。此刻我耳機裡聽的是盧冠廷的《一生所愛》，特別有感覺啊！

【PChome 個人新聞台】秋天@今天，暫時停止

那個金革唱片的推銷員真是無所不在啊（笑）。聽到「大福」就能猜出美食線索，看來邱鈞傑是中原「湯川學」啊！對了，這集文晴又出現了耶，該不會被我猜中了吧？沒事沒事，哈哈……XD

【PChome 個人新聞台】秋天@今天，暫時停止

沒想到小法克這一集是武俠篇啊！文中的少男情懷最戳到我的其實是這句——「讓我有點想（不，是很想）摸著她的疤問她還疼不疼？」看似輕描淡寫，卻有種不經意流露的關心和寵溺，如果在打開行李廂那時，男主溫柔又刻意搞笑地問了這句；我猜想，郁敏小師妹會微笑搖頭說：「這麼久，早就不疼了。」但她會深深的，多看邱鈞傑一眼，在心上，記上濃烈一筆。
（那個，完全站在她那邊，為她心疼的人）

【PChome 個人新聞台】秋天@今天，暫時停止

女主應該要叫鄭「鬱」敏，這樣筆劃才多嘛……

【PChome 個人新聞台】路痕@與文字造愛

哈哈，我已經超前部署第七章啦！好巧，難怪當時你會留言給我，我和土撥鼠應該會成為好朋友，他的那些電影片單也是我的菜喲！最後，我也覺得姿伶像藤原紀香耶～至於郁敏，雖然在你心中是獨一無二的天下無雙，但一定要選角的話，《愛情白皮書》的石田光我覺得很可以。
【PChome 個人新聞台】秋天@今天，暫時停止

原來啊！設定時間PO文的原因在這，害我每次都要熬到休假日才有時間一次看完，不然每次都只能看一段忌一段的，這樣會容易接不上；對了，上次忘了說，哥你怎麼忘了車站旁的潤餅和一心斜的歪的一品滷味？
【PChome 個人新聞台】浪跡者@五月的雨季是念想

蔥油餅就要吃一心，紅豆餅就要吃萬丹，不吃香菜很怪嗎？我大姊就不愛，呵呵～我也喜歡吃香菜。再補充一家，中平路的肉圓。晚安安^^
【PChome 個人新聞台】藍心@無關風月

有看過《光陰的故事》嗎？就跟你的故事一樣，有那個年代的即視感，文字的營造也很有畫面，適合拍成戲劇，先祝福你啦！未來的當紅小說家。
【PChome 個人新聞台】Camille@生活的所在

「司」這個姓選的偏冷，但我選真的認識一個。看到「投降輸一半」我笑了⋯⋯這段故事撩起了我一段心情底事，想起曾和一位「有感覺」的女生一路從故宮經過中影文化城一直走到酒泉街，才送她上了公車。舊日情衷也被我寫成了一篇小說《重逢》在我的台發表過～此情可待成追憶，只是當時已惘然⋯⋯
【PChome 個人新聞台】路痕@與文字造愛

說到電影海報，想起以前師大附近有家店叫「法國工廠」，看起來很高大上，有點不太敢走進去，只在門口稍微看一看它展示的電影海報，若要說讓我印象最深刻的，《巴黎野玫瑰》一定在前三名，很難忘記第一眼看到時的驚豔感。
【PChome 個人新聞台】秋天@今天，暫時停止

雖然原PO說「這只是一部小說嘛⋯⋯別太認真。」但卻讓我有點恍神的微笑了起來，我感覺，自己好像不是看了一部小說，而是剛認識一個叫邱鈞傑的傢伙，在席間聽他滔滔不絕地講起大學住校時的奇人趣事，太搞笑，太真實了，如果在現實世界，一定會要么他多講一些，怎麼可能就這樣放過他，哈哈哈～
【PChome 個人新聞台】秋天@今天，暫時停止

讀你的小說很有共鳴，呵呵～我也有過那抽鑰匙的出遊經驗，只不過我的機車是被兩個女生爭著坐，從北港騎去澄清湖⋯⋯結果車太爛、跟不上，才騎不到十公里就連外胎都被扯斷了。女生和我牽車走了快一公里去機車行換胎才又上路，到了目的地大夥兒已經要回家了，原來的女生被她麻吉趕走，換她麻吉坐我後面，在冬天裡我抱得死緊（可那女生不是我的菜呀）⋯⋯
【PChome 個人新聞台】路痕@與文字造愛

我很喜歡最後一段土撥鼠和前女友的好聚好散，就像那部電影《今天，暫時停止》。但是，明天，可能未完待續啊～或許你之前有暗示過讓我客串的角色出現在第七集，所以我對趙蕙羚特別上心；但，實在沒想到，這位大學姐的出場台詞居然是：「學弟愛我，還要在輔大校門前⋯⋯」看到時，真的是笑岔了氣（還有點害羞）。而第八集算是對《魔女的條件》小致敬嗎？出人意表的安排，真是神來一筆（年輕人終究是年輕人，太衝動了）！
【PChome 個人新聞台】秋天@今天，暫時停止

蛤？抗議！就這樣完結？難怪每一章都那麼多字，原來章數居然這麼少？看來是急著要點穴了⋯⋯
【PChome 個人新聞台】Camille@生活的所在

哈哈哈，終於看到被放鳥的牛排館橋段了，雖說女人心海底針，但根據彼此的互動，感覺郁敏應該會給鈞傑一個機會才對（至少一起吃個牛排，聊聊也OK啊）。我在想，小師妹那時候可能已經有了喜歡的對象（不是後來交往的心理系學弟，而是當時國術社的人）；也因為這樣，她不想落人口實，怕被大家亂傳，所以不給一絲希望。當然，可能在很多很多年以後，當她有機會再次經過那間牛排館時，或許，會碰見那個19歲的失落男孩身影，她會輕聲地說：「謝謝你，出現在我的生命裡，謝謝。」
【PChome 個人新聞台】秋天@今天，暫時停止

可能我們是同年代的關係，讀你的小說很有「共感」，很多都是一起經歷過的生活經驗和用語，很有親切感，但你的文筆又幽默又不時有「神來之筆」，看你的力行宿舍有種跌入時光隧道的感覺……

【PChome 個人新聞台】路痕@與文字造愛

一本網路創作，差不多的字數，你寫故事很快耶～趁勢多寫幾本啦！

【PChome 個人新聞台】Camille@生活的所在

13.6萬個字～好佩服這樣寫作的功力阿！不常上來，雖然只拜讀兩篇，但這力行讀來有趣，青春校園加上報告班長系列的fu，生動好笑^^

【PChome 個人新聞台】藍心@無關風月

實在有點不想在這篇「尾聲」留言，寫完感想，似乎這段旅程就結束了。不過，心中那道層次鮮明又彼此調和的彩虹仍會時不時出現，輝映著年少時飛揚的青春。台長的《力行宿舍316》真的是很精彩的創作！最後，一定要很星星梗的說上這句——謝謝你，9527～

【PChome 個人新聞台】秋天@今天，暫時停止

青春的火鍋　鍋底酸甜苦辣
有時辣的流出眼淚　有時苦的咆嘯　有時歡喜的甘甜
如果青春的火鍋　總是電壓不穩
經過年歲的滾燙　也許有階段性的停擺
但當再一次回憶　卻也在不穩中
絲絲頓出了每一次的青春味道

【PChome 個人新聞台】獨奏蘿@心情筆記

那是屬於歲月的曾經，逝去的年少，追憶的年華
那是屬於年輕的瘋狂，熱血的青春，狂放的瀟灑
那是屬於往事的呢喃，成長的足跡，苦壯的銘記
如果不是這些與那些，人生走到此，電影空留白
曾經歷過的，會很有感觸，那是光陰的故事
學生時代的情感純粹與摸索著長大人的方向
總是帶點調侃，帶點不知所措，帶點無厘頭
但成長不就是……瘋癲之下的一種命運進行曲

【PChome個人新聞台】amie@J'aime lire

既然原PO開放同人創作，那本姑娘就不客氣地獻上專屬獅仔尾的二輪愛情微電影劇本——
「聽說，淡水是你的傷心地，這是我剛買的土耳其冰淇淋。」
聽到土耳其冰淇淋，他的心，像被針刺了一下，但接下來……她輕舔一口冰淇淋，直接吻上了他的唇，然後是臉頰、額頭……
「現在還會痛嗎？」
他眼眶一熱，不爭氣地流下了男兒淚，從此……他的目光再也移不開那雙盈盈深情的清澈眼眸。

【PChome 個人新聞台】秋天@今天，暫時停止

鮮活的角色是青春的標誌
沒有擇一的角色是都已在每個回憶裡
青春的色彩 在現在的回想
好像少了哪一色 但是開了青春之門
也是毫無褪色 青春是亮麗之彩
就算早已淡忘 只要宿舍之門再度開啟
也許青春的那點事 也會慢慢勾勒出輪廓
一點一點勾出青春回憶

【PChome個人新聞台】廢@煙霧

國家圖書館出版品預行編目資料

力行宿舍316／秋蘆著. --初版.--臺中市：白象
文化事業有限公司，2023.9
　　面；　公分
ISBN 978-626-364-048-1（平裝）

863.57　　　　　　　　　　　　112008322

力行宿舍316

作　　者　秋蘆
發 行 人　張輝潭
出版發行　白象文化事業有限公司
　　　　　412台中市大里區科技路1號8樓之2（台中軟體園區）
　　　　　出版專線：（04）2496-5995　　傳眞：（04）2496-9901
　　　　　401台中市東區和平街228巷44號（經銷部）
　　　　　購書專線：（04）2220-8589　　傳眞：（04）2220-8505
專案主編　林榮威
出版編印　林榮威、陳逸儒、黃麗穎、水邊、陳婷婷、李婕
設計創意　張禮南、何佳誼
經紀企劃　張輝潭、徐錦淳
經銷推廣　李莉吟、莊博亞、劉育姍、林政泓
行銷宣傳　黃姿虹、沈若瑜
營運管理　林金郎、曾千熏
印　　刷　基盛印刷工場
初版一刷　2023年9月
定　　價　316元

白象文化　印書小舖 PressStore出版超卡　出版・經銷・宣傳・設計
www.ElephantWhite.com.tw　f 自費出版的領導者　購書 白象文化生活館